故乡近 江湖远

李乐明 著

九州出版社
JIUZHOUPRESS | 全国百佳图书出版单位

图书在版编目（CIP）数据

故乡近　江湖远 / 李乐明著. -- 北京：九州出版社，2016.7

ISBN 978-7-5108-4566-6

Ⅰ．①故… Ⅱ．①李… Ⅲ．①散文集－中国－当代 Ⅳ．①I267

中国版本图书馆CIP数据核字(2016)第174034号

故乡近　江湖远

作　　者	李乐明　著
出版发行	九州出版社
地　　址	北京市西城区阜外大街甲 35 号 (100037)
发行电话	(010)68992190/3/5/6
网　　址	www.jiuzhoupress.com
电子信箱	jiuzhou@jiuzhoupress.com
印　　刷	三河市东方印刷有限公司
开　　本	710 毫米 ×1000 毫米　16 开
印　　张	12.5
字　　数	206 千字
版　　次	2016 年 8 月第 1 版
印　　次	2016 年 8 月第 1 次印刷
书　　号	ISBN 978-7-5108-4566-6
定　　价	38.00 元

故乡，心头的朱砂痣（代序）

今人的文字我看得不多，无关态度，实是想从明清那一脉文气汲取营养，涉笔见古，路子对不对，另当别论，多一点儿这个愿望而已。像孙犁、张中行等老先生，笔下流淌的是正宗的中文，像是绕过了"五四"时期的文学。抱朴见素，是古道旁的溪水，流淌着清亮，让人沉迷。

有个例外，喜欢皖地女作家钱红丽的文章，几乎每文必看，每书必买。不只是同龄，生活经历相同，而且她古文字读得多，写起文章来，纤细有动态，笔触流淌的是山川、四季、草木之气，这是要有气度和胸襟才做得到的。红丽行文朴实，句子也用得短，对田园、对乡土、对生活平铺直叙，有安庆下雨天几个女人一边织毛衣一边聊天的氛围，直抵人心里头的柔软处，这样的文字，现时已属稀缺了。

红丽有文《停下就是故乡》，是去九华山的游记。说是游记，通篇却多言故乡事。文中说，她是个处处认故乡的人。这话作何解？再看几句也许就明白了。"蓝天白云，青山绿水，在当下的中国已是稀有，若在一地遇见，我必心存感念，妄想留下居一阵。""向晚，月亮升起来，在飞速的车里看云月，宛如水墨，并非今人的，是古代的，可以望见岁月的风霜光阴的密脚，有些旧了。旧东西考验人的眼力，也是一团永恒不灭的火，但凡有一颗热烈的心，总会被点燃。"东西古旧稀有，又有一颗热烈的心，处处认故乡，就不奇怪了。

处处认故乡，也属无奈。垃圾围村，溪河几近干涸，村落破败，这是红丽的故乡，也是我的故乡，可能也是大多数人的故乡。

看故乡，可以有很多角度。草木、民俗、节令、村落、乡亲，几十年前的旧东西，看过去，仿佛还是昨日发生的事。我喜欢从人的角度看故乡。犁田的老把式，一声"嗨"，把犁赶牛，脚下是土浪翻滚，如此图画，极具水墨意境，令人想到白石老人晚年的画，一片化境。掩映在山水间的黛瓦白墙，芭蕉点缀其间，分明就是吴冠中"油画中国化，中国画现代化"的意象。铺满青苔的老屋，与其说是乡土沧桑，不如说乡土把时间写在自然间，在草木之上，在山川之下，在河流之中。

而人，在这样的事，这样的景之中，多少都有些无奈。今天，又到乡下去转了转。返程时，正赶上放学时间，小雨，像有一片伞贴在地面，慢慢走动，小大人，每天风来雨去，实在不易。间杂着几把高一些的伞，是领孩子回家的家长。他们不陪读，陪走，上学、放学，只为安全俩字。揪心咧，怕被拐，怕被轧。拐，是世风日下，人心不古。轧，是现代化的附带品。"注意安全"，提醒在一日三餐，提醒在来来往往。乡村就在每一次的提醒中改变了模样，已是物人两非。

还有些不安全的，无非是吃的东西，饮用的水，空气也日益不洗肺，负氧离子像村庄里的人，越来越少。多与少，像乡村的主旋律，在慢慢替代虫鸟的低吟浅唱。

海子有诗："家乡的风／家乡的云／睡在我的双肩。"是的，风、云睡了，一切安宁了，徒剩呼吸吐纳，再没有别的。每天三餐饭，看尽四季风景。我喜欢这样的故乡。我的故乡原本就是这样的。

年少时，一颗心，总想着飞，向往着幽深的江湖事。年长了，还是这颗心，总想着回，回到故乡。飞去，回来，不觉得，我人已是中年。故乡，俨然是心头的朱砂痣。向往江湖，心长朱砂痣，人的一生，何其简单，何其短暂。

人到中年，睡眠差了许多。夜里醒来睡不着，干脆翻《本草纲目》，是想把这口气，与草木之气衔接上。脑中，晃动着花香、草色，晃动过溪河边的水牛，还有那绿的辽阔的紫云英。日暮苍山远，天寒白屋贫。想到这样的意境，衬着人的心事茫茫远远。瞌睡虫来袭，继续睡……

这就是我现在的状态，有点混混沌沌。好在有故乡，有草木。故乡成全了我的文字，更成全了我这个人。即便她容颜已改，风韵不再，故乡——心头的朱砂痣，念不休，写不停。故乡，就像人生长河中的那个港湾，只要你还认她，停歇过去，寡淡的日子涂成华彩，让人在一日三餐感受生的欢欣，活得滋润。

从人的视角看故乡，来来去去，各色人等。来的人我认不到几人，去的人去一个少一个。这都不要紧，人世本来就是人来人往。每每念故乡，最少不了的，是母亲的身影。实则，回故乡之路，就是看望母亲之路，寻找母亲之路。旧时，母亲，还有乡下的母亲们，千人一色，都穿着蓝色交襟衫。蓝色，是"妈妈蓝"，瞬间可以让我们周身温暖的颜色。乡村，不缺蓝色，牵牛花、泥花草、鸭跖草、绿绒蒿……看到它们，仿佛就闪过母亲的身影，在村头，在老井边，在乌桕树下……

故乡离自己很近，近在自己的身旁。故乡离自己又很远，远得只剩下距离，是我们自己有意无意画出的距离。

2016 年 3 月 10 日 于江西定南

目　录

故乡近
江湖远

第三辑　节气帖

第一辑　草木帖

窗前谁种芭蕉树

江南人家的庭院，种竹子，种芭蕉。青青碧碧的植物，因了青绿色，因了雨中的清新，因了清爽的气质，说到底还是物色神韵相近，文人画家谓之于"双清"。蕉竹入画，芭蕉两棵，石、竹几丛，竹子双钩白描，芭蕉粗笔泼墨，这是画家喜爱的蕉竹图。最爱还是白石老人描蕉泼竹，尤其是老年的作品。人老了，作品越凝练，也很清静，静静相对，似读一卷明清笔记，自然之香，鼻腔、腑脏很受用。

广东民乐《雨打芭蕉》，表现雨滴拍打芭蕉的意境。初夏时节，雨打芭蕉淅沥之声，是季节的篇章翻到夏季后，春天播种的潇洒动作犹在眼前，万物生长，草木庄稼已满庭芳——土地是大自然的庭院，广种薄收，精耕细作，花红柳绿，仿佛有无数的乐器在吹吹打打，敲敲拉拉。梅雨以来，芭蕉张开大手，立在雨中，雨密"沙沙"，雨疏"滴答"，这样子自然天成的天籁之音，无缝契合了人们对自然万物的憧憬。而民乐句幅短小，节奏顿挫，并列排比的乐句互相催递，是雨与蕉叶的抚慰被音乐看见，音乐大声叫好，安排了现场直播。直播很成功，对芭蕉，都定格在喜雨拍打的情境，芭蕉和雨，浑然天成，没少惹文人墨客长吁短叹。

阿尔卑斯山没有芭蕉，只有雪、峡谷、树木、清风、鸟兽，否则，班得瑞的作品怎么可能没有雨打芭蕉呢？雨打芭蕉的意境，只属于北半球的南方。

少年时，听到过有人形容芭蕉的三句话，多年之后，还记得真切。扶疏似树，质则非木，高舒垂荫。还说，这样的气质，适合造景。房前屋后、庭院之中，配石、配竹、配桃、配李，只要种上一小块茎块，三两年光景，便是清雅秀丽之逸姿。

早年画花鸟画，主线、辅线构图，好一阵品咂，似乎缺少些什么，在破线上，泼墨钩线，来一片蕉叶，南国风情，裁上一角，移到古旧的宣纸上。蕉叶，配景、配画，更配心情。

说到配景，想起一个词——芭蕉影动。

初夏的晚风，仿佛从空调房出来，月光经过黄梅雨的濯洗，是叫月华如洗了。

此时，豆角苗已上架，南瓜花开黄灿灿，蝼蝈欢唱，还有老祖母的絮絮叨叨。然而，夏夜的美，最美还是满窗风动芭蕉影。这样的景致，全因了芭蕉的清影，古人有句子，"月下徘徊清影动"。芭蕉的清影，这样的夏夜，想起来都要醉人。不同于酒的微醺，茶的醉心，这是夜的气场，文人笔下的意象，是魏晋风流，明清风雅。

很奇怪的事，我听交响乐或弦乐时，眼前尽出现土地、森林、河流，有时还是很具体的物象，比如，芦荻、芭蕉、松林。巴赫的勃兰登堡协奏曲之二：F大调第二协奏曲——亮晶晶的小号、透迤的小提琴、雅致的长笛，它们交织缠绕——从水面浮起然后又往下潜；羽管键琴、大提琴、双簧管总是给人一种静美，精美得让人敬畏——巴赫的作品时常浮现这么个主题。

我突发奇想，在山岗上，密密种上芭蕉，她们手挽手载歌载舞。选初夏的一个下午，调遣淅沥之雨荡涤尘埃，薄暮时分，买些安眠药让蝼蝈、青蛙、夜莺进入梦乡，请来卡尔·李斯特和著名的慕尼黑巴赫乐团来演奏勃兰登堡协奏曲。该是一种什么意境呢？码文字的人总是离不了书——看书中雕花轩窗外，一树蕉叶横披着出来，绿荫如遮内心凉意渐生，天地万物，寂静寥廓，从村头透迤而来的小河，环绕着村庄，静静地东流去。这条河，是故乡的，也是巴赫的……

芭蕉入诗，总是跟秋风、冷雨、愁绪不期而遇，不喜欢。我喜欢李渔《闲情偶寄》里的芭蕉。"幽斋但有隙地，即宜种蕉。蕉能韵人而免于俗，与竹同工……坐其下者，男女皆入画图，且能使台榭轩窗尽染碧色，'绿天'之号洵不诬也……"芭蕉又叫绿天、扇仙，这么雅而韵的名字是属于李渔、巴赫的。

芭蕉又是属于夏天的。整个春天，即便春花再烂漫、争妍，芭蕉总是无动于衷，好像她们特别留恋冬天，直到立夏，芯中才慢慢探出一卷嫩叶，像凝脂的蜡烛，而她周身的枯叶还在随风起舞，与雨翩跹。"冷烛无烟绿惜干，芳心犹卷怯春寒。一缄书札藏何事，会被东风暗拆看。"唐人钱珝的《未展芭蕉》描绘了春日芭蕉卷缩不舒的形状，柔弱轻盈的身姿。我喜欢后两句，是说芳心犹卷的芭蕉有如一卷书札，真不知道她的内心蕴藏了多少心事。不着急，风儿会捷足先登，探晓芭蕉满腹的心事。

到了夏日，阳光如织，蕉叶宽大油亮，新叶一片一片从地心里抽出来。在蕉叶的过滤下，再强的光线也染成了绿色，而那些油光光的叶片舒展着，绿意顺着叶脉，似要淌到地上。与春天时节的姿态大相径庭，是女大十八变的变。

"芭蕉分绿上纱窗"。窗前，种一丛芭蕉，心中，流淌着绿意。这个夏日，心中满是清凉。日本江户诗人松尾藤七郎，喜芭蕉，他充满禅意的俳句，有"蕉风俳谐"之称。他把名字改为松尾芭蕉，是从心中记住芭蕉，记住这份清凉，漫过浮躁的季节。

（写于 2015-7-22）

寄主的疼，寄生的生

一盆膏蟹粥下肚，吃得荡气回肠，汗津津。文友送来几本作家胡竹峰的散文集。一股清气自五腹六脏袅袅而出。

胡君的文字跳跃性大，到底是书读得多的人，旁征博引，都有些掉书袋的味道了（胡君别生气，肚子里没货的人想抠都抠不出来）。适合做案头书，作为查资料的索引——能作案头书的书，实不简单。

寒露已过，天有了起鸡皮疙瘩的寒意。胡枝子粉红色的花盖过了烂漫的山花，一股得瑟劲——枝条在晃头晃脑。广场上，紫荆花开两色，红和粉，像胡枝子，把树叶的绿意压了过去。站在窗台前，是让眼睛休息的空档，我凝思：功高盖主、技压群芳来自功、来自技，说到底是底气，一如关羽的青龙偃月刀、张飞的八尺蛇矛。看徐渭的大写意花鸟画，其秃笔就有八尺蛇矛游走的快意。徐画用笔的底气就来自他书法的功力——草书笔法入画，游戏笔墨、纵横涂抹、情真意切。

窗外，紫荆葳蕤，屋里，天高云淡，我在看《北齐书》，是颜之推的传略。说颜之推多有人不知，《颜氏家训》却如雷贯耳，作者就是这个老颜。《北齐书·文苑传·颜之推》有话："不羞寄主之礼，愿为式微之宾。"我对这个"寄主"来了兴趣。查案头书，《管子·明法》这样说："故治乱不以法断而决于重臣；生杀之柄不制于主而在群下，此寄生之主也。"寄生之主，没有实权的君主是也。

再翻阅蔡东藩《两晋演义》第二二回："先帝不顾重轻，使三王在内总兵，大司马拥劲卒十万，逼居近郊，陛下不过做了一个寄主，将来祸难，恐不可测，不如早为设法，先发制人。"说得更直白了。

按照哲学观点，寄主的"主"只是事物的一个方面，跟"主"对应的另一方面是什么呢？

沈复在《浮生六记》里，有记述夫人芸娘制作荷花茶的文字："夏月荷花初开时，晚含而晓放，芸用小纱囊撮条叶少许，置花心，明早取出，烹天泉水泡之，味道尤绝。"晚上撮一小把茶叶放于荷花花心，饱吸荷花香，第二天一早取将出来，收集露珠煮沸冲泡，这样的茶汤，味道极香。这种茶，被称之为"寄生茶"。

按图索骥。明朝茶学家顾元庆在《茶谱》中，详尽地记述了寄生茶的制作过程："于日未出时，将半含莲花拨开，放细茶一撮，纳满蕊中，以麻皮略絷，令其经宿。次早摘花，倾出茶叶，用建纸包茶焙干，再如前法，又将茶叶倾入蕊中。如此者数次，取其焙干收用，不胜其美。"

茶都有莲香了，啜饮这样的茶，想不荡涤腑脏都不可能。这样子的制作过程，茶叶是寄生，莲花就是寄主了。

荡得太开了。打开电脑，本意是有种灌木让我无法释怀——盐肤木。

从孟秋以来，盐肤木大放光彩。在丘陵，在山岗，在溪岸，白了头、粉扑扑的植物——顶生聚伞圆锥花序或复穗状花序，而枝叶翠绿舒展，形如鸟羽。这就是盐肤木。

盐肤木是色彩大师。早春时嫩茎叶是绛红色，水灵灵的，可凉拌食用，又是顶好的猪饲料；夏天一身翠绿，姿态舒展优美；秋天时分满头皆白，漫山遍野，蔚为壮观。花开伴有大量花粉，是初秋季节难得的优质蜜粉源。深秋，其复叶呈火红色。到了十月，大小如黄豆的果子成熟，色泽艳红，如血似火。这样说来，盐肤木从秋红到冬，像古玉，经年摩挲，包浆尽显，别有一番韵味。入冬之后，叶虽枯落，但那一串串密密麻麻的果实却仍稳挂枝头，极富观赏情趣。盐肤木宛若人，在每个人生阶段，都有惹人疼爱的亮点，实为不简单。在我心中，林徽因、秦怡便属此列，看她们的影像资料，一股优雅之气袅袅而出，撩得人心柔软，泛起丝丝涟漪。

盐肤木的名字有个"盐"字，它还有个很有意思的别名——老公担盐。这是在成熟过程中，果皮表面析出少量白色盐味的结晶体，俗称"盐霜"。这样，不仅延长了枝头白花花的时间，还提升了其白的品质。在色彩学中，非单一物质凝成的色彩，质地绝不一般。

因了白，盐肤木引起我的注意。不是"绿茶婊"，都是有质地的白。再探究，盐肤木不只是好看，它还是有情怀的，忍辱负重的情怀。

盐肤木是角倍蚜的寄主植物。听过五倍子吗？一种中药材，也是一种工业原料，常用于鞣革、染布、医药、塑料和墨水等行业。五倍子就从盐肤木来，是一种叫角倍蚜的蚜虫寄生在盐肤木上，在幼枝和叶上形成的虫瘿。

资料上说，五倍子有菱形、卵圆形、长圆形、纺锤形、橄榄形等多种形状。盐肤木，有个俗名"爆米花树"，乡下人这样叫。孩童喜欢吃的爆花米，肉鼓鼓的，五倍子的模样与爆花米有几分相近，似乎也是经爆花而成的，"爆米花树"可能就这么来的。

那天，我找个角度看一个村寨。爬上一处石岗，站稳，回头，那一个壮观！看过团体操表演吧？当白色的扇子举过头顶——云也手握手。这是一片丘陵，阳坡，是盐肤木的福地。索性坐下来，让自己融入这片白云，张恨水说："己身以外，皆为云气，则真天上居也。"这样的意境，要让人进入温柔乡，甜腻得不能自拔。真的，真有一股甜糯的味道，萦萦绕绕，是有人放蜂来了，嘤嘤嗡嗡的蜜蜂撩拨得花粉扑扑而动。飞过来一只蜂儿，身上早已是粉扑扑了，金蜂儿一个。

胡竹峰有个观点，颜真卿以后，中国书法集体缺钙，赵孟頫、米芾更是不要钙，一千多年下来，整个书界腿软。这个观点能否立得住，另当别论。但是，对于有第三行书之称的苏东坡《寒食帖》，一直以来，不时有甜俗的评论。看赵孟頫的《前赤壁赋》《后赤壁赋》书帖，真感觉被甜糯之气包围着。昨夜看着书帖，甜得迷迷糊糊睡着了。今又被甜糯包围了，来自草木的自然情怀，到底有不一样之处。赵书的甜是金丝枣的甜，盐肤木花粉的甜是新疆香梨的甜。一个是甜蜜蜜，一个是甜丝丝。都是甜，质地却非一般。

寄主树，拙作《五月花》曾介绍过南岭黄檀，紫胶虫寄生在黄檀树上。有人形象地说过寄主树和寄生动物之间的关系：寄主是受害方，寄生是加害方。

黄檀、盐肤木是植物，这种加害有多痛苦，它们不会说话，是有苦难言，还是举重若轻，不得而知。所以，标题谓之"寄主的疼，寄生的生"，难免是想当然了。

但是，做了寄主的皇帝却是相当痛苦的。纵观中国 2200 多年的封建王朝历史，朝代更替中，末代皇帝总要落下悲惨的命运，秦二世胡亥、汉献帝、隋炀帝、宋徽钦二帝、明崇祯帝、清溥仪等，要么被杀，要么退位，或者成为傀儡，失去江山社稷，莫不如此。这傀儡皇帝，实则就是寄主了。要说最窝囊的末代皇帝非大唐末代皇帝莫属：第19位皇帝昭宗李晔。

这个昭宗皇帝怎么个窝囊呢？他酒后噩梦醒后不小心砍死几个宦官和宫女，惹起宦官刘季述发难。刘威逼大臣说皇上此举是逆乱，遂率禁军杀到昭宗寝楼下，昭宗吓得魂不附体。刘季述对皇帝一番训孩子般毫不留情的羞辱后，悍然将昭宗锁在东宫院内，熔铁浇在锁上，墙角上挖洞送饮食。昭宗冻得瑟瑟发抖，哭声连天，真是生不如死。

对作为寄主的盐肤木，也许过分操心了，你看，它们"一腔热血献角蚜，白红两色映秋冬"。白，在秋日，是盐霜；红，艳寒冬，是累果。由秋入冬，一道难得的风景。

写完本文，一肚子膏蟹粥消化殆尽，肚肠咕噜咕噜响。继续找些唐以后的书帖来看，帖中有甜糯。

（写于2015-10-17）

读草记

上心了，对花事，还有草事。年前拍下一草，至今不知芳名。心心念念。

观花识草，找些特征，是茎、叶、花、果等植物形态，生长习性，地理分布，一溜下来，基本可以锁定纲、目、科、属，搞清楚学名，也就不会太难了，有了学名，其他知识，按图索骥。

拍那草时，花尚未开，琢磨了二十多天，还未有头绪。也许开花了吧，何不再去找找新露出的蛛丝马迹？驱车前行，来回一个多小时。为一草芳名，如此投入，真有些"抽风"。抽就抽吧，朋友一场。置身草木，我喃喃自语，似乎对话草木。说话投机，虽不知姓甚名谁，也属朋友了。

在山里出生长大，打小，就对小花小草感兴趣。上学、放牛、砍柴，草木包围着孩童。草木葳蕤，芬芳袅袅，那些乡村的记忆，是用皂荚洗过的手帕，轻轻一抖，往事幽幽清香，人工合成的香味把握不了分寸，做到恰如其分的，唯有山间植物。

小花小草，还是零花钱。那些连环画，过年的鞭炮，是集合百合、山苍子、茅根，卖往合作医疗站，来几个硬币，却也很是开心。医疗站有《本草纲目》，照着书到山上去找，对上了需求。每每都畅销，还是好价钱。

配合着《本草纲目》，读草，成了我的兴趣。心有闷事，我不愿意说，到草木间走一趟，或是捧书来读，心情慢慢平静下来，仿佛时光都要愣住，轻轻退得远些。

我对李时珍的文字，一直膜拜，多好的小品文啊，到底是明清风骨。说到茅，他说：茅叶如矛，故谓之茅。其根牵连，故谓之茹。易曰，拔茅连茹，是也。有数种：夏花者为茅，秋花者为菅。二物功用相近，而名谓不同。诗云，白华菅兮，白茅束兮，是也。他又说：白茅短小，三四月开白花成穗，结细实。其根甚长，白软如筋而有节，味甘，俗呼丝茅。只不过上百文字，绝句般节俭，却是铜鼎质地，大家风范。

古今之人，极喜兰草，李时珍的文字没有忽略过：兰有数种，兰草、泽兰生水旁，山兰即兰草之生山中者。兰花亦生山中，与山兰迥别。兰花生近处者，叶如麦门冬而春花；生福建者，叶如菅茅而秋花。黄山谷所谓一干一花为兰，一干数花为蕙者，盖因不识兰草、蕙草，遂以兰花强生分别也。

对这样的文字，不爽的心情，都不好意思了，闪人，立马行动，走得远远的。

周末，甚至是中午——每日一草（花、树）要素材，发往微信朋友圈，算是整理读草日志。我不是镜头控，向来喜欢轻装上阵。干粮、茶水，一只手机，上路了，像水墨洇入宣纸，要把自己融进草木芬芳。

紫云英，一个紫字，身价高贵。可她，就是多年前长在乡村田畈阡陌的红花草。秋收后，生产队组织队员往地里撒草籽，红花草，壮阔地铺泄。至今想来，只有她们，给了开门见山的孩子们辽阔的遐想，让山里孩子的眼界不至于逼仄。至于葱绿的羽叶，红白相间的伞形花序，那也是喜欢的。在枯索的冬日里，在刺骨的寒风中，她们在色彩上，在状态上，提携着物质和精神上都还不富庶的孩子。她们简直就是把自己点燃，给季节，更给孩子取暖。

昨天吧，往观察物候的上坑村走，居然看到了久违的红花草，眼泪差点要掉下来——今日，红花草再无人疼惜，田畈冻得直打哆嗦。早年，在寥廓无边的红花草身旁，放牛郎蹑手蹑脚，往调皮擎出的花梗，上面环列的那圈花，去捉蝴蝶，或是数数蜜蜂的脚丫；有时，干脆躺在草丛中，任凭黄牛去偷三吃四；举起一只手，衣袖褪到了手臂上，让变暖和的风，爽爽滑过藕白的手。所有这些，都让记忆给偷走了，不知藏在何方。

今日相遇，像是给了条奇妙的引线，把过往记忆，细细拉出，鲜明生动如重现。

走路不看草，看草不走路，如此寻寻觅觅，看到新朋友，好一番激动。三五日过去，芳名仍无踪，梦里翻箱倒柜，资料，查到手软。这都是谈恋爱的节奏啊。白天闲时喝茶，无意中翻书，躺身资料中，就有白天所想、梦里所思的那根草。真想大喝一声：哎哟，朋友，找你，好生辛苦！

黄色的花，开在孟春，一只小虫，圆形花上，嗅来嗅去。春天风暖，花香好闻。就是人，也不想矜持，何况是一只吃花吃叶的茎蜂。手机，对焦，来特写，能看清花上扑扑的粉，虫子的绒毛。手机拍照，节奏慢得出奇，撅起屁股，屏住呼吸，照片效果出奇的好。舒口气，回头走起，一只大狼狗在身后虎视眈眈。属狗之人，却异常怕同类，寒毛倒竖，刚刚漾满全身的满足，瞬间给恐惧击得粉碎。射出蓝光的眼，仿佛春暖花开，突起狂风，寒流来袭，大有天昏地暗之势。

"格林，走开！"清脆的童声，像暖风回转，把坠入寒极的心拽起。

是一个八九岁的男孩，带着两个丫头过来了。

"我的先放好，你们都比我慢！"红毛衣的丫头声音响亮，想必很开心。

他们在做着什么游戏吧。我不懂的游戏。我那些石头剪子布、弹玻璃珠、滚铁环、打纸烟箔等游戏，早已是过时苋菜，明日黄花，赶不上现代孩子的节奏了。

他们追逐玩耍的小径旁，一座黛瓦白墙，"7"字形的房子，贴着春联，挂着大红灯笼。木栅栏的骑楼，右侧有蜂箱，种着两盆朱顶红，橘色花精神着。房前，几株芭蕉，一袭枯衣，虽全无"芭蕉丛丛生，日照参差影"的雅致，却不影响农舍的疏朗。农妇左手拢着额前秀发，右手在摇水，清泉"哗啦啦"，煞是好听。若是在初夏，豆大雨点，打在"数叶大如墙，作我门之屏"的芭蕉叶上，别有情趣。想起蒋坦秋芙芭蕉题诗。蒋坦："是谁多事种芭蕉？早也潇潇！晚也潇潇！"秋芙："是君心绪太无聊！种了芭蕉，又怨芭蕉！"有景雅致，夫妻恩爱，芭蕉作证。

早年，我也住过如此农房。有蒋坦秋芙的心情，常坐在骑楼上，一茶，一书，水田漠漠，青青不尽，风致简净，一如《秋灯琐忆》的陶然忘忧。

很多年了，背过的诗词已记不真切。那首词出在《全宋词》，词句怎么想，都记不起来。只能忆个大意：聪明伶俐不如碌碌无为，人生苦短。粗糙的饭，那是天仓——老天爷米仓里的小米；浑浊的酒，那是老天爷给的俸禄。再钓钓鱼，采采野菜，有什么不满足的呢？当年的美女和财富，现在都到哪儿去了呢？这些都不是人生之福啊！

这首词，好像写给现代人看的。作者是曾经拥有过财富的，美女，不说如云，也是有三五知己。可这些，都是过眼云烟。唯有草儿枯去，春风春雨仍在唤新天。

还看过孙犁老人的文章。老人家经历过战争、"文革"。喜爱的文字，"十年荒于疾病，十年废于遭逢"——对于嗜文如命的人，疼，彻心彻肺。他的文字却朴实如他家乡的土地，夜里来读，能把身心抚慰，即便是现代人的我。

老人家也喜欢草。他写道：这里（在电视上看植物学课程）没有经济问题，也没有政治问题。没有历史，也没有现实。它不会引起思想波动，思想斗争。它只是说明自然界的进化现象，花和叶的生长规律……

开始，我把本文的题目定为《看草记》。"看"改为"读"，一字值千金，却也是关乎心灵的大事。看进去，读出来，灵魂多少经受了洗涤，春暖花开，有紫云英花盘最上面那一瓣，微微翘起，有飞动着的美丽。

（写于 2016-2-21）

东门沤麻有爱情

至今不明白，许多花木与爱情关联着，叫作花语，仿佛她们在默默祝福，祝愿有情人终成眷属。比如，狗尾巴草——暗恋；栀子花——永恒的爱与约定；牵牛花——爱情永固……

而在《诗经》，用花草意象象征爱情，更是屡见不鲜。《郑风·溱洧》篇，俏皮活泼，芍药是爱情的盟证；同卷《将仲子》篇，气氛紧张而逗趣，诗中用杞、桑、檀筑起屏障，女子婉拒鲁男子急切的追求；《召南·摽有梅》篇，言语率直，大胆表白逾龄未嫁的心声，梅子的成熟与凋落，都有了生动而新奇的寓意；至于《陈风·泽陂》篇，写的是失恋男子的心情，清新出尘的荷花，反而是他伤心忧愁的所向，心仪的美人，却是无法亲近啊！

这些爱情都是书本上的。正如看书，我与文友交流，谈了个人体会——看进去，还须读出来。有没有这样一种植物，经典中流芳，俗世中美好？

花木有灵，人心有情。《诗经》把花草嵌入爱情，关乎先民日常的作息，也流露庶民的情感与趣味。苎麻，嚼着清早的露珠，从《诗经》走来，生长在山村农人的身旁，见证着一场场纯洁的爱情。

《史记·越世家》：越王勾践为雪会稽之耻，"身自耕作，夫人自织"。《越强书》载"葛麻山者，勾践点，种葛麻。""葛麻山之首无草木""种麻以为弓弦"。越女织葛麻布"弱于罗兮轻霏霏"献吴王。经典中的麻，即为苎麻。苎麻织布，今称夏布。江西是夏布四大主产区之一，宜丰夏布"柔软滑润，平如水镜，轻如罗绡，嫩白匀净"。可以"献吴王"者，即为此类高大上贡品。夏布的等次以粗细论，用"升"来表示，规定的布幅（约 1.5 市尺）内每 80 根纱称为 1 升，约为每毫米 1.6 根纱。15 升以上方成贡品，7～9 升的粗苎布供奴隶、罪犯穿用，也是包装常用布。早年，我家有一床蚊帐，藏青色，奶奶所购，据说，11 升左右。蚊帐挂在一张闲床上。奶奶是裁缝，常有婆婆、婶婶带小孩来串门，小孩瞌睡，奶奶说一声"放 11 升歇吧，抱着累人"，11 升指代这张闲床，熟人皆知，无须多解释。

夏布纤维来自苎麻的皮。苎麻是荨麻科苎麻属亚灌木或灌木植物，在南方坡耕地生长，枝繁叶茂、根系发达，用来治理水土流失，费省效宏。难怪，《天工开物》云："（苎麻）无土不生，……"《毛诗草木鸟兽虫鱼疏》："缩根地中，至春日生，不岁种也"。不岁种也，不需每年重新栽种。一阵春风吹来，老根老蔸一激灵，爆出一个个芽苞，破土而出的草木，有苎麻毛茸茸的芳姿。黄庭坚《上大蒙笼》诗："清风源里有人家，牛羊在山亦桑麻。"有桑有麻，牛羊穿梭其中，迎面吹来和煦的风，丛丛桑麻隐约见人家——阡陌景，农家乐，早年吾乡多景致。

在没过人的苎麻丛中，太阳衔山，一片橘黄，笼罩田畈、农舍，苎麻阔大的叶片，嚼满露珠。打麻的女子背篓提篮，一声婉转一声回旋，声线甜甜有脆音，露珠惊奇侧耳听——嚼在叶缘，有的腰子形，有的玉壶形，有的椭圆形，像是千年琥珀。"吧嗒"一声，露珠打在低处的麻叶上。一只蚂蚁蹿动起来，"妈呀，吓死宝宝了"——"吧嗒"声，在动物界，是惊天一响。村女们弯着腰，右手握住一根麻秆，左手辅助，往苎麻的腰身勾去，折开一个口子，右手食指伸进苎麻皮和苎麻骨的空隙，勾住麻皮，连同麻叶，向身后划一道弧线，"哗啦"一声，片片麻叶腾上半空，再回落土上，苎麻上半身皮分开成两片。然后，左手握一边，右手勾住另一边，剥离下半截麻骨和麻皮。"对面老妹剥麻皮，做双绣鞋送人情"，山歌从种麻地坎上小路传来。"堆面佬（脸皮厚的人）脸皮八尺堆（厚），阿妹绣鞋在你面前飞，飞过你家老鼠垄（洞，老鼠洞形容家道穷困，而穷家多出懒人），打盆清水照照你面容。"女子回敬一调山歌。打麻的劳动，男女青年逗趣的场合。怀春男女，梦想在飞，开心至极，山歌也在飞。几年前，我在安远县与一位婆婆闲聊，婆婆年轻时唱山歌，讲起打苎麻，婆婆站起来，现场来了一调山歌：郎有心，姐有心，麻地返青动郎心，……哎呀嘞。歌声飞扬，满堂喝彩。

吾乡女子，打麻搓成麻线，纳千层底，客家话是"打鞋底"，做成鞋，叫布鞋。又是山歌，《阿哥送衫妹送鞋》："老妹送我一双鞋，着起新鞋去赴街；上街走来下街转，几多眼珠看到我。"一双布鞋，吸引几多眼球，是羡慕的眼光——家里有个美绣娘，或是定亲定了个心灵手巧的姑娘。还是山歌："一双赤脚配双鞋，哥哥连妹分不开。"定了亲，妹子最迫切的是为心上人做双鞋。"做双布鞋千万针，缝缝密密真苦心，出哩几多手指血，拗断几多绣花针。"绣鞋，几多艰辛，却总是一往情深，

是啊，从打麻，到搓成麻线，用麻线打鞋底，纯属女子的私活，满满都是闺阁之气。我一直觉得，农活中没有任何一件活计能像打麻、刮麻、纳鞋一样，让村女呈现的状态更美丽。

一早打好的麻皮，一捆一捆拖回家，先浸在池塘。麻皮下水，并水里的萍藻游鱼，一同荡漾。回家换下湿哒哒的衣裤，扒几口饭，转往堂屋，或是大树下，摆条风，爽爽地吹来，送来栀子的花香。安好矮凳，身边放一个篮子，开始了刮麻。她们右手握麻刀，拇指套箬竹壳筒，左手捏住三条麻皮，麻刀在七寸处，刮去褐色的表皮，再倒过来，刮去头皮。反复几次，洁白的麻皮几近透明，还有一股馨香，淡淡的，却让人沉醉不知归处。左侧是阿莲，右手坐娣婶，居中间的是玉姐，排过去还有娥、娇、梅、清。"呱——呱——""切切切"，先是单音，后是和音，接着是多声部，其间的谈笑声，是弦乐，或是键盘器乐音，最后，汇聚成一部动听的交响乐。

东门之池，可以沤麻。彼美淑姬，可与晤歌。

东门之池，可以沤纻。彼美淑姬，可与晤语。

东门之池，可以沤菅。彼美淑姬，可与晤言。

这是《诗经》的《东门之池》，表现的是一首欢快的劳动对歌。可以想象，一群青年男女，在护城河里浸麻、洗麻、漂麻。大家聚在一起，一边劳作，一边有说有笑，兴起时，唱起歌来。是小伙子嗓门大开，对着爱恋的姑娘，大声地唱出这首《东门之池》，表达对姑娘的爱意。这种场面，从古老的《诗经》走来，来到了长满苎麻的乡村，来到了打麻、沤麻、漂麻的廊屋树下，池边溪旁。月色如洗，不远处，灯光淡黄，闪动在窗棂，几声犬吠，空旷，悠远。这样子的光景，真的适宜谈一场恋爱，无关风花雪月，却也是甜甜蜜蜜，你侬我侬。

写下这则文字的时候，刚立春几日，天地阴消阳生，安定公路旁的深山含笑开得正是灿烂。远房亲戚摆嫁女酒席——归门酒。作为长辈，新娘子送我一双绣鞋，白底、藏青面子，麻线光滑，针脚均匀。我差点儿忘了，去年春上，她在家门前种了几分苎麻。立夏，还是在她家，现在叫娘家了，做了苎麻叶粄尝鲜。新鲜的嫩苎麻叶，是众人摘来，我打来井水，浸了适量的粳米、糯米，米叶一起放石臼中捣烂，和成的粉团，苍青一片。捏成小块小条，整齐码放在簸箕里，锅中蒸熟，又香又劲道的苎麻叶粄新鲜出炉。

现今，亲戚还不嫌其烦，种麻，打麻，刮麻，打布壳，纳鞋底，绱鞋面，终成一双绣鞋，做一个现代绣娘。这永恒的人世风景里，她把一切温馨都包蕴到了那个伸手打麻的动作里，难得的好情怀。

（写于 2016-2-10）

杉树，让俗世日子不寻常

跟友徒步，多在旷野，或是穿行于茂林。人走林木间，风过林稍抚脸颊，痒，脚步却无比轻盈。

人自在轻盈，眼睛的余光仿佛配了广角，猎美搜奇的半径大了许多，美得心盈润起来。美景在，人无闲心也要视而不见，心闲，景色自婀娜。所谓若无闲事挂心头，便是人间好时节。

朋友高中学画，每每用画画的眼光说眼前所见。他说，杉树的一年，两个词就概括了——前半年时光苍翠，后几个月行程苍郁。如此沉稳性格，画中如何表现，难倒画画人。

"杉树碧为幢，花骈红作堵"，杜牧的句子。整诗记不住，只记住了这两句，也懒得去查了。人到中年，有时出奇地懒。这两句诗，通俗一点来说，树的绿、花的红，太过热烈，密实得房墙设堵了。挤挤挨挨，层次难分，如何着墨？即便墨分五色，也难于表现太过没有层次的画面。技术的东西，也有不靠谱的时候。

人的镇泰若定，一如金庸笔下文泰来，身处险恶环境，镇定自若，英雄气概，百炼千锤而成。尘俗之人，沉稳的性格，须自小奠基在气定神闲的土壤里，一程山来一程水，风来雨去，日有所成。杉树，南方常见树种。房前屋后，临溪挨道，浅山，深山，杉树步履坚实。没有哪种木本，能像杉树一样，仿佛种进了人们的生活里。它们沉稳的性格，是农人从容成长的良朋益友。褚遂良在《安德山池宴集》中说，良朋比兰蕙。兰是菊科的佩兰或泽兰，而蕙则是菊科的兰兰香，兰蕙连用，以喻贤者。结交一位良友，就是结识一位贤者。孟郊又说：结交非贤者，难免生爱憎。我从乡土走出，又归于乡土，看到了性近而习不远的性情，杉树与农人之间。

小时候，我以为山中树木只有三个名字：杉树、松树、杂树。杂树是那些毛锥、楠木、青冈等阔叶木的统称。杂，不是质差俗鄙之意，因与木匠的活计关联，被称之以杂。

木匠所用木料，杉木最多，生产生活器具哪样少过杉木？两层泥瓦房，木板隔开成两层，隔层用材，是松木，厚实，负重——记忆中，松木仅此用途，未见有二。阔叶木难进杉、松木营造的温暖世界，实在是它们没杉、松木的直身，却多了杉、松材的枝节。木匠的斧、锯、刨"三板斧"下来，可用之材实在少，大部分成了灶膛的柴火。农耕社会，木工靠一个人，几样工具打天下，阔叶木因此成了"杂"，难入主流，用材的主流。这是植物界一个印象定终身的现实版本。

杉木从锯开成木板开始，一股清淡的自然之香入鼻，更入丹田。木香像画一根线条，低开低走，却不曾磕磕绊绊，更没有停歇过。即便是祖上传下来的家具，其香氤氲，像祖德恩泽，薪火相传。而阳坡上的老杉木，生长十分缓慢，时间长，木质好，木心有如精肉般的赭红，质坚韧而轻盈，香味恒远。女儿的嫁妆，非选老杉木不可。就好像有老成持重的人陪伴，女儿岁月安好，爹娘安心落意。

看，杉木家具，不施粉黛，外观是自然风格，一种纯粹；原木色彩，质朴、均匀；木材固有的纹理，任何大师做不出、描不出、画不出。却有蹩脚画师，硬要在木板上施粉、上油、画花鸟。那时，农村偏爱吉庆的大红大绿，像大唐以丰腴为美。至今，看到大红大绿，我就想到吹吹打打的喜庆、热闹。

如此，杉木纹理的脚步未曾停歇过，锅盖、饭甑、方桌、案几，都有杉木的身影。上初中时，每到周末，我把杉木原木家什背到河边，稻草成团，抓把粗沙，用力搓木板，搓掉烟熏火燎着上的烟火色。那劲头，是想把生活的繁芜都搓去，只留一份清简过日子。晾晒，干后，留下米白色，把厨房饭廊的生活，过得真真切切，直把红薯、芋头毛糙的生活，沾上油，浇上蜜，人间春色正浓。

杉的针叶，山里人叫杉毛。火烧起来，噼里啪啦，有鞭炮的喜庆。有贵客来，燃起一堆火，杉木枝条烧得咧嘴笑，吉庆的声响，宾主的心头乐开了花。最贵的客人，是新娘子。迎新的仪式，杉毛作燃料，烧起一堆火，新娘子跨过火堆，所有不如意就此告别，前方，是像火那么红艳的生活，所有的希冀，从这堆火升腾，高远、新亮。

杉毛不当燃料，砍来置于菜园口，周身是篱笆，这个口子人进人出，叫作菜园门。小鸡小鸭打扁头瞅瞅，不明白里面是什么世界，总想着进去看个究竟。一株拳头粗的杉木，留下枝条，拦住了菜园口的小动物。曾看过它们跃跃欲试，跳，够不了杉毛的高，钻，避不开杉毛的针叶，悻悻然离去。公鸡打鸣，新的一天又开始，小家伙们又在杉毛跟前跳啊啄啊。我想，它们不是健忘，是心中的希望之火未曾灭掉，每一天的努力，不懈怠，不松劲。农家动物的性格与其说有韧劲，还不如说它们很沉稳，杉树般的沉稳。

杉木在春天抽穗，绿油油在枝头，虽有油光，却依旧稳重，仍是一以贯之的不事张扬。杉木长在野外，给人是家常之感。而临屋畔生长，身上又少不了野趣。在家常与野趣之间，杉木平衡得很好。在人间，他就是性情中人，也是乡土之中切身可得的风物日月，与己相亲。这般相亲，落实到杉木上，一身都可入药，这是中草药带给世界最美好的哲理。唐陈藏器编著《本草拾遗》载，杉木根、杉皮、杉木节（枝干结节）、杉叶、杉子（种子）、杉木油（木材中的油脂）都供药用。

典籍浩瀚，不懂医，我看中医古籍，是以欣赏古人文字的角度寻找动力的。清赵学敏编著《本草纲目拾遗》卷六／木部，记取杉木油法：用纸糊碗面，以杉木屑堆碗上，取炭火放屑顶烧着，少时火近纸，即用火箸抹去，烧数次，开碗看，即有油汁在碗内。杉木油作何用？典籍给的功效是治一切顽癣。

看典籍的文字，清新，清心。这与看杉树的心情是一样的。站在我家骑楼，看前方临水处一片杉木林，它们从春到冬，不聒不噪看时光流转。它们气质沉静，慢慢沉淀，慢慢酝酿，丰盈在如水时光中。某一天，心中有事憋着，走下骑楼，走向杉林下，把自己融进杉木营造的风景。

翁郁成闭——杉木林，遮天蔽日，清幽，仿佛要人忘掉俗世。往前走，日影斑驳，这是间伐过的林地，光柱像箭射下来，彩色光晕，醉眼迷离。若是混交林，也有这景致。这是大画家莫奈写生作品常常聚焦的地方，印象派把光影用到了极致。

光影到底比清幽更具烟岚味道。印象派把工作室从宫廷搬到了野外，画笔对准了大自然，与贵族达人决裂。大自然花稍露珠，闪烁于一己之身，如早间买菜，我站在熙攘的市场里，看往来的人群，看摆放整齐的水果青菜，有一种亲切与温暖。这是生活的温度吧。

现时，木匠正在消逝。机械化，让原来谓之"杂木"的阔叶树入了主流。速生的杉木，少了密实的优点。可是，这俗世人生，有杉木一树沉稳做伴，总是不该以寻常日子来看待。

（写于 2016-1-13）

孟秋，千年桐开了花

晨跑经过锦绣大道（中），在一家叫作东山羊庄的门前，看到一株大树开满了白花。枝头皆白，仿佛一场大雪，在夜里纷纷扬扬。

近看，这株高大乔木似油桐，但不是乡村漫山遍野的那种油桐，看皮观叶。

请教朋友，说是千年桐。

千年桐为大戟科油桐属，也叫铁甲桐，树形修长，高达十几米，树冠成水平展开，层层枝叶浓密，让人想起戏曲开场时锣鼓的紧密，是良好园景树及行道树种。其花白中稍带一点红，花开时，像戏园子，坐得密密匝匝。

油桐属树木，正常情况下初夏开花。像这株千年桐，花在孟秋时节绽放，很是少见。

这位朋友给出了答案——空怀树或天气异常所致。

所谓空怀树，是春花没能结实。孟秋开花，是这株树的二度春。问羊庄老板，这植株春季花开多不多？他回答，忙着做生意，没留心。

一个十多岁的男孩，这位老板的儿子，接过话说开了很多花。当时，他和小伙伴们用芒箕梗串了一串串带到了学校玩。白中带点红的花，很讨人喜爱。

到底孩子的童心中多有生活之美，大人们忙忙碌碌，美在他们眼皮底下溜走了。法国诗人兰波说："生活在别处。"意思是"熟悉的地方没有风景"。所谓熟视无睹。而这位羊庄老板，属于无暇看风景。无暇，可以理解成没有情怀。

说天气异常，今年雨水是特别多。入夏后，老天似乎忘记了它的字典里还有个晴字。雨水赶跑了热浪，进入三伏天，没有往日的热浪灼人，仿佛是春天没有经过夏季，直接与秋天约会了。夏长，没有气温助阵，是否给植物带来异常？我的知识不够用，身边也没有植物学家可请教。这个谜，留着慢慢来解。

空怀树秋季开花，一样会结果，毕竟季节不对，果实不能在落叶之前成熟。千年桐是落叶植物。黄叶飘零，季秋时分像降落伞一样，飘飘忽忽，美景尽现，若在桐树下奏起大提琴版的《神秘园》，该是一种怎样的景致啊。到时还来看这株千年桐落叶纷披的美景。

植物一开小差，可能就给人带来不一样的风景，一如这株千年桐，将错就错成风景。大自然的伤风感冒都可能成风景。

（写于 2015-9-2）

问木棉，羁客可安好

在华南的城市，庭园或道路种植有一种乔木，高大，可达一二十米，圆柱状，基部略膨大，观叶展景植物，名为假槟榔。

第一次见假槟榔，是在改革开放初期从特区寄回来的照片上。主人公是同学或同乡。我读小学一年级时，我们村小有两个班，待到初中毕业，仅剩下不到十人——其他同学都先后打工去了。滚滚打工潮，有我熟悉的浪花。

照片当然是彩照，多以特区地标为背景，花园或绿化带也是驿动青年喜欢的，都是家乡所没有的草木，很特别的景致。照片一角，必有"特区留影"四个字。

这四个字，极具冲击力。每到吃饭或闲暇时，共居一个屋场的乡亲，抢着照片来看，看长高长胖了的主人公——乡里乡亲，看新潮的衣衫，看新鲜的背景景观。端详着，议论着，羡慕着，不屑着。抢看照片的场景，若有留影，也是不错的镜头，很有生活情趣。

照片的背景树木，有种未长出叶子，花苞就先开一树的乔木，花红如血，硕大如杯，远观好似一团团在枝头尽情燃烧、欢快跳跃的火苗，极有气势。这种树树形高大，雄壮魁梧，枝干舒展。等到有机会去特区时，我急急地寻找、打听，才知道那红花树叫作木棉。

木棉性子真急，不等叶子萌芽，花先呼啦啦地开放。这厢顶着花苞，那厢花苞就气势汹汹地坠地。又委顿得极快，很快发黑发蔫不好看了。好急的性子。

记忆中，背景草木还有一种常绿攀缘状灌木，三朵小花簇生于三枚较大的苞片内，苞片大而美丽，鲜艳似花，当嫣红姹紫的苞片展现时，绚丽多彩，给人以奔放、热烈的感受。契合了深圳这个年轻城市的精气神。

这种花是深圳的市花，叫簕杜鹃，又叫三角梅、九重葛等。

三角梅的生命力旺盛，粗生易长，只需要在初春或者晚秋，用它的茎秆扦插于土壤中，个把月就能生根，长出枝叶，第二年花满枝头。它的花期很长，在南方地区，当年的 10 月至翌年的 6 月初，都是它尽展芳华的时期。

是过年的时候，辗转回家的打工仔、打工妹带了些三角梅的茎秆回家，冬季扦插竟也有成活的枝条。先是有打工青年的家庭扦插，因花开灿烂，红得热烈，红是吉祥色，到后来，很多家庭都剪了枝条去扦插，门坪、菜园、墙角，三角梅怒放着，再也分不清谁家有无打工青年了。

不久前，我回老家找寻旧时生活印记——整理记忆的底片时，看见三角梅依旧在乡村烂漫着，在残垣，在断壁，在旮旯。新起的钢筋水泥楼房，有了院子，三角梅的枝条从院中一角高高伸展出来，是王安石"墙角数枝梅"的画面。

花红树绿，吐露芳华，给人以美感，愉悦了心情。就草木而言，有其习性，像人，有个性。还是用媒婆的话来说。

媒婆，本来成就男女青年的终身大事，有情人成眷属，有她们的一份功劳。但是，她们把方说成圆的嘴巴，往往很不讨人喜欢。媒婆这个行业在乡村褒贬不一。

媒婆说，假槟榔、木棉再好看，见冷死；三角梅花红，有刺。

什么意思呢？假槟榔、木棉是喜温植物，在不低于10℃的环境下越冬，所以，作为漂亮的景观树，它只能在珠江三角洲一带生长，过了粤北河源市，就难成活了。

木棉在热带、亚热带广为种植，我国广东、广西、福建是适种地区。

媒婆嘴毒，说那些植物"见冷死"，符合她们的语境语态，也让我勾起了电影上、戏剧上嘴唇薄、颧骨高、穿红戴绿的媒婆形象的回忆。

三角梅的枝条有刺，修剪或扦插时，戳伤手是常事。

珠三角这些好看的花，不知咋的，就招惹了乡村媒婆。

打工女孩也招惹了媒婆。媒婆向男方介绍女孩时，耳朵旁咬上一句"没有打过工的，好好珍惜"，好深奥的潜台词。

我上初二时，每每晚自习，都有同学在聊打工的同学、同乡，或传看深圳寄回来的照片，说他们的发型、衣着，说他们工业流水线上的奇闻逸事，作结的一句话，往往是"听说女工领工资时，要一个个轮着到老板宿舍去"。

这句话跟媒婆的"没有打过工"是一个意思。

我有个亲戚的话更绝。他女儿初中毕业后，想跟着同乡去深圳打工，向他央求了三次，最后，他放下狠话："要去就上了环去！"环，节育环也。如此狠话，做女儿的就是再不懂事，也不敢再吭声去深圳了。留在家里干农活，一次砍柴时，这个花季少女坠落悬崖身亡。他后悔莫及。

至此，媒婆话中的潜台词，同学议论女工如何领工资，就很明白是什么意思了。这就是乡亲在抢看特区寄来的照片时，有人不屑的原因所在。

花好，也是有缺陷的，媒婆给假槟榔、木棉、三角梅放毒舌，也以花的名义诬陷了打工女孩一把。

乡村，人心古道，乡风摇曳，但有些事很让人不可思议。封闭、大惊小怪、人云亦云……

今年孟秋去深圳，车子缓缓走过深南大道，假槟榔、木棉、三角梅映入眼帘，我想起了那些打工的同学、同乡，多年未见，你们还好吗？深深地念着你们！

（写于2015-8-30）

不将颜色托春风

就有这么犟的性格。白居易赞紫薇的绝句，其实挺适合它们：紫薇、黄山栾、有刺银合欢，句子是"独占芳菲当夏景，不将颜色托春风"。

夏天，酷热难耐，烈日灼灼，在太阳的光芒下抢下一席，在热浪翻滚中成为一景，北方人说，那是杠杠的。看它们的态度吧，"不将""托"，一副毅然决然的样子，又是舍我其谁的气概。

白居易不吹牛皮。

紫薇，四种颜色高调出世，从色彩上先声夺人。紫薇：紫红色；翠薇：蓝紫色；赤薇：火红色；银薇：花白色或微带淡茧色。在太阳严厉的光芒下，哪一种颜色曾经黯淡下去过？

它们的花，不以朵论，简直就是排山倒海的节奏，一团一团，一串一串，不要说成行成园，单株立在街头，也立马成为眼球王，是独占芳菲的角儿。

在紫薇的花带，或是紫薇园，像天空中的霞光，一泻千里，又像大火烧连营，在赤壁的江面上、天空中，蜀吴联手，载入史册。

俗谚说："花无百日红。"紫薇又名百日红，杨万里说："谁道花无红百日，紫薇长放半年花。"挑战权威，紫薇的勇气。

我有晨练的习惯。每天经过两条几百米的花带，分置于路的两侧。我仰视这排山倒海的气势，我俯首于红、紫、紫红、白色的王国。我高贵的头颅，折服了。

描写太阳，从小学开始，多用金色的光芒等句子。高大的黄山栾，小暑后开花，金黄的小花组成的圆锥花序，一串一串，密密麻麻，像金色的蚂蚁（如果蚂蚁有金色）挤满在穗条上。用黄金着色，热烈、奔放，也只有黄山栾，才有的气派和格局。

早晨，环卫工人还未来得及清扫黄山栾树下的地盘，满地花米，像下了一夜的金子。我真想躺过去，尝尝睡在黄金上的味道。蚂蚁一夜未眠，或是几班倒，抢在了我的前头，在花米上奔跑。没抢到头筹，我悻悻然。我为自己势单力薄悻悻然。蚂蚁虽然微小，一如黄山栾的花米，但是，用人海战术，以微小的个体辽黄山栾的热烈、奔放，越过深秋，持续到严冬。到深秋，灯笼状的蒴果挂满枝头，红艳夺目。即使在严冬，落叶的枝头依旧是红褐色的灯笼高高挂。

黄山栾，从金色到红艳，最后以红褐色敌过寒风霜雪，有着卓尔不群的底气——一生热烈，何惧严冬。

有诗人说，世间赤橙黄绿青蓝紫，最终凝成明净——是老年沈从文的眼神，不尖锐，但有一股望穿一切的力量。

画面很美：在蓝天白云的映衬下，有刺银合欢的枝枝叶叶，任性地伸展，每一个角度，每一个姿态都妙趣横生。它的蓓蕾一朵又一朵地攀向枝干的上方，欲与白云共一家，诗意，浑然天成。若要生硬地比方，那就这样说，如白云停驻，似瑞雪盈枝——飘逸出尘的美，这样的气质，顶配望穿的力量。

初识银合欢，缘于它的刺。还是 20 世纪 90 年代，赣南脐橙方兴未艾。银合欢是作为脐橙园的篱笆种下的。它身体带刺，枝条舒展，围挡严密，天成的篱笆，是防禽畜破坏、防盗的最佳屏障，喻为"绿篱之王"。因而它有个通俗的名字，围园簕。

炎热的夏季，最火的词应是冰或雪。现在，冰、雪都可以工业制造。可是，工业制造，往往与肤浅相关。冰雪冷却了肌肤、口舌，在一颗心面前，它总是苍白无力。有刺银合欢六月初开花，有文字这样说，"如雪如絮、繁花似锦、洁白芳香、怡人肺腑。远望似白龙腾空，盘旋于青烟绿云之上，郁雅壮观，雪降六月给人凉爽的享受"。

我喜欢这样的文字，很合我的文风，朴实的白描，很有画面感，"雪降六月给人凉爽的享受"，真的凉爽到了心里，逶迤而出。

路过一片银合欢林，我跳下车，左比右看，想找个好角度，拍下银合欢花开的美，或叫意境，只是一切都枉然。像画江南人家，用传统山水技法，画不出其灵性。用西方油画，缺少江南美景点、线、块、面的有机组合。唯独吴冠中的"国画现代化，油画民族化"的风格，才接近美景的本质——朦胧、空灵、飘逸。

我望着有刺银合欢出神，在三伏的二伏天里。

（写于 2015-8-2）

四时之气有枇杷

丰子恺有文章，说羡慕孩子们的生活。那些童心、童趣，什么跳房子、凫鱼、恶作剧、偷桃摘李，的确令人有时光流转，重拾纤尘不染初心的冲动。成年人偶有童心，就张开了人生的慧眼，时常会收获"路转溪头忽现"的惊喜，收获"柳暗花明又一村"的奇趣。难怪，老丰称孩童时代为"黄金时代"。

我忆起少年的兴趣，有一项是成语接龙——上海知青带来的。有一个接龙是：一日千里 → 里丑捧心 → 心粗胆大 → 大化有四 → 四时之气 → 气喘如牛 → 牛不出头 ……先是一个人接，后来成了齐声，再后来成了上学、砍柴路上的"加油号子"，有口无心般唱读，回响在山谷山坳。我这样知道了"四时之气"。

有文友说我的文字欠缺古味，得多看古书，看古代典籍，这样子多了起来。《黄帝内经·灵枢·四时气》云："四时之气，各有所在。"据说，这是四时之气最早的出处。四时之气，本指一年四季的气象，后喻指人的气度弘远。气象——天地之气，气度——人之胸怀。中医上，借四时之气指春之风、夏之暑、秋之燥、冬之寒，再加上夏之火、长夏之湿，共组成六气。气是什么？气是最基本能量，维持人体的生命活动，气在，生命就在。一人病快快的，老中医给号脉，说气虚，元气不足。对中医说的气，感觉很玄乎。当年的砍柴郎，有个伴长得比我高，却一口气接不上来，上坡爬岽，气喘吁吁，每次户外活动，他娘都要交代我们照顾他，"气虚，大家多担待些"。久之，气虚就成了同伴的代名词——气虚逃学了，气虚捡谷穗去了，向他娘报告着行踪。对于气，这才真切了起来。

伊看我行文，猜我要写一种植物。是的，要写上一笔的是产自中国东南部的枇杷，南方人身边的水果。

枇杷有个别名"芦橘"，苏东坡的诗有体现。"罗浮山下四时春，卢橘杨梅次第新。日啖荔枝三百颗，不辞长作岭南人。"该诗，人们关注的点多在"荔枝"。这水果太诱人了，"一骑红尘妃子笑，无人知是荔枝来"，妖娆妩媚的杨贵妃却知道，在莞尔而笑。苏轼是受贬到惠州的，有荔枝日啖，愿长久待在岭南，乐已忘贬了。相比荔枝强大的人脉，"芦橘"成了小众的关注。据说枇杷的英文 Loquat，是来自芦橘的粤语音译。不知与苏诗有没有关系。

　　是 11 月吧——孟冬时节，一个灰蒙蒙的上午，到得一排老屋前。黑压压的云朵，把美丽的心情压住了。风送来花香——都说草木无语，她却懂人，在人心情不美的时候，以淡淡香安慰人，恰到好处，恰如其分。隐隐约约，甜而不腻，很清爽，有橙子花香的味道。较之于橙花香气，风送来的花香，羞羞答答，娇娇滴滴。心头为之一振。转往屋后，三株枇杷，枝叶婆娑，阔叶中有微微的黄白。五出细花瓣，倒卵形。以五至十朵成一束。花梗、花萼多绒毛，在花事中喧宾夺主。这个季节，花事见稀，细小的花，都要珍惜起来。来自人心深处的珍惜和不舍，在于对万物的体恤，对天地的懂得，也就多了一些，深了一些。

　　花事缤纷在秋季，花都要谢幕了，我才遇上。惜秋长，花开早，不知怒放之时，可曾壮阔？据说，枇杷要开两拨花，仲秋或季秋开的花，遇上寒潮，花尚不及结果，就要焉去。隆冬时节，再开一拨，与蜡梅共芬芳。花事从秋天到冬日，果子在春天至初夏成熟，一场生命孕育，历经秋冬春夏，枇杷也太称奇了。因此，她称为"果木中独备四时之气者"。一个"独"字，给了枇杷王者气概，卓尔不群。但是，枇杷细小的花，香得隐约，似乎跟王者联系不起来。这是人的错觉。在自然界，还是以本真的心看待事物为好，我们人类，习惯把江湖之气强加出去，包括强加给植物。

　　早年农人种果树于房前屋后，因素当然不少。我更愿意往草木情怀上想。种时无心，花香有意。花红柳绿，再粗俗的人，也不会无动于衷，心是要咯噔一下的。实则，农人，活粗，手粗，心不粗。这是客家山歌：哎呀嘞哎！打支山歌过横排。横排路上石崖崖；哎呀嘞，哎呀走了几多石子路，你格晓得哇心肝妹，着烂几多烂草鞋。劳作之余，不忘"心肝妹"，心有多细，心有多润！林清玄解释何谓美好的心，就是能体贴万物的心，能温柔地对待一草一木的心灵。

　　《本草纲目》对枇杷有段文字，抄录于下：枇杷易种，叶微似栗，冬花春实。其子簇结有毛，四月熟，大者如鸡子，小者如龙眼，白者为上，黄者次之。无核者名焦子，出广州。又杨万里诗云：大叶耸长耳，一枝堪满盘。荔枝分与核，金橘却无酸。颇尽其状。古人的文字，省却了烦冗，很有以本真的心书写的味道。干脆手机下载来《本草纲目》，置于手机桌面，有空，当起了"低头族"。心有不宁，看上几眼，沉浸在简约的文字里——似一股山泉，没茶甘，没果甜，细细品，它又何止甘、甜，恐怕世间百味，它都蕴涵了。草木幽幽，在我心中筑起绿篱，烦躁、欲望免进，人顿时到了曲径通幽处。在赏枇杷叶，在品枇杷花，心自邈远，像北京的 APEC 蓝。

在"割资本主义尾巴"年代，农村少果树，从没听说过果园一词，只在房前屋后、菜园旮旯偶种一二。枇杷，正契合了客观环境，以"易种"的本性，随种而安。成为当年乡村少年的零嘴，稍稍过下嘴瘾——品种老旧，说施农家肥，不过是焚烧垃圾烧焦的土，叫作火土的，哪有丰产？那个年月，也不敢丰产，像宋诗人戴复古"摘尽枇杷一树金"不行，苏轼"枇杷已熟粲如金"也不行，挨上"资本主义尾巴"，连树都保不住。还不如让它们继续随种而安，靠天吃饭，有多少摘多少。至今不明白，下新屋生产队有家叶姓老两口，性格孤僻。摘桃收李时，农家都会故意留些不好采的树顶果，给孩童解解馋。这老两口置了根长长的竹篙，打啊打，打尽歪瓜裂枣，有小孩冲上前捡一只，长竹篙"嗖"一声打将过来。而且，他们摘完后，大大方方去小学操场卖，手秤——一种手工称重量的计量工具，尾部翘得老高，"你看你看，秤头很足（没有偷斤减两的意思）"，声音叫得老响。不明白，卖枇杷，怎么他们家就不割"尾巴"？一位女同学爸爸，夏时偷偷在山里种了一株南瓜秧，秋季收回三个大南瓜。"大家不要学我，偷种南瓜"，瓜字收音后，敲响一记锣，这般模样，走在村里的大路小径，那个年代特有的词汇：游村。爸爸"丢人现眼"，女儿在校哭红了双眼，却无人敢上前安慰。

最近聊起这事，几个老乡给出的答案大同小异。是说，搞运动，山里人多多少少应付着进行，乡里乡亲，哪会把事情做绝，何况，是一对患难老夫妻。

少时诱惑于枇杷金黄的果实，馋啊，常常饿肚子的乡村少年，实在难于抗拒。那年月，对枇杷叶子也是挺有好感的。《本草纲目》云：枇杷叶，治肺胃之病，大都取其下气之功耳。气下则火降痰顺，而逆者不逆，呕者不呕，渴者不渴，咳者不咳矣。枇杷叶采起来简单，全年均可采收，晒至七八成干时，扎成小把，再晒干。或储藏应急，或卖往药材店，换来零钱，接济家用，也是零嘴的所在。

进城后，常对着一种树纳闷：叶子像枇杷叶，灰棕色，倒卵形或长椭圆形，有淡黄色绒毛。只是树形像瘦高个，临了顶端，长些枝叶，仿佛女人烫了爆炸头，不及枇杷的婆娑好看。这是大名鼎鼎的广玉兰。两者叶子同色，一年四季灰棕，不看天色，更不看人眼色，按着自己的性格，稳当过着日子。即便一树金黄——枇杷，一树雪白——广玉兰，与自己都没太大关系。这是大隐小隐都不及的修为啊。中年看东西，喜欢如此稳重，连衣着都舍弃了亮色、浅色，一色藏青、烟灰白，简简单单走过一年四季。这也是喜欢枇杷叶的理由。广玉兰开花，像莲花开在树上，两掌合抱，慢条斯理地开启，其形，其性，都与莲花太过相似。想到一个词，于枇杷、广玉兰再妥帖不过了——守朴抱拙。这又是更高的修为了。

枇杷随种而安，在乡村称作"烂贱"，有谁很高贵呢？连人都叫作来贱，贱花什么的。其"备四时之气"，秉性如此，想应景而变都不容易。变什么呢？人世生息，生活的节奏，有天地万物的伦常。记得王夫之在《姜斋诗话》中说："从容涵泳，自然生其气象。"枇杷，一叶一花，生息不辍；农人，一事一物，劳作快乐。生活的智慧，如此朴素——也是守朴抱拙。早年，小学一位老师，房间终年挂"守拙如初"横轴，他是喜欢枇杷叶的一位老者。

（写于 2016-1-24）

以树的名义致敬光

常去一个地方，一个做有绿化小品的院子。亭子、池塘、游步道布局有致，银桦、香樟、大叶榕、小叶榕、本地榕树高如盖，佛肚竹、雷竹、麻竹为院子增添了雅趣。苏东坡那句竹、肉的名言一出，庭院绿化，竹子当家。在东面的墙角边，两棵高大的意杨遮挡着照射来的阳光。意杨下还有大叶樟、紫薇，西洋杜鹃、红花檵木、雀舌黄杨等灌木色块，线形自然流畅、饱满，富有层次，整个庭院叶色、叶形、花色搭配谐调。

在孟秋的一个早上，我又到此溜达，感受树木带来的静谧和清新的空气。孟秋的阳光依旧饱满，透过仰望的细枝密叶，肆无忌惮地游荡在空阔的庭院。枝叶像筛子，过滤着阳光，树下一片斑驳。

一个吃吃笑的孩子，蹒跚着走过去，伸手碰触树下那些破碎的光晕，小心翼翼地，怕戳破光晕。我出神地看着这斑驳的院子一角，还有可爱的孩子。

这样子的光影，特别有诗意和韵味，是光和树枝、树叶耳鬓厮磨营造出来的景致。对树木和阳光一直怀有敬意，它们真是景观大师，每每都有打动人心的作品。

捕捉光的踪迹和变化入画，印象派创始者莫奈如痴如醉，每一片光都像莫奈画里的渴望。

十九世纪四十年代主流的法国官方美术沙龙，流行着古代希腊罗马诗意抒情的回忆，海洋波浪上的维纳斯美丽的女性裸体，是画家的笔触聚焦所在。用美学家蒋勋的话来说，这样的画作，"与'现实'无关，也与'真实'无关"。是莫奈带领我们的视角走在风和日丽的天空下，云彩、湖水、树木、睡莲、踏青、野炊的人们屡屡出现在他的画作里。

看莫奈的画，容易让人思绪回到童年、少年——旧时乡村岁月的记忆，放学路上采野花、放牛间隙嬉戏、田畈山岗野欢，是露水打湿裤管，是山坳松涛，是油桐花暴，是黄昏中小河金色的鳞片……有过乡村生活经历，毫无障碍地走进了莫奈营造的意境。

莫奈对光太入迷了，他不放过每一个时辰，用画笔记录着光的变化，用色彩描绘着光影的梦幻。

"匆促的笔触，模糊不定的色彩，朦胧的光，一点都不清晰的物体轮廓，然而这的确是他看到的日出之光，是他完完整整面对日出记录下来的'印象'。"对莫奈的《日出印象》，蒋勋这样说。

是的，在乡村，山峦、溪流、草场、日照，一切都在朦胧中，没有物象的具体边界了，都融为一体，在光的跳跃中。水牛"哞哞"叫了几声，才让人回过神来。亦真亦幻，都是光的神奇。

《日出印象》送往官方主办的美术比赛，落选是预料之中的。不曾想到的是，莫奈的画作名称被拿来做嘲讽侮辱的标题，刊载在报纸上。莫奈与一群志趣相投的画家公开宣称与官方美术沙龙决裂，他们说："我们就是要走向户外，走向光，走向现代，我们就是——印象派。"（参见《蒋勋破解莫奈之美》）

不曾想到，一个被傲慢的官方同行用来嘲笑侮辱的词语反而变成了新美学的历史名称，开启了一个美术流派的时代。

不间断的写生，对光的痴迷，他把光影的变幻刻进了大脑，刻进了身体的每一个细胞。以至于在晚年眼疾严重，近乎失明的情况下，他创作了《四季睡莲》。在近似放大了的中国长卷画的作品里，"一圈一圈的鹅黄色浮在粉蓝色中，一缕一缕的笔触，交错迷离，像是垂柳，像是水波，像是闪烁的光，物象彻底被解体了，还原成色彩与笔触，还原成真正的视觉……"（参见《蒋勋破解莫奈之美》）

故乡近 江湖远

在一个夜深人静的冬夜，我翻看着《四季睡莲》，彻夜难眠，被他捕捉到的光影变幻深深地折服。真实与虚幻重叠错杂，仿佛梦中现实，又像是现实处处如梦似幻。这一切就是莫奈画笔下的光，不，该是他心中的光。

莫奈画过《睡莲》系列。看他晚年的《四季睡莲》时，房间放着音乐《树影斑驳》，这是日本乐团梦的雅朵的作品。梦的雅朵惯以法语的呢喃和悠扬的弦乐交融出永恒的梦幻忧伤。而日系气呼式女声里略带忧伤，引领着我走向甜蜜梦幻。《睡莲》《树影斑驳》，画和音乐在交替，在交融，在色彩、吉他与淡淡的电子音效里呈现出迷蒙清幽的感受，交织出美丽的影像与色彩。

这样的感受，在我少年的时光中，在帮大人分担的农事里，竟朦朦胧胧地出现过。只是严格来说，一切还在混混沌沌中，是莫奈的光开启了我心中真切感受这份意境的大门。

在山坳里，放下沉重的柴火，坐在草丛中，阳光透过树枝、树叶后，不规则的光柱打在赭黄的落叶上，伙伴的红脸上、腰背上，光柱在"时间"的指挥下，呈现忽明忽暗的光影，不只是明暗变化，形状、方向也在变化着。那时还不知道迷离、梦幻之类的词语，更描绘不出其中亦真亦幻的意境。只知道光和树木一定是好朋友，它们的聚合，锻造了人间美景。

前方是苍翠山峦，逶迤过去，光在孟秋的云朵间跳跃，光的转移带动色彩丰富的层次，投射在低处的山峦，也是在"时间"的调教下，色块、色差变幻着——于光是明暗，于色彩就是山峦上绿的不同层次，墨绿、深绿、青绿、碧绿……这是昨日去山里买白露茶，弯弯的山路上，有辆车出了故障，在等候排障的时候，我极目远眺，美景震撼着我——这些都是在少年时，在山坳中，常有的邂逅。我庆幸自己有闲不下来的腿脚，庆幸自己喜欢往山里走，庆幸自己喜欢徜徉在草木之中。美景总是在不经意中呈现。仿佛凡·高笔触下的"奇迹"。

码着上面的文字，思绪是翻涌着，真不知如何作结，搜肠刮肚，想到了画家林布兰的话："光是技巧，却更是内在的信仰。"

是的，对于光，我慢慢走上信仰之路，虽然还是在浅层次上。树与光做伴，才有那么多梦幻迷离。我想，如果说要致敬的话，就以树的名义致敬光吧！

（写于 2015-9-5）

溪　水

都说水是无形的。是的，在溪中，它是长条形，悬瀑坎儿溅出水花，像白练；在湖中，跟湖面一样辽阔，不知辽阔是不是形状；在池塘，旮旯一片水，鱼跃水欢；在家常的容器，圆、椭圆、圆柱、立方、正方……商家卖啥形、买家喜欢啥形，水就以啥形状卖萌。水有时是有形的。

喜欢溪流中的白练。

在溪中，水的形态是急匆匆的，哼着轻快的曲儿，用相机拍下流水，淡褐色，重重的纹理，又像勾得很稠的茨，闪着油光。我第一次喜欢上相机，不是简单地复制景观。

说水急匆匆，没错。人们建了陂头来拦住它，它就急，不是挤翻闸门，就是漫过陂头。我想过很久，它干吗要这么急呢？想不透。后来一个孩子说，它要去跟它的兄弟姐妹会合。这话启发了我。岿美山的溪水是兄，鹅公的水是大弟，龙塘的水是二弟，历市河的水是三弟；定南县的水是表兄，龙南、全南县的水是表弟。说了兄弟有姐妹，算了舅表有姨表，接下来，还有姻亲，等等。他们相约好了，在入海口会合，一起奔向大海。

彭麻麻有首歌，《黄河入海流》，歌词有句子："长天厚土大河流 ／ 一儒一道一河口 ／ 你要寻找希望的梦 ／ 你就奔那黄河口 ……"寻找希望的梦，它们追梦而去，所以走得急。

不是因为像白练，是因了梦想才喜欢。

溪水旁，有我放牛的踪迹，印着脚丫子的滩涂可还在？还有我寄放的鹅卵石，教室没有玻璃，风大，手冻，用来压课本。今安在？我看见的钻进石缝的小螃蟹，可已长大？我挂念着。

曾经潜水躲过大人骂咧咧的门前那条河，现在露出了巨石，人们把家里不要的杂物，甚至是垃圾丢入它的怀抱，河水变黑了，变臭了，想掬一捧水洗脸，到哪里去找寻？坐在石板上，双脚戏水，鱼儿吻脚的曾经，到哪里去传承给儿女、孙辈？

唯有小溪。

小满过后的几天，朋友相约去岿美山布衣山谷消夏，在清清的潭水旁，我有了裸泳的冲动。旧时，我多少次在家门口的石下潭洑水、潜水、跳水，都是赤身裸体，这是给清清的河水最好的拥抱。人到中年，还有裸泳的冲动，是思水心切啊！

这是公共场所，不可为。只好脱下鞋袜，坐在石板上，溅水花，走在清水中，摸鱼、摸螃蟹。山中水凉，凉意涌上心头。说惬意不以表达心情，说久违，才是心里话。

憋心里太久了，我打了个"哦喂"，山谷回声："欢——迎——你！"

注：定南县的河水汇入九曲河流入东江，是香港同胞的饮用水源。岿美山河、鹅公河、龙塘河、历市河是九曲河的支流，算亲兄弟。临县龙南、全南的河水注入赣江，是表亲或是姻亲。

（写于2015-7-12）

有椒其馨

不期而遇。去年大寒之后，上山看山苍子开花，靓照拍完，接了一个快递电话，来自湖南永州的包裹。是什么呢？远方的朋友，哪一位？

山苍子花开山野，大方地不计本钱，又义无反顾，叶芽尚没有露脸，淡黄色的花压满枝头。真担心，枝条"嘎吱"一声，压断了，花们手挽手，孕育的力量赛过春江水。幼儿园文体活动，娃娃的脸凑在镜头前，粉嫩无邪，我等浮世之人，感染地忘记心存欲望。流连山苍子的花海，人一样欲望全无。流连，我怎么会突然想到如此好词呢？曾经，费翔以摇滚的台风唱道——满天的银光洒向你窗前／使我想扣你心田／整夜我流连／在你的窗前／等候你掀起纱帘……山苍子花前，我也想整夜流连。

寄有包裹，我一路念挂，永州朋友是谁？山苍子花，可以一路芬芳，海拔

500 米以上的疏林，雨水节气之后，她们芳迹仍可寻，流连，有的是机会，先取包裹去。不过，这样子弃花取包裹去，给人以假粉丝之嫌——真正的粉丝，连生命、爱情都可抛，一件包裹何足挂齿！

永州的包裹，是几瓶山苍子油。山苍子油，又名山胡椒油、山鸡椒油、木姜子油，用蒸馏法从山苍子果实提取的精油，全球十大调味油之一。柠檬的香气，用在美食中，羊肉忘记了膻味，鱼腥了无市场，把肉食中的香分子、鲜分子逼出来——提味增鲜。要过年了，少不了大鱼大肉，有山苍子油调味提鲜的日子，大年过得不寻常。平日工作忙，几无亲近的厨房，又要流连以对了。琢磨椒油从永州来，才记起，去年开了博客——那条河不瘦，结识了不少文友，永州文友有心——拙文记事，孟秋，暑假未毕，山苍子丰收，跟随大人上山采山苍子，家乡话叫作山椒子。那年月，有福建、浙江商人来山区办厂，说厂，实则是小作坊，一座灶，一蒸桶，山苍子果实蒸发出气态椒油，一根冷却管，气态到液态，回收到一个个小桶。曾经，他们下馄饨，还会滴上几滴椒油，芳香无朋。文友就这么着记住了，年前寄来，可把过年的厨房煽情地肉欲芬芳，吃起肉来，天昏地暗，把一年节食省下的肉夺回来。家常的日子，值得忘我挥霍，风吹浮世，有什么可以比家常更抚慰人心呢？苏东坡说"诗酒趁年华"，我说"吃肉要椒油"。工不工整不要紧，关键要"试上超然台上看，半濠春水一城花"——超然看花，超然吃肉。

椒，《诗经》中，出处在《唐风·椒聊》《陈风·东门之枌》《周颂·载芟》。我曾经很固执地查资料，翻箱倒柜，期盼有人校正，诗中之椒，不是花椒，而是山椒子。"椒聊之实，蕃衍盈升。彼其之子，硕大无朋。"花椒子儿生树上，子儿繁盛满升装。那个女子福气好，身材高大世无双。山椒子开花、结果，哪一样不是"子儿繁盛满升装"！可是，资料们都集体袒护花椒，没有一个人说"可能是山椒子"。不管不顾，我认为，《诗经》的年代，多数植物名称并不统一，笼统较多，"六经中唯诗易读，亦唯诗难说"。解经意见纷纭，辨析植物异议不止。花实累累，形态上，说椒即为山椒子，没有谁会认为我为文牵强附会。

山椒子，给乡村商业开蒙。那些福建、浙江商人，把山上野生植物变成白花花银子的，除了山苍子，还有松明、毛冬青、拿藤（钝药野木瓜），熬成膏状，成化工原料，或是做药物之用。有人家劳动力充足，干脆来个劳动分工，有人耕种，有人全天候采割炼膏原料，山野，渺渺茫茫，资源，取之不尽，用之不竭。

谢谢小作坊，改善了山里人的生活。有聪明人，炼油全套流程看下来，跟着外商——那年头叫贩子，做生意人的统称，跑过几次供销，市场在哪里，订单怎么拿，全部学到了手，遂自己开办作坊。山谷溪边，芳香像春风多情，撩人心弦。

20世纪80年代，农村有个很让人瞪眼动心的字眼——万元户。对这类收入突出，超过一般人家较多的富裕户，山村说得更形象：冒尖户。在电影上，干部模样的人鼓励农民："你真是冒尖户，靠集体致富，靠劳动发家，这是正路，大胆地干吧！"山村的冒尖户，最先来自炼膏的农民，大家伙真切感受到了"无工不富"的道理。

山里的女子，喝山泉水，声音好，山雾大，水色好，劳作多，体型好。曾经，上海知青这样总结山里为何多美女。《诗经》有跟美女有关的句子：白茅纯束，有女如玉。茅草初生的嫩芽又唤作"柔荑"，《卫风·硕人》形容美女"手如柔荑，肤如凝脂"。山里的女子是够得着这般形容的。大集体年间，有女外嫁，到城市与有工作的人结成秦晋之好，后有闽商、浙商来山里开厂，娶走的也是山里最美的女子。直到山里人办起了自己的厂子，美女外嫁的势头才得以止住。山椒子，你们的恩德重过门前的座座高山。

从《诗经》找句子作标题："有椒其馨"，下一句是"胡考之宁"，两句合起来的意思是椒酒馨香，能使人们平安长寿。有椒其馨，山里人的生活更和美：爱情和美，劳作和美，肉食和美，生活和美。各美其美，美人之美。

（写于2016-2-15）

麓箕烧起灶膛旺

"割把麓箕当柴烧，麓箕烧起灶膛旺。"时间过去了30多年，对那场山歌赛——1981年春节，公社出面组织了一场山歌赛，只记得，舞台设在山坳，观众站着看，参赛者有邻居大叔，而歌词，这一句是仅存硕果，刻进了脑壳中。

太爱草木花香了，每日发布一草（花、树）在微信朋友圈。从小积累，认得不少草木，还是难度不小的学名，也有一些是我不认识它，它更不认识我，在

《本草纲目》等典籍中寻寻觅觅，加之野外拍照，耗去大量时间。时间对于我，极其宝贵，繁忙的工作不说，看书，写作，谈恋爱般投入——每每时间都不够用。整理花草资料，又何尝不是恋爱。人跟草木的恋爱，多像《聊斋志异》里面狐仙和人的恋爱，或者是女鬼和人的恋爱，王祖贤版的《倩女幽魂》，故事很美，王祖贤更美。草木芬芳，抚慰着我的灵魂，让我在浮世中，清风徐来，明晰透彻了一些事一些理。人再富贵，不过也是捧碗一日三餐，夜卧三尺竹床而已。多了理性，知道什么是真正需要，而什么又是应付下场面，从锣鼓齐鸣中抽身。假若，破碎的镜子能复圆，让王祖贤与齐秦再来谈场恋爱，海誓山盟、风花雪月，已不需要有，都经过那么多磕磕绊绊、分分合合，还有什么没看透？让心有归宿，把一日三餐吃营养，合口味，把三尺竹床睡暖和，才是快乐着你的快乐，追逐着你的追逐，才是有了伴的路，没有岁月可回头。

写散文，最大的好处，可以小任性，东拉西扯，不过，也要适可而止，太过任性，就像有人出上联"有钱，任性"，很多人给对的下联"无才，败家"。很多人，代表了民意。民意，不可践踏。

某一天的每日一草（花、树），主角是铁芒萁。这个老铁，客家地区叫作麓萁，因其常割来烧火煮饭，又叫"烧"，或是"麓萁烧"。割来做果苗的基肥，或种西瓜、大蒜时，盖在土面上，保水，长苗后，透气。而挂西瓜后，垫在瓜下面，作为瓜的莲花宝座，避免瓜熟后一面青、一面白，"阴阳头"，无品相。任何年代，都有以貌看人。"少时挟弹出洛阳道，妇人遇者，莫不连手共萦之。左太冲绝丑，亦复效岳游遨，于是群妪齐共乱唾之，委顿而返。"这是《世说新语》里的故事。是说潘岳妙有容姿，好神情，出行时，无数的少女少妇为之癫狂，忘却礼教矜持，在大庭广众之下，手拉手地把俊俏少年围于中间，向他抛掷新鲜水果。而左太冲长相绝丑，便模仿潘岳出门游览，众女子却一起向他吐口水，无奈之下，只好委顿还家。这是典型的以貌取人。有人好相貌，一如汪精卫，李宗仁说："汪兆铭仪表堂堂，满腹诗书，言谈举止，风度翩翩，使人相对，如坐春风之中。"胡兰成记汪精卫，说他北伐前在广州每次演讲，粤地女学生皆"掷花如雨"。可惜民国四大美男之一，最终竟做贼，辜负了一张好脸。西瓜好品相，不为潘岳，也不为汪精卫，只为好价钱。这西瓜必须垫好麓萁。垫西瓜的麓萁，又是另一种叫法了——草皮。山歌"对面的老妹割草皮"，就是割麓萁。不同用途，不同叫法，乡村，约定俗成。

故乡近　江湖远

一返城的上海知青朋友，给朋友圈麓箕图片留言：想起勤劳的定南妇女嫲上山打柴，定南土话叫作捡烧割麓箕，每个瘦小的女子都能挑上两把将近4平方米的麓箕烧，令我敬佩不已。

到底是摄影家，文字都像镜头语言，特别分明，4平方米，用根竹担杆（扁担）肩挑两把，晃悠悠回家，难为了这些妇女嫲。来说形象点儿吧。两把麓箕烧是字母"H"两边的一竖，竹担杆是中间那根"—"。农妇多矮小，一米五几就是高人了，这样的身材，肩头担在"—"中间，一前一后挑着两个"I"走，想象有多难，现实就有多难。我母亲个头刚出一米五，十八岁嫁到李家，到四十多才到城里随我过生活，算真正脱离劳作，肩挑担杆烧的日子，随艰难困苦，有多远抛出多远。

看过一份资料，说"在人口千万以上的汉族诸民系中，唯一没有染上缠足陋习的，就是客家了"。所幸，包括我母亲在内的女子，没有遭受那种变态美的折磨。三寸金莲，美了谁，苦了谁。美中有苦难，苦了有谁知，而客家女子能幸免于此，却又有另一种折磨等着，即担杆挑烧之类的劳作。但是，身体之累，远不及心累。所以，麓箕烧重压在身，客家女子疾步如飞，劳作之中倒也有美感。抄录清代一位在广东梅州的传教士的感言："西人束腰，华人缠足，唯（梅）州人无此弊，于世界女人最无憾矣。"而梅州，是客家人最集中的聚集地，俗称世界"客都"。

真的无憾。你可知，担杆挑回的麓箕烧，除了在熊熊燃烧的灶火中，加上一把，把米饭蒸的更透气，把肉食爆炒得更醇香，它们还有大作用——引火。死火冷灶中，最先燃起的那一小堆，就是麓箕烧。随后，往灶膛内加柴加秆，灶火延续，直至无穷。灶火，在客家意为香火，有麓箕烧烧旺灶膛的日子，殷殷血脉，香火袅袅，绵延不绝。在国人的观念中，还有什么比延续香火更紧要呢？麓箕烧，烧红了日子，烧旺了生活。

"烧把蛮大咧！你家阿牛能娶来这样的村女，你老张家蛮有福气"。

"请他姈多讲好话"。

这样在田头地角的对话，真切分明，"他姈"是在撮合一场婚事。婚事跟"烧把"有什么关系？"烧把"大，说明身体倍棒，也在一定程度上显示身材不矮小。客家人南迁，立稳脚跟后，山多田少，生存多艰，男人们不得不外出谋生、读书求仕，家里从"家头教尾"（养儿育女）、"灶头锅尾"（操持家务），到"针头线尾"（缝补衣服）、"田头地尾"（耕种劳作），事无分大小，活无分轻重，都是妇女一肩挑。身材高大，于繁重的生活、农事劳作，像上好底色的纸张，描红画绿，更添自如，左右逢源。

"阿宝嬷，大货嬷一样了，烧把都这么大了"。夸奖人，客家阿妈还用"烧把"说事。这一回，"阿宝嬷"不高兴了：

"你才是大货嬷"。虽说不高兴，长辈为上，话语中只是多了嗔怨的口气。

怨就怨在这个"大货嬷"上。在客家人的语境中，常常用"货嬷"来特指作风不检点的女子。什么山头唱什么歌，说什么话，表什么意。"大货嬷"跟"烧把"搭配，全无贬义，一词多用，乡村，另一种约定俗成。"阿宝嬷"身体在长大，"烧把"在增大增重，玩转客家话，她还需要多挑几把麓箕烧。玉石包浆，历经盘玩。女孩成熟，历经劳作。麓箕烧，是历练，是生活，是美美之源。

客家人砍柴，男人只砍乔木，捆成两把，中间插根木棍挑回家。女子也砍、也挑这类柴。而麓箕烧，仿佛是女子的专利。割下麓箕，不用柴刀，不用斧子，巧手用巧劲，一种叫镰刀的长把刀具，派上了用场。"镰""连""莲"同音，把这类工具与男人分隔开来——男人不用镰刀。割麓箕如此，割禾亦如此。村女取名多用"连"字，"莲"字也没少用，甚至是"连""莲"混用。"莲"即莲花，心有莲花开，身是明镜台——身心有佛性。客家女子，以贤惠、勤俭著称于世。她们蹚过艰难困苦的生活之河，内心该有多么强大。心有佛性，何事能惧？诚如此，英国人爱德尔在《客家人种志略》一书中评价："客家妇女，是中国最优美的劳动妇女的典型。"一部客家人的历史，因客家妇女而添色增辉。

进得客家人家，见房前屋后的"烧把"模样——无非是捆扎、堆放功夫，窥得女主人性情、性格。而哪一天门前没有了麓箕烧，可以断定，女主人多半不健在了——男人砍乔木当柴，劈木片引火。麓箕烧为村女村妇代言。

麓箕，梗身细小、高挑，擎出的枝叶简约、优美，多像生活的一方天地，更像客家女子的风采。

生活的天地，跟灶膛烧旺的火，亦是香火血脉，其实，是异曲同工。客家人常说火旺，那声声"呵呵"响，是火在唱歌。火唱歌，她们大概是在盛赞客家女子的贤惠，能干呢！

（写于 2016-2-18）

乃蒲之昌

山里的男孩，野性足，整天捕鱼、捉鸟，与吃无关，用来饲养，有小动物陪伴的日子，野性多少要收去些许。除此以外，来一场冲冲杀杀的野战，也是那个年代常有的趣事。

有人爱动，也有人爱静，或者说是动去了静来。这静，往往跟草木有关了。

是在秋季，山林着上了五颜六色，像块画布，上面大色块、皱点，都有。天上，是澄净的瓦蓝，蓝得让人欲裁下一块，置于蚊帐顶，躺下，瞪大眼睛看，生怕蓝绸缎滑溜而去。瞅着瞅着就入梦了，而梦中，瓦蓝把人包裹，人都成精灵了，飞翔在蓝色穹顶。

飞翔着，也要落实到具体的事情上。看过蓝天，走过竹林，一条山涧接我过去。溪水七曲八折，终究有累的时候，恰有一处开阔坡地，溪水在此迂回形成水潭。水潭周身多石头，临石生有大片菖蒲，绿茵丛丛，苍翠茸茸。

水潭菖蒲，直挺挺的叶子随风而动，如一支支宝剑出鞘，泛起一道道凛然的光芒。难怪，山里人把菖蒲称作"水剑"了。

虽说叶挺如剑，孩童们还是看不上眼。奔腾不息的溪涧之中，那些附石而生，叶短而细，形态各异的老菖蒲，才是他们的目标。最佳者，是涧壁上的小丛菖蒲，因水土不及，长得叶细如丝，根青节生，犹如老蚕横卧。上前，用马铁钉的利嘴，一点一点抠出入土深根，捧掌中端详，心有快慰，如寻得宝贝，攥得紧紧的，生怕有什么闪失。

涧壁菖蒲，养在盆中，置于饭桌，或是兄弟共住的狭小房间。清清碧碧，简陋的家多了生气。养菖蒲，不用泥土，捡来溪河、山上的鹅卵石，白色最佳，放置于盆，以石拥菖蒲之根，灌山泉水，漫过石块，这是水养菖蒲，现今叫水培。苏东坡有《石菖蒲赞》，记载了取种菖蒲的过程：惟石菖蒲并石取之，濯去泥土，渍以清水，置盆中，可数十年不枯。虽不甚茂，而节叶坚瘦，根须连络，苍然于几案间，久而益可喜也。

苏东坡是极爱菖蒲的。宋朝文人的闲情逸致在历朝历代登顶。那些仕途不畅者，力气和审美，用在极致的逼格上。像苏东坡，一生排挤多于受用，"空庖煮寒菜，破灶烧湿苇""君门深九重，坟墓在万里""也拟哭途穷，死灰吹不起"——东坡人生多顿挫，"时乖运蹇，忧谗畏讥，流离颠沛，疲于奔命"，是他人生的写照。有统计，苏学士从政40余年，外放33年，在朝仅7年，贬逐12年，够顿挫了。偏偏就是豪放的苏东坡，仕途不顺，生活多艰，那就写诗赋词，做吃货。实则，他对盆景也颇有研究。据说，"盆景"一词，最早出现在他的《格物粗谈》上。为了养好菖蒲，苏东坡跑到蓬泰山崖下，找一种布满石眼的弹子涡石。这种石子可储水，有利于菖蒲根攀爬。艰难困苦，不忘闲情逸致。又可以说，山水草木，是闲情逸致的袋装宝贝，揣在怀中，温润了生命情怀。缺失《格物粗谈》的苏东坡，不见得有《赤壁怀古》的苏东坡、《寒食帖》的苏东坡。

李时珍跋山涉水，亲身考证，说菖蒲有钱蒲、泥菖蒲、水菖蒲、瘦根石菖蒲和粗根石菖蒲五种。这是从生长环境和形态来分类。同是明代的张瀚，在《松窗梦语》中说，菖蒲，品之佳者有六：金钱、牛顶、虎须、剑脊、香苗、台蒲，凡盆种作清供者，多用金钱、虎须、香苗三种。这是从形态上来评判了。

还是记住李时珍的话，菖蒲正品应为"生于水石之间，叶具剑脊，瘦根节密，高尺余者，石菖蒲也"。石菖蒲，天南星科菖蒲属多年生草本植物。自古文人莳养的菖蒲，即为石菖蒲。

文人的介入，让原本静静生长在山涧的石菖蒲，多了雅致，多了不同凡响的故事。

文人书房，雅是顶大的事情。每年元旦，摆花书房，叫作"岁朝清供"，兰花、菊花、水仙、菖蒲最为合适，这就有了花中"四雅"之说。清代金农，就是大名鼎鼎的扬州八怪之首金冬心，喜欢石菖蒲到了极致，书房干脆以"九节菖蒲馆"为斋名。金农一生菖蒲画作不少，嘉德2013年春拍其《菖蒲图》，成交价80.5万元。画中，三盆菖蒲，盆、草各异，"漆书"题诗画中：石女嫁得蒲家郎，朝朝饮水还休粮。曾享尧年千万寿，一生绿发无秋霜。蒲石之风，怕是金农自喻吧？品鉴此画，古拙中寓生秀之色，构图平中见奇趣，颇具禅家静寂气。

更喜欢他另一首题菖蒲画诗：五年十年种法夸，白石清泉自一家。莫讶菖蒲花罕见，不逢知己不开花。菖蒲都人格化了，浮世之中，有情有义，实在难得。有朋友告诉我，他并未莳养菖蒲，每年逐去山涧看雅物，但从未遇过花开。一日，聊起"莫讶菖蒲花罕见，不逢知己不开花"，朋友说，这样看来，未遇菖蒲花开，

故乡近

江湖远

因为不是知己。算了，不看了，让菖蒲们的知己去看吧。我说，兄弟，菖蒲虽然只是一种小草，说好种，也难养，把菖蒲养得焦黄枯死的，大有人在。就不要说开花了。养蒲需要闲情和爱心。耐点儿心吧。唐朝施肩吾《古相思》：十访九不见，甚于菖蒲花。可怜云中月，今夜堕我家。文辞简单，古拙可爱，看不到菖蒲花，并没有怨气，只是略有伤怀，忧伤得恰好。古代还视菖蒲为神物：石上菖蒲，一寸九节，为药最妙，服久化仙。哦，菖蒲是仙草，仙草多玄乎，见不到花开属常态了。耐心，再多点儿。朋友，再坚持坚持，说不准，明后年就"逢了知己花早发"了。

更有好事者，如五代后蜀西昌令，按周代的九级官爵，分花为九等。这一品的花中，包括兰、牡丹、梅、蜡梅、各色细叶菊、水仙、滇茶、瑞香、菖阳。菖阳，就是石菖蒲。山中一水草，竟是一品"官"。始料不及。

山村孩童喜欢菖蒲，谈不上懂。在那个温饱都成问题的年代，养上一盆菖蒲，以童心童趣，表达对草木的爱意和怜惜，是一种本真。真正懂菖蒲的，还是那些文人，近代郑逸梅，赞美菖蒲"有山林气，无富贵气。有洁净形，无肮脏形，清气出风尘以外，灵机在水石之间，此为静品，此为寿品，玩者珍惜。"

玩者珍惜，要珍惜菖蒲来自山林的洁净，要珍惜其清气灵机。脱离菖蒲本真的玩赏，还不如山村孩童的莳养。顺天应时，有节令之美。

近日，在古书市场拍到一册民国版的张恨水《山窗小品》。书中恰好有文记菖蒲："战前下江大都市中，上等石菖蒲一盆能售一二元，即阴丹五尺至一丈，合以今日市价，令人舌矫不下也。"阴丹即"阴丹士林"的省称，是民国时颇为流行的旗袍布料。菖蒲一盆，阴丹士林五尺至一丈。民国菖蒲，清贵之品。近年，菖蒲市场又火爆——时尚江南，七雅之一，其余六雅分别为弹古琴、品普洱、着唐装、听昆曲、燃沉香、习密宗。我还是回老家清供一盆涧壁菖蒲，无关雅俗，无关富贵，只为重拾孩提时代的兴致。

说菖蒲，道菖蒲，不能离开中唐才女薛涛。那个在浣花溪制笺、写诗的薛涛，那个被元稹喻为"言语巧偷鹦鹉舌，文字分得凤凰毛"、与元稹玩姐弟恋的薛涛，那个文人们常视为红颜知己而追怀不已的薛涛。

话说这位流芳后世的唐代才女，家在成都郊外的浣花里。小院独门，浣花溪水，流经门前，满种石菖蒲，分外逸致。蜀中做官的父亲，卒于任上。孤儿寡母，生活多艰。薛涛聪明伶俐，天生丽质，诗书乐皆能。唐代为官，进士居多，可以想象，文学水平之高。然，薛涛能在男人称雄的唐朝诗坛跻身，还差点儿提名成功"校书郎"，足见其才情了得。看其《四友赞》：磨润色先生之腹，濡藏锋都尉之头。引书媒而黯黯，入文亩以休休。薛涛各以一句诗描摹笔、墨、纸、砚，文房四宝特点呈现。如此诗句，亦庄亦肃，少绵多力，不像女人之笔。此诗一出，折服了曾经写下"曾经沧海难为水，除却巫山不是云"的元稹。薛元开始交往。元稹赴京任朝廷命官，薛涛送元稹《赠远》，以菖蒲起兴：

> 扰弱新蒲叶又齐，春深花发塞前溪。

> 知君未转秦关骑，月照千门掩袖啼。

赠远离别后，元稹入翰林，春风得意之时，才想起远在蜀地还有薛涛，挥笔写就《寄赠薛涛》。有意思的是，薛涛送元稹，起以菖蒲，元稹寄薛涛，作结于菖蒲。《寄赠薛涛》成为俩人感情的绝笔，从此，终成陌路。元稹诗为：

> 锦江滑腻峨嵋秀，幻出文君与薛涛。

> 言语巧偷鹦鹉舌，文章分得凤凰毛。

> 纷纷词客多停笔，个个公侯欲梦刀。

> 别后相思隔烟水，菖蒲花发五云高。

末联，是元稹寄赠薛涛的本意：自分别后，相思之情隔断于千山万水，多年过去，你门前的菖蒲，都已葱茏一片了吧。

对《寄赠薛涛》，当时和后世多有评说，集中的评价是，元稹诚心不够，情场老手的做派。元稹文学与白居易齐名，世称"元白"，是新乐府运动的领袖人物。对于爱情，发妻韦丛死后，他写下著名的"曾经沧海难为水，除却巫山不是云"的悼文，被奉为矢志不渝的爱的写照。可是，元稹事实上的滥情，终究说明"难为水"，只是一时感受罢了。"曾经沧海还爱水"，才是元稹的真实状况。

爱情，有喜有怨。上升到文学的高度，菖蒲，不过是文人的意象而已，剪不断，理还乱。

真正的真实，菖蒲是在水光的映衬下，润泽青碧，展示着朝气和活力。"哪里有土，哪里有水，哪里就长着草。"美国诗人惠特曼道出了大自然的真实。反映民间风雅的《诗经》，"彼泽之陂，有蒲有荷"的句子，与惠特曼诗有异曲同工之妙。诗中的"蒲"，即为菖蒲。她连同《诗经》中的蒹葭、红蓼、菱蒿，随心所欲，自由生长，真实地走进了老百姓的生活。

"五月节，插艾草。"端午节到了，门楣门框插艾草，一起插上的还有菖蒲、桃枝。端午正值仲夏，天气转为湿热。在南方，疫气始作，毒虫肆虐，人一时不能适应，很容易引发疾病。阳刚的艾草、菖蒲就有了用武之地。而插桃枝，则是镇宅降妖，多少有迷信的色彩了。古小说《绮楼重梦》四十一回云：过午，贾府向例，端阳日午时，个人要用雄黄、菖蒲加些香料煎汤洗澡。旧时山村，端午节那天，老老少少身上都有菖蒲的辛辣凛冽之味，菖蒲熬水，洗去晦气，祛除瘴气，一年来，家里家外，和和气气。

老家与寻乌县菖蒲乡相邻。同学甲外婆家就住在菖蒲。菖蒲因有异味，山里人对异味，一概称作臭味。同学间闹别扭时，同学乙、丙、丁每每都对甲说气话："走开，你家来自臭味之乡。"孩童说气话，没心没肺，可听多了，甲便埋怨起外婆家为何要起个有异味的名字，从此，不愿意说外婆家满河满涧有菖蒲。

是上海知青的到来，带头莳养菖蒲，给山乡带来那么多菖蒲的故事，同学才大大方方说外婆家，奇峰清漪，翠叶蒙茸，菖蒲有佳品。

菖蒲，从插门楣门框，到盆景清供，观念的变化，也是一场朴素的审美教育。

对于菖蒲，李时珍曾说，菖蒲乃蒲类之昌盛者，故曰菖蒲。菖蒲之名，这么个来历。

有古籍记载，菖蒲可以做鱼的饵料。所以，《庄子》有句这样的话，"筌者所以在鱼，得鱼而忘筌"。筌，即是菖蒲。今日，人们用"得鱼忘筌"比喻捕到了鱼，忘掉了筌，即事情成功以后，就忘记了本来依靠的东西。

乃蒲之昌，昌盛不忘菖蒲，也是一种得鱼不忘筌吧。

（写于2016-3-5）

染作江南春水色

这是缺乏色彩的年代，说的当然是生活起居，比如衣着，男人灰、黑，女人蓝、黑，女生多了一种，黑灰或是红蓝格子衫。说是千人一色，丝毫不夸张。妈妈们普遍穿士林蓝交襟衫。蓝色，一声"妈妈蓝"，身体迅疾闪过一阵温暖。临县一电商，做紫色脚板薯生意，包装成"妈妈紫"，炒作了"妈妈蓝"的概念。

那个年代，有多少人见过紫色衣裳？打温暖牌，加入乡愁因素，据说生意很是火爆。

丰富色彩闪动在乡村，记忆中，托了电影《庐山恋》的福。女主角周筠，张瑜饰演，有人做过统计，张瑜全片换过43套衣服，远超过《花样年华》中，张曼玉的23套旗袍。影片放映在1980年，山里春风来的略迟一些，1983年后，朴实的村姑才突破蓝、黑、格子的一统山河，多了一两款张瑜式的时尚，也只是色彩上的模仿。闺房夜打鞋底，话题多了张瑜的衣衫，张瑜的发型——刘海参差，齐肩卷发。衣衫可以添红加绿，发型，是无论如何不敢有大突破，至多辫子变成了"马尾巴"，最新潮也只是来个"阿拉头"——齐耳短发而已。整个80年代，山村未曾有人卷发。曾经，有在深圳的打工妹，回家过年那会儿，赶紧抽空剪去那些烫卷的发梢，扎起"马尾巴"，只为融入，留在乡村务农的姐妹，还有那么一大搭。

美，姑娘并非后知后觉。她们心中追求的那份美，一如严冬下的花芽，一刻没有停止过生长，顽强地，不离不弃。

吾乡有不少村民来自潮汕地区，战乱、饥荒，从海边出发，一路向北，来到小山村谋生。山高地瘠，却也安定。人生一世，还有什么比安定俩字更贴心！潮汕地再阔，阔到心无着落；山村地再瘠，却也是安乐窝。老祖母时常这样说。小时候，不懂心定的重要，幼小的心向往着《隋唐演义》《说岳全传》，总想着飞，往阔地里飞，往江湖中飞。

祖籍潮汕的农人，柜里箱底，少不了压着一两件绸布衫。翻出来，提携衣领，整件衣衫抖抖动。上十岁时的一个夏天，农闲，大人外出，翻箱倒柜，我找来绸衫试穿，衣服老旧，着体却轻快凉爽。这么好的衣衫，怎么不穿呢？父亲说，不合时宜。

绸布衫，有棉质和纱绸两种，都是山村人少见，更别说穿着行走在田畈阡陌。再者，电影《红色娘子军》中的大恶霸南霸天，身穿的对襟布扣绸布衫，外黑内棕，略有闪光，一口金牙，满脸狰狞。压在箱底，抖抖动的绸布衫，相似于南霸天的穿着，跟南霸天扯上关系，有谁敢胆大？

清李调元《南越笔记》载："薯莨，产江北者良。其白者不中用，用必以红。红者多胶液，渔人以染畈瓜罾，使芋麻爽劲，既利水，又耐咸潮，不易腐。"用薯莨胶液染衣衫，染制网具，正适合海边的劳作环境。什么样的环境，有什么样的习俗，包括衣着。1849 年美国淘金潮，需要耐磨的衣服，牛仔裤应运而生。薯莨胶液染制的绸布，是著名的香云纱，真丝衣服面料，以其裁制的衣服，誉为"黑色闪光珍珠"。

奶奶来自潮州，薯莨染制衣料，并非没有听说过，但是，一直将信将疑。山村漫山遍野的薯莨，怎么能与抖抖动的绸布衣衫联系在一起呢？

在我七八岁之前，农人劳作艰辛，过的却是饭不果腹的生活。吃了大米吃红薯，红薯吃完挖野菜，摘野果。夜幕降临，几根红薯，或是一锅野菜稀饭，这边是大人的叹息，那边是少不更事的孩童，吵着要吃米饭的哭喊声。薯莨难咽难排，在愁容满面、愁肠百结的困顿中，与农人的生活，却也算是莫逆之交。

山中挖薯莨，去皮切丁，煮熟入笋，挑到溪河，浸泡水中，水泡水涮，对时漂净备用。一泡一涮，农人有形象的说法：养醒。养是浸泡，醒是把薯莨的苦涩降到最低，嚼过后运送过喉咙，能够减少柴、粗的感觉。

溪河水浸泡薯莨，把清水染红，从村头往村尾，潺潺流过。红红溪流，驿动着年少的心，压过心头的，是千军万马过境般的畅想。找来白色包装布，浸入煮薯莨的锅中，煮上个把时辰，捞出来晾干，白色多了沉稳，染成了红布，虽说红中带紫，还不那么艳丽，却也是惊艳山里。

薯莨，别名血母、朱砂七、红药子、染布薯，薯蓣科薯蓣属多年生藤本植物。其块茎基部裸出地面，量多者可挖出个二三十斤，作红褐色染料的，即是这不起眼的块根。

是一个罗姓货郎，来自广东兴宁。那个年代，兴宁百货云集，货郎走天下，称作"小南京"。货郎收鸭毛鸡毛鸡内金，牙膏管烂凉鞋，卖丝线红绳针头线脑，把一个村庄的所需所望挑在一担笋筐里。傍晚，在歇脚的客栈门前，搬来石块或砖头，稳住一只烧锅，煮沸一锅黑液，来来往往的农人，手抓白布，交由货郎浸入烧锅，竹夹夹住布料，上下翻滚，捞起晾在竹篙上，白布变成了黑布或蓝布，做衫做裤，任由裁剪。

锅中黑液，能量无边，白布浸入，竟可以呼黑唤蓝。一打听，是植物染料。我记得有这些：蓼蓝——蓝，茜草——红，栀子、槐花——黄，垂序商陆——紫红，……取根或叶，加入明矾或青矾作染媒剂，着色后洗、晒更牢固，俗称不容易褪色。一种植物染一色，叫染原色，有青、赤、黄、白、黑五色，原色混合，可以得到间色，也叫多次色。

色彩，美轮美奂；染色的过程，有些魔幻的味道了。好奇心，足以孕育天才，培养人一生的兴致。植物染料，俘虏了少年心，引领少年进入色彩的世界，轻而易举，不费吹灰之力。

就这样，开始关注起植物染料。远在周朝，朝廷设有管理染色的官职：染草之官。秦代叫染色司，唐宋有染院，到了明清，则是蓝靛所了。朝代更替，技艺不曾丢失，相反，不断获得提高发展，有了相当高的水准。有人对吐鲁番出土的唐代丝织物作过色谱分析，竟有24种颜色。到了明清，植物染料应用技术已是世界领先。1834年，法国发明了佩罗印花机，中国的手工印染技术，才在工业革命中暗淡下来。

提取色素一般有两种方法，一是直接提取，用水煮出汁，滤去杂质，浓缩后即可应用。二是借助某些助剂或多次提取。《齐民要术》记载了用红蓝花制作胭脂，方法是杀花法：摘取即碓捣使熟，以水淘，布袋绞去黄汁，更捣，以粟饭浆清而醋者淘之，又以布袋绞汁即收取染红勿弃也。绞讫著瓮中，以布盖上，鸡鸣更捣以栗令均，于席上摊而曝干，胜作饼，作饼者，不得干，令花浥郁也。这里的粟饭浆，相当于助剂了。

一种植物可以染出什么颜色，实际应用，可能需要更为精确的"配方"，和某种条件。这是对色彩稳定的更高要求，追求更为丰富的色彩，另话了。

村庄里的姐姐，用植物染料，并非我等少年，带试验性质的玩耍。她们，用巧手织出生活的五颜六色。

那个年代，很少毛线，拆开手套取纱，织一件纱衣暖身，已是十分不易的事情了。手套白纱，白也白得陈旧。采来植物根或叶，熬煮成染料，往供销社生产资料门市买来明矾，姐姐们给白纱染色，就这么干开了。红、绿、蓝、黄，明晃晃的纱，挂在屋檐下的竹篙上，阴干，不暴晒，几天后，即可开织。织成的纱衣，传遍一个屋场又一个屋场。"巧手能嫁标致郎""这个做阿姐的，做出了花"……这些看似与彩色纱衣无关的话语，实则是对心灵手巧的赞许。赞东言西，话七留三，农人朴实的言谈。"哎呀哩，这个妹子手摘月光织成花"，这样的话，乡村不消受。见人讲人话，见鬼打鬼腔，不负责任，钱财至上的媒婆，才有这样的言语。

一江春水向东流，从村庄汤汤流过。春水本无色，岸上桃红柳绿菜花黄，为春水着色。三月草长莺飞，惊艳一片江南。

乡村少年，农家姑娘，染作江南春水色，天上取样人间织。浸染春光，织出心中好色彩。

（写于 2016-3-8）

粪箕笃与粪箕

山里人没什么文化，就说给孩子起名，多依动物、植物之名，拿来即用。他们常说，贱人有贱命，贱命用贱名。乡村的哲学是，贱并非不好，越贱病疼少，越好养育，所谓没病少疼利于成长。拿动物名作小名，牛啊，狗的，一村一堡，喊一声"阿狗"，三五个应声，并不是怪事。植物名，多用于正名，户口簿上的名字。男孩根、茶、樟、林、竹、松、柏、蒲、桂、梓，要不干脆用"树"，灌木、乔木全都有了。女孩有梅、桃、菊、莲、兰、莉、芸、苹、榕、葵，最后以"花"，求得一生富贵，花开富贵。

植物学名，形形色色，有些看似乡村土语，却是中文学名。随便理几个：婆婆指甲草、猪秧秧、鹅肠草、拉拉藤、猫爪草、破铜钱、猪屎豆……有人指着一植株，问起名字，用这样的名字回答，多半将信将疑：有没有搞错，吾乡的土语也是植物学名？作为关注草木的人，没少遇见这样的情形，甚是尴尬，人家却以为你在玩忽悠。

细想，其实不奇怪。当年，李时珍跋山涉水，遍访良医，记下植物药性，民间偏方，问上一句，啥子名字啊，回答都是猪啊、鹅啊，破啊、铜啊铁的。名字，于人，多少还有一些父母、祖父母的希冀在里头；于植物，只是一个符号，纠偏正误，理清药理药性，救死扶伤，保一方康健，在满山的清清碧碧中，中草药才突显其不一样的价值。乡村郎中，也因了妙手回春的济世情怀，名垂史册，流芳百世。定南跌打名医"钟块古"，史册流芳，至今在民间声名显赫。有人手折脚伤，三五贴膏药下去，却并不见效，便嘟囔一声，"钟块古在世就好"。这句客家话，换成现代汉语来表达，意思是，钟块古还在世的话，他妙手回春，我的病痛早就好了。人和植物一样，人之本性犹如微光，照进人心，融入血脉，光效就无限放大，足以温暖一身，也是温暖一生。

有种植物，叶子形状如粪箕，三角状卵形，像极了挑牛栏粪、装菜、装猪草、装柴的劳动工具粪箕。许是当年名医药师，弄清了这种植物的药理功效后，蓦然回首，这么好的草药，还没有名字呢。此刻，恰好一位农妇挑着一粪箕东西，闪过眼前，植物的叶子，不就像粪箕基部的形状吗？基部微圆，有着线条美感。客家话通称基部为"笃"，植物的名字有了，就叫粪箕笃。

粪箕笃，防己科千金藤属草质藤本植物。有清热解毒，利湿通便，消疮肿之效。主热病发狂，黄疸，胃肠炎，痢疾，便秘，尿血，疮痈肿毒。秋季，红色核果一串一串，点缀在一片翠绿之中，给人无限遐想：一串两串，五六七八串，串过春夏连着秋，串起的是思念一串串。

事物不孤立，它们一串连一串。有时是念甲思乙，有时东边的思绪西头了结，有时是旧物连着今事，有时咂品今生却回味着前世。就像今日我要写挑东西的粪箕，却唠唠叨叨写起了粪箕笃。粪箕也好，粪箕笃也罢，都是乡村一物，它们吹过乡村的风，淋过乡村的雨，看过鸟雀在风中飞翔，牛马在风中打着响鼻，蟋蟀在风中浅唱低吟……

原先，并不了解粪箕笃。一个暑假，挑着粪箕担上山，母亲交代的任务是打些猪菜回家。长个头的少年，以逞能标识自己已经长大，一声"男子汉"，喊出了血气方刚。下山时分，一块滚石崴脚，连连喊出"哎哟哎哟"。世上之事，怎么可以这么巧，坐在草坡上，粪箕笃映入眼帘。听合作医疗的医生说过，《本草纲目》囫囵看过，记着粪箕笃有"消疮肿之效"。疮肿、脓肿、红肿都是肿，是不甚理解，也是少年蛮干，挪移着上前摘来粪箕笃叶子，手掌对手掌，揉出汁液，连渣带汁敷于脚踝，撕块布条包扎好，咬着牙根挑着满担猪草回家去。

既是消肿，必然活血，只要有肿，粪箕笃能显其效。说来不信，第二天，脚踝慢慢消肿，原本以为要肿上个把礼拜的伤疼，不过三天，即告无事。我就想啊，或许，古籍记载的植物药性，仅是其一、其二，尚有许多领域人所未知。只要方向同路，比如消肿，便是同功同效。但是，方向不同路，就要适得其反了，比如欲止血，却用活血草药，南辕北辙，要误大事。

粪箕，是乡村常用劳动工具，竹子破篾编制而成。它大嘴巴，宽胸膛，干活是个好手。本应受人尊敬，却因与粪关联，粪，脏物是也，粪箕的身价便一落千丈。翻开词典，粪箕：盛垃圾秽物的器具。垃圾秽物，臭——臭——臭。在农人的语境中，粪箕，便是不雅之物。即便有劳作功劳，也逃不脱遭鄙视的境遇。

粪箕嘴。嘴巴大，男人谓为嘴大吃四方，有食禄。要是女人嘴大，"食绝郎"，连骂带咒。意思是女人嘴大，要吃死吃绝郎君。够狠够绝。

粪箕肚。有人饭量大，"我吃第三碗了"，无意说了这么一句，"粪箕肚"，便有人回应一声。

粪箕装。人死后，装棺木入土为安。旧时，穷苦人家，置不起棺木，用草席、谷荚裹好，装进粪箕，也是入土为安。粪箕装，还演化为不得好死，是咒语了。

粪箕再不雅，在农耕社会，其作用无可替代。无论哪个家庭，门前、廊房、天井边，都摆放着粪箕。出门劳作，肩挑手提，少不了有粪箕。这也如人名，越贱越有用。这是不是印证了这个理：东西无所谓好差，看实不实用。

现今，乡村的篾匠越来越少了，做粪箕的人都年老了，年轻一代，铁丝加篾艺，做出的粪箕少了手工艺之美，线条也不美。或者干脆用上了粪箕的替代品，如蛇皮袋。年轻一代骂人，也缺了乡土味。"人至贱，则无敌""长得又矬，吃得又多，还嘿啰唆""你人又不聪明，还学人家绝顶"，诸如此类，不接地气，更无地域风情。

少了粪箕的乡村，还有粪箕笃摇曳在山中，它听风、听雨、听喧哗，听乡村的年华过往。有声音能听，无声音也能感知。对大自然，对草木，我们知之不多。人习惯从自己的眼光看事物，什么时候换个角度，从植物的角度看植物，所谓的草木性，自然之美，定一一呈现。

（2016-3-9）

夏日的落叶

人喜欢定格一些事物，难免先入为主。

孙子问："爷爷，夏天有落叶吗？"

回答总是大同小异："傻孩子，还不到秋天呢，哪来落叶。"一千个爷爷，没有一千种回答。

南昌，江西省政府院内有一片香樟林。其实，南昌多香樟。建国初期规划建设城市，香樟与城市新生。

香樟是自觉推陈出新的树种。一年四季，它左手落叶飘零，右手吐露芳华。无论你什么时候上前与香樟打招呼，它总是笑盈盈的——枝头绽开鹅黄，那是新叶子。看到它，你会觉得春天总在身旁。

在江西省委滨江宾馆，香樟如盖，大片草地像绿色染料倒了一地。如果仅仅是这样的景色，倒也太一般了。打动我的，是散落在草坪上的黄叶，明黄的、土黄的、枯色的。一天早上，趁露珠尚未消退，我蹲在草坪旁，草们满头大汗，落叶身上也汗津津，蚂蚁半湿了裙装，它们跟我一样，晨练中。我很怀疑是不是印象派画家塞尚潜入了安保森严的省委会议驻地，悄悄留下画作，在人们普遍偷懒晚起时，就撤离了现场。画家身负布道美的职业责任，来无影去无踪，很正常。

香樟的落叶是属于嗅觉的。这点比大叶樟好，留下色彩，不忘芳香。走在香樟林，在寂静的早晨，或是夜晚，芳香的披风稍稍提高了一点，它邀来清风，精心准备给人一场芳香之旅。"闻不到哇。""再浓点就好。"喂，老兄，芳香之旅不给贪心的人入场券，要浓一点，请到香水店去，那里有绿毒、败毒，还有卡莱布里亚柠檬和西西里橙花，它们真诚的态度会令你目眩神迷。

香樟的落叶还属于耳朵，这点跟其他落叶基本一致。祖母说，耳朵大的人有福。是真的，耳朵大一点，提醒人集中注意力，就能分清是风先吹落叶，还是落叶在唤风。这不是扯淡吗？还不是一样的窸窸窣窣的声音吗？还真不一样，谁先谁后，力度会不一样。顺风逆风，也会有区别。作家苇岸在北京昌平的寓所记录节气变化时，用他的耳朵证明了呢。

相比香樟，同样一年四季坚持推陈出新的小叶榕，就要单调一些了。落叶的色彩、形状、气味没有香樟丰富。说一下形状。香樟的落叶有点卷，除了平卧在地，还能侧卧——45度、90度都有可能。这样子的姿态除了美，与风玩起来，音效自然好多了。

不要那么多先入为主，一片落叶否定了我许许多多自以为是的生活经验。经验是旅行的行装，轻装上阵是老背包客的忠告。

（写于 2015-7-22）

松门闭青苔

从对青苔的态度，我感受到了人情感的变迁。

自乡村回来，我沉思，若没有了青苔，乡村会是什么样，人的情感寄托何在？

青苔美丽。切坡建房，门前的土坎上，爬满了青苔，也有些许茅草，低矮，在风中摆动身姿。说是门，其实只剩下门框，门页、周遭的墙土已不知去向，预示着房子是空置的。进入内大门，地面一片青色，像绿染料不小心泻满地，这青色也是青苔。院子的草可没人，辣蓼、蕲艾、咸丰草、白茅一争高下，长得婷婷娉娉。土墙、青瓦、窗棂发白，舍去的农舍莫不如此。怎么是青瓦？青苔的功劳。

南方的梅雨，让庄稼喝个饱。少年，正长个头，从早到晚，饥肠辘辘。

梅雨，给墙根、瓦缝、洼地制造了阴湿，这是青苔施展拳脚的地方。给点阴湿就绿意浓浓。

因为工作上的事，我在乡村走了一整天，与青苔邂逅了上十个钟头，也是对青苔情感变化的十多个钟头。可谓爱恨流转。

少年时光，青苔也钟情农舍。我不喜欢。它湿滑，让我摔跟头，青了上衣和裤子，在上学、砍柴、打猪草的路上。

少年有很多恶作剧。对不喜欢的东西，撒泡尿过去，发泄心中的不满。路边的、墙根下的、土坎旁的青苔，都有股尿骚味。味道大了，干脆用锄头刨去地皮，青苔随之而去。青色的地面变成了红色的。过不了几天，青苔又悄然而至。厌恶至极。

长大离开乡村，应了那句话——要失去的才是美好的。青苔也如此。有事回到乡村时，东瞅瞅西看看，不忘探望下青苔，像看望多年未见的老友故交。人气渐淡的乡村，青苔越发浓重，它像一种坚守，又像帮人守责，帮人留住情感的寄托。

潘维写《同里时光》，用青苔起句，"青苔上的时光／被木窗棂镂空的时光／绣花鞋蹑手蹑脚的时光／莲藕和白鱼的时光／从轿子里下来的，老去的时光……"

微信好友发来沈傲君朗诵的版本，听得我柔肠百转，情不可耐。

青苔上的时光，是过去时，也是现在时。但是，更多的还是过去时，尘封在记忆之中。除非空间变换，从繁华的城市回到寂寥的乡村，青苔可以在眼前定格。可是呀，现时的乡村，还是从前那个像山泉水般纯净、像时钟一样慢条斯理的乡村吗？

黑瓦不多了，没有用水泥硬化的门坪不多了，连农舍也只有老人在坚守。青苔何处安身？

李白写过"石径入丹壑，松门闭青苔。闲阶有鸟迹，禅室无人开……"石径丹壑，松木门紧闭，地上长青苔。闲阶上满是鸟迹，敲敲禅室无人开。把"禅室"换成"农舍"，就是现时的乡村的景致了。有人调侃李白是预言家，这回他对乡村也说得挺准的。不知该为李白高兴，还是为现时乡村叹息。无所适从。

现在想来，我为少年时对青苔的厌恶后悔，为那时的恶作剧感到无知。人，到底是高级动物，情感可以流转，情感支配着态度。

那天，我看见一只鸟落在屋檐上，只一刻它就飞走了，好像还有一声很小的声音，估计波长不足600，是不是叹息，听不真切。

（写于 2015-7-23）

露出土的那半截萝卜

房前屋后。溪河岸边。沙壤土。这是萝卜安家的地方。

小寒日去看梅。梅园一侧，数垄萝卜青碧，萝卜有手电筒大小，小半截露出土，连着舒展的樱子。青、白两色于一体，菜园里，萝卜多少有点别致。肉质根、叶子皆可食，别致之中挺务实，老农般实在。

萝卜为什么半截露出土？这是萝卜的习性。这样子说，对，也不完全对。

萝卜生长，肉质根膨大时，有一场变故，对菜土，对萝卜都不亚于一场地震。大破肚，是这场变故形象的说法，实则就是萝卜膨大，撑开了覆于其上的菜土。想必有大声音，在萝卜界是惊天一响。响声过了，露土的萝卜再也回不去了，回不到土里温暖的家了。那是萝卜的襁褓，温柔之乡。长啊长，半截就留在土外面了。

何止是回不去，大破肚后，是生死别离的时刻。主人来了，选美一般，歪的、裂的、瘦的、皮色不好的，拔掉——露出的那小半截可是引狼入室？留下的萝卜可谓百里挑一，都要获评优秀奖以上的。这叫间苗。想起苏东坡那句"芦菔生儿芥有孙"。芦菔，萝卜古时的名字。芦菔生儿，满园满畦，都是萝卜的兄弟姐妹，拔这留那，血浓于水，心，何止是有戚戚焉，怕是要流血了。

好就好在拔除的萝卜有好归宿。洗净、晾干，揉净叶子，用米汤浸泡，三五日成了萝卜泡菜，加蒜蓉、辣椒，用猪油炒，酸、辣、香，气吞山河般下饭。也可以置于醋坛浸泡，同样是酸，多了份脆爽，气吞山河中加上回味无穷。

间苗后的宝贝蛋，保水、保肥、除草，成长的故事，光阴的故事。这个过程，是它们与菜农交心的过程。菜农精耕细作，每每干完了农活，放下锄头，右手扶住锄把，左手叉腰，向着萝卜笑呵呵。而萝卜呢，风吹过，雨淋过，虫子爬过，风吹雨淋若等闲。有骄傲的，咧嘴笑，想回报菜农。说交心，咧嘴干吗？要用心，用心成长，用心回报，变成大萝卜。萝卜咧嘴，就不值钱了，成了次品。你想啊，萝卜皮密实，萝卜芯的水分就不易流失。都裂开了，水分就少了，成了空心萝卜。个别病变的，则是黑心萝卜了。

有的露土萝卜心更高，一心想走得更远，只留小半截在土里，嫌水多，嫌肥足，半闭着嘴吸吮，慢慢地，萝卜泛青，一句"青头妹"，把萝卜与人类的愣头青归类在一起。青头妹，硬、涩、辣，喂猪，猪嫌弃，喂牛，牛正眼不瞧。像乡村里心比天高，游手好闲的人，惹人嫌。青头妹，如此归宿。

萝卜露出土是望世界。这一望，望到了西北长安，望见了皇宫。那是天高云淡的季秋，洛阳某地出产一个大三尺的萝卜，上青下白。俗世之中，不曾看到过。奇物，当进贡宫廷。则天女皇见了，圣心大悦，传旨用奇萝卜做菜。这下苦了厨师，山珍海味好做，萝卜，平凡之物做御膳，何以为之？苦思冥想，有了，复杂的事情简单做。切成细丝，制成羹汤。女皇一吃，鲜美可口，大有燕窝风味，遂赐名"假燕窝"。我学过一道菜，名字就叫"假燕"。薯粉拌鱼肉末，做成鱼丝，加入萝卜丝、高汤熬煮，撒些葱花，素中有荤，荤中多素，像看一个高雅女子，无论怎么看，都有好回味。

看到皇宫，与皇帝交集，对人，对萝卜，都是奇遇，也只有奇萝卜才有的故事。在浮世里，在红尘中，哪怕田朴珺再怎么写励志故事，豪门难遇，钻石王老五不可求。人和萝卜，都不可像妙玉一样过洁世同嫌，太高人愈妒，接近俗世，才有生活的温度。

俗世里，当像袁枚，平凡的日子精致过，巧把萝卜来搭配，平常之物配出了身价。老袁在《随园食单》里说："用萝卜丝煨鱼翅，以凡配贵，才能吃出从容淡定。"好一个从容淡定！原来平凡之物可以这样成就生活品质。袁枚，极讲闲情逸致的清代才子，看过，品过，见过高山，蹚过溪流，无边风月过眉梢，却"以凡配贵"吃出"从容淡定"，也吃出了生活的真性情。

这样子引经据典，怎么说都有点小看萝卜的意味，好像它真看多了励志书，走上了捷径一样。在看梅花那天，有冷、有露，在之前，也有过霜。大自然还有雪，可是，南方少雪，萝卜短暂的一身，恐怕未曾见过雪。如这几年，人都快要忘了雪的尊容了。经历过风霜雨露，也是相当于见识过十八般武艺，人世间的风风雨雨。这样的萝卜，甜，脆，爽，或炖，或炒，或煸，味道都是肝肠欲断。

我辈的文字，哪是古人的对手。读《本草纲目》，每每被李时珍跳出那些纲啊、目啊结构主义的束缚，在"集解"与"发明"的段落，神思焕发，妙笔生花所感染。说萝卜"可生可熟，可菹可酱，可糖可腊，可豉可醋，可饭"，是"蔬中之最有利益者"。一口气，八个可，想必李时珍就是烧菜的高手，也是萝卜的挚友。了解，方可交，相交，才同心，同心，才可托付。李时珍是与植物相交了的，把生命托付，行走神州，访名医，尝百草，终成鸿鹄巨著，成一代药师。

我看着出土的那半截萝卜，想起它水灵灵的模样，向早起浇菜的婆婆讨了两只，一只生吃，一只煲汤，肝火旺的人，多吃萝卜，乡村萝卜没用化肥农药，无论怎么吃，都可以吃出李时珍八个可的味道。

"不要去为萝卜掩埋土。"小时候，看见萝卜露出半个身子，担心它受凉，抓一把泥土，散在它身上，奶奶劝我道。"萝卜露土更脆甜"，奶奶的道理。

冬日，我爱吃萝卜。"冬吃萝卜夏吃姜""上床萝卜，下床姜""萝卜碰上三九天——要冻（动）心的"。就动心吧，"我俩结交订百年，哪个九十七岁死，奈何桥上等三年"。如此动心，天昏地暗。

（写于 2016-1-7）

不知疲倦的花开

夹竹桃花开两色，红、白醒目地开，在园林、路旁摇头晃脑。

它的花期实在长，从五月到十二月，长的让你感觉到它一年四季都在开花。我想到了四个字——不知疲倦。它的精神咋就那么好呢？

这是大人的视角。

小学有课文《夹竹桃》：红色的花朵让我想到火，白色的花朵让我想到雪。火与雪是不相容的；但是这两盆花却融洽地开在一起，宛如火上有雪，或雪上有火。我的心里觉得这景象十分奇妙，十分有趣。

小学课文，想必是孩子的视角，到底比大人有趣。

火，在农家的柴火灶烧得呼呼响，祖母说，火响，有远客来。就一直这么记着。火旺，也是说火是蓬勃向上的。

雪，洁白无瑕。有雪的冬日，世界变得洞明，也是辽阔，雪掩盖了一切东西，满目皆白，想不辽阔都不可能。鲍尔吉·原野说，下雪也是为了人好。老天爷也就下雨下雪，不然会下金子？雪有时比金子好，记不得这是哪里的话了。对的，雪净化空气，冻死害虫，所谓瑞雪兆丰年。

看到夹竹桃，想到火和雪，这样的视角高明。

夹竹桃一生不简单，一年四季，它就陪伴了三季。估计它想到，春花太烂漫了，我就不凑这个热闹了。不随波逐流，了不得的情怀。我想到了萧红的写作，1940 年代，不写革命洪流，写家乡的河流——《呼兰河传》，成了不朽的经典。还想到了梁实秋，雅舍系列，闲适恬淡，所以隽永。真性情的东西能够契合人的心理，经典有光芒。

其实，夹竹桃也有让人诟病的一面，有毒，孕妇要远离。

但是，它又是"吸尘器"，对粉尘、烟尘颇具杀伤力。作为行道树来种植，就是发挥它的强项。

树不但有生命，我想，它们也是有思想的，夹竹桃不知疲倦地开花，甘当吸尘器，是将功补过，补"毒"过。

植物会将功补过，动物也有此类。

一种小虫叫天牛，俗名"锯树郎"，喜欢待在树上啃树皮，还会发出"嘎吱嘎吱"声响。它的幼虫更讨人嫌，钻入草茎、树心，直至植物枯萎，是林业上的大害虫。虽如此，孩童们却异常喜欢，在其脚上缚一细线，任其飞翔，天牛发出"营营"的声音，在夏季里捉来玩儿，不比现在玩变形金刚、电动汽车乏味。天牛的玩法很多，如天牛赛跑、天牛拉车、天牛钓鱼、天牛赛叫等。天牛的幼虫是一味名贵的中药，主治疳疾、热病、咽痛、惊风、营养不良及心脏病等疾患。这是动物将功补过的例子。

我常路过的绿化带，有一株夹竹桃要萎过去了，不知是不是天牛的祸害。

（写于 2015-6-8）

看瓠子，想葫芦

已是初冬，棚架褐黑，枯藤迟涩凝重，叶子枯黄飘逸，眼前瓠苗失绿，却也沧桑厚重，尚未摘回家的瓠子皮色发白，在风中摇啊摇，很是扎眼。

冬日月朗，南方的夜多了冷意，风吹瓠子叶，痒到心里的，不亚于绿叶婆娑温柔。农家景致，一如瓠子叶，春看明媚，夏看勃发，秋看实累，冬天，风吹枯叶，可听音。四季皆景，怎么赏，怎么品，都是自然之气。人造景观，场面再排场，广告再铺排，在自然之气面前，都显蹩脚。

瓠子是小名，葫芦才是户口簿上的名字。

看瓠子，观叶赏花品果实都不会令人失望。叶子像心形，碧翠，毛茸茸；花，像一把五瓣小伞，雪白干净，一如素白村姑，为人冲淡平和——不是盛气，是盛大，所谓无需文字传言语，玉想琼思过一生。低调的人生也属大写之列，所以称作盛大。瓠子花，高格。果实，瓠子形状多，最爱细腰形，细腰惹人联想，想吧，无非小蛮腰、水蛇腰、楚腰纤细、纤腰盈盈、英英妙舞腰肢软……还有瓜葫芦形，下部膨大呈球形，底部平，上部渐细呈短柱状。

听瓠子，不知它招惹谁了：村妇骂人——"锯子锯葫芦——开瓢"，骂葫芦影射瓢。

瓢，在葫芦中间画条墨线，用锯子锯开，掏空絮囊、籽粒，阴干，用来舀水、盛东西之器具。

瓢是瓢，葫芦是葫芦，怎么要瓢替葫芦受过？况且，瓢，不妖不冶，不魅不惑。

中学课文《葫芦僧判断葫芦案》，前一个葫芦，是指葫芦寺，后一个葫芦，有糊里糊涂之意；小学课文《我要的是葫芦》，痴人只管要葫芦，不管蚜虫爬上了茎叶，最终，没了茎叶，葫芦也没要成。

两篇课文，葫芦都不甚光彩。

司马光斗茶苏东坡：茶欲白，墨欲黑；茶欲重，墨欲轻；茶欲新，墨欲陈。君何以同爱两物？

君何以同爱两物？村妇眼中的葫芦、瓢，课本上的僧、案，茎叶、果实，都不可同爱。

没通自来水的乡村，引来山泉水，竹管汩汩流，水缸水盈盈，瓢在水面上晃悠悠，风吹来，或是鸟落瓢上，瓢像转动的指南勺。实则，瓜葫芦做成的瓢，形似指南勺。

有过挑水经历的人都知道，水桶上放上一把瓢，任扁担晃悠悠，水就是溢不出来。这是农事的奥妙。

缸、瓢，都是大肚量。年少时，好奇于舀不干的水缸，不知有山泉汩汩来。口渴饮水，不用碗，一瓢山泉水下肚，鼓起了肚子，凉快了身子。

看连环画，看电影，有道仙现身，其腰少不了挂个葫芦，当然是细腰葫芦了。长大了赏国画，画中醉道人，侧旁斜倒只葫芦，酒洇湿一地，米烧香香满册页。

汉代，葫芦成为道家的法器和特殊标志。葛洪的《神仙传》有卖药老翁的故事，称老翁为"壶公"。到唐代，葫芦被称为"壶天"或"壶中日月"，成为诗人吟咏的神仙之境。进而，文人隐士把精神寄托于葫芦，那些仕途不得志或科举失意的文人，寄迹于山林间，身边总不忘带个葫芦以示清高。弃官归里之人，更以种梅匏自娱。匏，葫芦是也。种梅弄匏，显示不与人同流合污的清高孤芳之志。至于颜回"一箪食，一瓢饮"，则是安贫乐道的意思了。

翻齐白石画册，《葫芦图》中黄葫芦，墨叶组合，浓艳的柠檬黄和厚重的墨叶，反差强烈。草草几笔，却让人有到乡下去抱个葫芦的冲动。

白石老人在农家小院和田头地角找到了属于自己的艺术表达形式，他的绘画寄寓着朴素的世间情感，所以，打动人心。

万能的汉字：葫芦与"福禄"谐音，吉祥之意。而成熟的葫芦籽粒众多，让人联想到"子孙满堂"。

如齐白石一蔬一菜、一瓜一果、一瓢一碗、一桑一麻画出生活真性情者，还有杨万里。

杨万里诗从江西诗派，学陈师道，学王安石，五十多岁后，体认自然万物，随看随想，吟哦成诗，"万象毕来，献余诗材"，成就了"诚斋体"。

杨万里瓠子诗：笑杀桑根甘瓠苗，乱他桑叶上他条，向人便逞庾藏巧，却到桑梢挂一瓢。

却到桑梢挂一瓢，有孩童的调皮劲，有浓浓的乡下气息。时光倒流过去的乡下。

到乡村，少不了要站在瓠子棚架旁，看瓠子满棚春风，寻"壶天"虚无境界，找一份精神寄托。

葫芦是美的，美到温柔敦厚朴素大方；瓠子是甜的，甜到清气回味长。我知道，这美，这甜，是一种味道。这种味道，叫怀旧。

（写于 2015-11-20）

第二辑　故乡帖

蝉和布谷也有故乡

第一次感觉城里的蝉鸣不一样。

在省委滨江宾馆空旷的草坪上，几株桂花树修剪得圆溜溜的。像几个脑袋圆、身子圆的少年，叫"胖墩"的在做广播体操。瞅几眼，走过去。

"知——"，仿佛有人在暗地里打了手势，让它们集体发声。似乎憋了很久，突然开禁，使劲，再使劲，鸣叫声从头顶的高度向空中提升，像流星锤，突然提升，猝不及防，惊得我张开了嘴巴。

蝉鸣是复音，这回用单音，刺耳，像草节虫不知天高地厚，一振翅就最大挡，把油门踩到底。如果是汽车，非撞墙不可。

我想看清有几个这样的家伙。眼睛睁不开，清晨的阳光不和煦，神经质地用上了牛劲，箭射过来的样子，眼睛赶紧闭上，还好没有流泪。

阳光神经质，气温的情绪跟着不安宁，空气成了燥热的浪，浪托高声调，煽动着周遭。我想到了火箭升空时红红的助推火焰。

蝉这般鸣叫也就分把钟，弦张得太紧了，是到了驰的时分，集体休息吧。早年学唱歌，有个同学自恃嗓音好，扯开嗓子大唱，老师教的共鸣腔什么的忘了用，吼了几声就咳出了眼泪。蝉这回就像这个学唱歌的同学。

歇了分把钟，蝉们又声嘶力竭。好了伤疤忘了疼。

正欲离开，东边一阵"布谷——谷"，比山里的布谷鸟声音大，略显沙哑。

声音有城市标准——草坪空旷，四周有树，在水泥丛林的包围中，比不了乡村的空旷，有层次，比如山，有远山、浅山之分。布谷鸟躲在远山，声音经过山谷的流转，声音的波长有了变化。还有水的功劳。声音从鸟嘴里发出后，经过露珠润色，空气湿度的调音，音效已大不一般。城市的鸟没有这般福气，音色、音质就稍差了，仿佛喉咙中噎着什么。

蝉鸣也是这样。

乡村，才是蝉、布谷的故乡。故乡，是地理、精神、文化的原乡。离开故乡的人，乡音无改，是从大体上而言的，方言还能说得那么溜吗？农人说，离开故乡的人说家乡话，舌头有点打结。正如城里蝉和布谷的歌唱。

（写于 2015-7-20）

荒坡随想

（一）

小时候放牛，喜欢躺在草地上，冬阳懒懒的晒在阳坡，暖暖欲睡。有风抚过，却不觉得冷，有几回，睡了过去，牛下了山，跑往田间。大寒过后的田畈，有了浓浓的绿意，那是紫云英见长，禾桩依稀可见，一如战略家布下的迷阵。

"长牛细（放牛郎），死哪去了！"牛吃紫云英，或是跑到了菜地，农妇情急中没了好话。

熟睡的放牛郎，惊醒于骂声，小跑下山，拉起牛绳，又一阵小跑，领牛到河边。"有青草，别去偷吃东西；你偷吃，我挨骂。"睡醒的放牛郎，不急不躁。放牛郎与牛，像故友新交，感情笃深。

小寒一过，野外荒芜，觅食不易，山鼠出洞，东蹿西跳。傍晚放捕鼠筒，一早收山鼠，晚上睡不好，梦中都是肥肥的山鼠。放牛，太阳暖和，想不睡都不可能。虽是小大人，在打瞌睡这类事情上，由着性子。

都开骂了，牛，小心看着。说小心看，实际就是别走远。农家的孩子懂事早，在河边的洼地上，搬石头围起塘塀，挖去一些泥巴，成浅池塘模样，这是开春放养大藻、水葫芦的所在——猪的生饲料。养上个把月，大藻、水葫芦挤挤挨挨，绿色，池塘盛不下，要溢出来了。捞起，去根，洗净，放锅中加米、加糠煮熟，成了猪潲，农家有机猪三餐吃这样的美食出产。那个年月，家家这样养猪，并无有机猪的概念，今人食品安全无保障，心中有结，对传统食材的回味，引进了新概念。

猪潲养猪，一年长大，用市场的、经济的标尺衡量，不划算，猪潲，让位给了浓缩饲料。世间事，都是一般道理，失去的，才是宝贵的。往事像溪河的流水，流了出来，要再流回去，逆袭的神话，难以续写。

（二）

坐在山坡上，眼望不远处一片黑色。这片黑，撞击心扉，凝思重重，文人给了个好听的名字，黛色，这是一片瓦房。远望，黑得很有层次——屋顶，有大有小，有高有矮，斜坡有缓有陡。看过吴冠中的江南人家，一墨浓淡定层次。瓦是黑的，墙是白的，也有黄的，泥土的原色。"青山绿水有一幅画，白云生处有人家"，这个人家，就是黛瓦白（黄）墙农家。看见过冬阳衔山，金色阳光一寸一寸挪移在白、黄墙上，农家祥和、安宁，没有诗人能歌唱，没有画家能描摹，人的魂儿，却要给钩去了。

这一刻，木门吱呀开，鸡们，先出门，一窝蜂的样子，姿态却是极度放松。接着，一只木桶闪出门，这是肩担水桶挑水去，继而，又有蓝衣衫，或是格子上衣闪出，趁早挑水的村妇、村女，女人到底比男人勤劳。挑水的队伍中，间着一两件灰色衣衫，并非所有男人都偷懒，他们挑水，嘴巴没闲着，吧嗒吧嗒抽着草烟，嘴角的烟跟烟囱的炊烟相映成趣。

乡村里，有挑河水饮用的。仿佛一场约定，上下游的人们，开门第一件事，就是挑水。想洗衣服的人，一旁待着，或是先干点别的，浇菜、喂鸡、剁猪草。犹如时令统帅着乡村，也有一把无声的哨子，引导着乡村的秩序——挑过水来洗衣服，吃过早餐干农活，山村的协奏曲像永久停留在慢板乐章，没有紧张冲突，是平和、恬静，气息宽广，悠然自得，是晏几道"舞低杨柳楼心月，歌尽桃花扇底风"中的意境。

有打井水喝的。一个屋场，上百号人，一井清泉润心田。

"阿哥，昨晚跟嫂子加班了？"阿狗哥晃动三次打水小桶，桶依旧空着，有人调侃了。

"阿嫂，阿猫哥这么不用心，让你早早回家。"男人在乡供销社上班，"格子花"探亲回来了。"卷烟筒"打趣了。井边，人头攒动，笑声爽朗，有的咧着嘴笑，有的哈哈大笑。笑声，从天井飘出，与晨雾约会去了。

大屋场人家，房屋祖上传下，按人口分配，东厢两间，西廊屋一间，厨房却在南侧。家家如此，却并未见不方便。倒是夜晚回房休息，点灯掌盏，祖母带着孙子，孙女牵着爷爷，灯光昏黄，却也有暖意。阿爸阿娘做工夫回家晚，儿子在隔壁婆婆家吃得肚子圆，小妹妹在婆婆床上睡得香。一家做了灰水粄，家家送上一碗尝尝鲜。有人不用招呼，径自上门吃起来。"咸了""灰水淡了""不够辣"，评价，直来直去，毫无顾忌，犹如在自己家的随意。

大屋场，大家庭，房门不上锁，东西不用藏，人情绕屋梁，其乐也融融——投我以木瓜，报之于琼琚。匪报也，永以为好也。殷殷人情，温馨场景，从古老的《诗经》走出来，荡漾在农家，定格在山村。

黑瓦见证着乡情温温。瓦会变色，温温乡情却不曾变。

瓦，是立在空中的泥。送上屋顶，安身立命，它还是青灰色，所谓青砖灰瓦，静心的颜色。岁月过往，它们从青灰到了黑色，时光催人老，瓦也有生命情感，陪着人慢慢变老，这是何等的抱诚守真。实则，瓦，经过窑火的锻炼，从红色焠成了青灰，凤凰涅槃。红壤土，牵牛炼窑泥，做成砖坯、瓦坯，晾干，装窑，烤窑三天，封门煅烧三天，撤火、冷却五天，砖瓦的成色由红变为青灰，拿在手上，砖瓦碰撞，发出的声音脆而响，那一声响，有如天籁之音，像恩雅的歌声般空灵，荡涤尘世的浮躁。倘若是红砖红瓦——窑烧火烤颜色不改变，农人一句"老师傅烧红瓦"道出了玄机——红色，在秦砖汉瓦上，是技艺不行，出窑后只能晾在晒坪的一角，可可怜怜地看着青砖灰瓦人挑车运，立身空中，为老屋遮风挡雨，与飞鸟嬉戏，历经风雨后，长出小草小花，记录着老屋的无痕岁月，有迹沧桑。我们不是都喜欢不变吗？感情不变是真挚，青春不老是神仙。不变，看似一种情怀，可是在生活的教科书中，变，却写满了哲思。

老屋的故事，也变了，这些年，变得可真大。有的老屋，变得只留下时光的痕迹了，那些老灶已经多时没有烟火，烟囱不再有炊烟，袅袅的影像，记忆中去找寻。厅房前的拐枣树，少却了精神，朱颈斑鸠垒起的窝，空置在枝丫，成了寒风嘲笑的对象。

（三）

周末，乡村来了十几人，农家乐，为乡村增添了人气。滤灰水，浸米，推磨，煮浆，成型，蒸熟，客家小吃灰水粄，经过这些环节，灰水味中回味韭菜香，小吃带着城里人重回故乡。滋味像条绳索，有形却又无形，引领着你我清晰记忆，把乡情的炉火烧旺，矫健着前行的脚步，什么时候都铿锵有力。

可是啊，那些熟练操持着石磨、锅铲的男男女女，年岁都不再年轻，那些说说笑笑的年轻人，身手只能出现在活计的某个环节。整套工夫溜下来，还得靠有些年纪的人。美食是面镜子，制造美食的身手功夫，能够照出农家子弟对故乡的真情实感。不用语言，只需一个动作，一个姿势。

教育家陶行知说："中国乡村教育走错了路。它教人离开乡下往城里跑。它教人吃饭不种稻，穿衣不种棉，住屋子不造林。它教人羡慕奢华，看不起务农。"

《齐民要术》《王祯农书》等农事著作，在那个生产力水平低下的年代，总结前人农技经验，传播农业科学，关注苍生。可以这样说，自这些农书面世以来，在农业生产上，农人一直做着加法，人类对大自然的认知，农业生产水平，像芝麻开花节节高。可是，到了某个时候，离开乡村的人，留在乡村的人，掉头做起了减法，手工技艺正在消逝，农事农技知识，少有人有兴趣，这架势，农事农技，仿佛要重新回到古书古籍了。陶行知对教育感叹，其实，在现时乡村，要感叹的何止是教育。一路没有停歇的减法，还在继续急行军，还有多少本钱经得起这样减除下去呢？

像放牛郎，冬阳暖和，我躺在草地上，或回想，或凝视，晃动起许多过去日子的生活场面，记之，为后人留存些笔墨。丰子恺写道：我的孩子们！憧憬于你们的生活的我，痴心要为你们挽留这黄金时代在这册子里——孩子们的生活，童真、童趣。朴实的乡村生活，不像草木，冬去，春还能再来。

（写于 2016-1-18）

吃　事

农村杀猪，是很隆重的事情。

过去，猪养一年，一朝杀来，变钱养家，养猪相当于零存整取。

猪肉上市，剩下内杂，猪血，杀口肉，都是一些不值钱的东西。

就地取材，做来一盆"杀猪菜"：杀口肉切薄片，入锅煎油，呈烙黄色，起锅备用。熟猪血切方块下锅，四面煎，备用。水一次滚，猪血、猪肝、小肠、杀口肉、蒜苗、蒜蓉一股脑下锅，水二次滚，起锅，热腾腾、香喷喷、嫩爽爽的杀猪菜让人胃口大开。

美食不独享，平日里，农事、家事，少不了左邻右舍相帮，一碗杀猪菜表衷肠，一家一碗送上门。

食材次，做法土，不经意成就了一道美食。从远古来，抚今天的胃，味蕾储存美食密码，经年，牢记于心，一直未曾改变。

余秋雨先生作品《夜航船》，感叹开夜航船的不易——夜航船，历来是中国南方水乡苦途长旅的象征；夜航船还是文化赛场，各行各业的人对于历史文物典章，都在航程中夜谈，著有《夜航船》的张岱说："天下学问，唯夜航船中最难对付。"

我喜欢余先生文中描绘的一个细节：每次船老大回村，总是背着那支大橹。航船的橹背走了，别人也就无法偷走那条船。这支橹，就像现今小汽车上的钥匙。船老大再劳累，背橹进村时总把腰挺得直直的，摆足了一副凯旋的架势。放下橹，草草洗过脸，就开始喝酒。灯光亮堂，并不关门，让亮光照彻全村。从别的码头顺带捎来的下酒菜，每每引得乡人垂涎欲滴。连灌数盅后他开始讲话，内容不离这次航行的船客，谈他们的风雅和富有。

腰挺得直直的，开门吃酒，酒后畅谈风雅、富有，唯恐无人知晓。

不是摆显，是一种小知足，农人特有的知足。

吃杀猪菜也是一种知足。收到邻居的杀猪菜，男人大喝一声："阿 X 送来的杀猪菜。"

这声吆喝，寓意丰富——为邻居杀了猪叫好。猪养成，心落地，一家老小的年料、新衣有了着落；邻居送我杀猪菜，我是有面子的，挥舞筷子，"来——来——吃"，招呼着家人，声音大而溜，穿过左拐右弯的小巷。

这种是高调的吃，还有一种吃，不让人知晓，静悄悄打嗝。

子女多，东西少，实则是钱少，猪肝，买二两，打两小碗汤，撒些葱花，上学的走了，劳作的没放工，老两口美美地吃个碗朝天。

吾乡的房子是 1949 年前街市的店铺，窄店面，长进深，房中一天井采光，有人家闭门轮流在天井洗澡。

夫妻洗澡不避嫌，把小孩哄出家门，煤油炉煮蛋，大锅煮粉丝，澡洗完，食物下肚，开门，天青灰，剩最后一道霞光，孩童回家，鸡鸭归舍，水牛哞哞叫。

影片的桥段——小孩狼吞虎咽吃菜粥，碗见底，"妈妈，我还要。"做妈妈的把自己的一份匀给子女，含泪默默走向一边。这等场面，吾乡经常上演，在那个温饱无着落的年代。

吃事的高调与低调，追求的都是暖心。暖自己的面子，暖夫妻情意，暖孩童成长的路。

以上吃事、暖事，归根结底是贫事，"贫"有"分"有"贝"。是不是可以这样来演绎：一寸光阴一寸金，把琐碎的光阴，金贵的光阴，一寸寸的，用心来收藏呢？

（2015-11-14）

灰瓦闹色变

说江南，那是要说小桥流水、白墙黛瓦的。设想一下，到古徽州走走，倘若看不见这样的景致了，那还是皖南吗？

有个真实的故事，有个台湾老兵回乡省亲，看到两三层的钢筋水泥楼房替代了记忆中的白墙黛瓦，痛哭流涕："瓦都没看到一片，这还是我的家乡吗？"

客家人叫黛瓦为灰瓦。灰，是瓦的原色。像一个人，不管是达官贵人，社会名流，那些叫顺溜了的狗子、阿猫的小名永远不会改变。这是名字上的底色或原色啊。

赣南客家地区的红壤土富含铁，砖坯瓦筒经高温窑烧制后显出红色，所以，封窑后，窑门前，窑顶上，用水封住，一是控制窑温，二是防止"走火"，这样子，砖瓦出窑时就由红色变成灰青色。若出窑的是红砖红瓦，有人会送上一句"老师傅，烧红瓦"，意思是老师傅失手了，这可是砸招牌的事情。"青砖灰瓦"，算是给砖瓦的色彩定了调，像黄铜黑铁，方为正统。

灰，可不是灰头灰脑，那是烟灰白般的素雅。在水彩、水粉画中，灰的定义是黑与白之间的颜色。黑白是经典色，置身经典之间，不是公爵也是贵族。

从灰到黛，也就飞越到了黑，都有沧桑感了。

一栋古老民居，多则几百上千年，少也有几十年。瓦在屋顶上，抚风亲雨，经霜历雪，沧桑过后，花容渐失，青春不再，黑色的稳重在乡村定格。

瓦摆放在瓦楞上，凹处朝上，称作阴瓦，雨水从瓦凹处出檐，流向房屋四周和天井。有阴就有阳。瓦凹处的背面朝上，盖在一行一行阴瓦交接处，就称为阳瓦了。阳瓦遮雨，帮阴瓦收集雨水。雨水降服于一阴一阳两片瓦。

灰瓦分阴阳两种，它跟"二"这个数字挺有缘——它一生只干两件事，遮阳，挡雨。想起一句话："一个人做一件好事并不难，难的是一辈子做好事。"灰瓦是有这样的品格的。

瓦身在大家庭，几世同堂。它们来自泥土，在空中思念故土太久了，有好些兄弟姐妹心都碎了。心碎，身也碎，成了瓦碎，孩童捡来打水漂——瓦碎水平放置手中，用力飞出，瓦碎擦水面飞行，不断在水面上向前弹跳，直至惯力用尽后沉水。俗话说，宁为玉碎不为瓦全，这是不懂得瓦。全与碎的价值，在于用在哪里，跟形状无关。玉全玉碎，不能遮风挡雨；瓦碎瓦全，亦无法做成饰物。互换一下，两者就找到安身立命之处了。瓦碎后，还能打水漂，能铺路，脚走过去，咔滋咔滋响，这是玉无法做到的。

瓦也招猫惹鸟的。栖身屋顶的黑瓦，猫在它身上踩过碎步，群鸟跳过舞。它们太过喜欢瓦的颜色、形状，还有任劳任怨的工作态度了。至于蚂蚁、昆虫，就不知道该用栖息、逗留，还是午休来表达它们的行为了。也是喜欢瓦吧。

我留意过桐子花开。春暖花开，春天是温柔乡，挺陷溺的。很多花自绝于春，立夏一过，踪迹难觅。桐子花毅然决然，从春开到夏，在立夏前后，花开纷纷扬扬，都是花暴了。它遮着小路，罩着屋顶，一场粉红色的花暴下得天昏地暗，天气预报不预报花暴，城里人掌握不了这个讯息，否则，有看油菜花、紫云英般的队伍开进乡村，浩浩荡荡。

屋顶，客家人给了个专有名词——瓦栋。粉色的花暴三五厘米，也许更厚，压得瓦栋只留个缝隙呼吸，露出星星点点的灰或黑。不必那么精准了，在粉红色面前，其他色彩一律忽略不计，"暴"字压境，很多事情都可以这样处理。说瓦几世同堂，自明清，甚至更早建起房子以来，那么多花，那么多鸟，那么多其他动物、杂物光顾过它们，它们的色彩从灰到黑，世世代代，春夏秋冬，它真的很累了。又要瓦碎了。瓦碎了换来新瓦，客家人一个"捡漏"，道出了它们的沧桑。旧瓦换新瓦，新新旧旧在一起，就几世同堂了。捡漏一说，很有意思，跟"看病""恢复疲劳"相类似的表达，汉语的魅力。

瓦栋上，去了粉色来黄色，黄色之中有金黄、铭黄、淡黄、枯色，黄色褪去来红色，红色也是大家族，一场场比粉色花暴更大的"雹霰"侵前袭后，瓦栋上来过各色人等，可谓风云际会。

客家人房前一口鱼塘，房侧种竹，一些高大的乔木布局在屋后，果树也在此列。

为瓦栋献上金色礼物的乔木，大致是红栲、楠木、酸枣、香樟，红色的则是山乌桕、枫树了。

秋日美，美在黄昏。棉絮状的云朵知趣地躲开了，落日得意地展示它的黄袍，黄灿灿的，天上、瓦栋一色，牧童回家、鸡鸭归圈，农家的黄昏一片宁和。

南方冬天少雪，瓦栋上的冬天归于平和，只有风的声音，这是听觉上的事情了。第二年，梅雨过后，它是绿色的了，青苔画了一幅写意画。

灰瓦的色变，是它出世后的事情，烧瓦匠掌控不了。

一个人看书多，叫博览群书；一个人见识广，叫博闻强识。瓦的一生也是博览群书，博闻强识，但它们不掉书袋，只在色彩上小露一手，这叫色彩管理——创造性选择和运用色彩。要从文学的角度来比方，就好比"鬼才"李贺的诗歌，青、红、绿、白、黑、黄使用频率很高，都是对比度很高的色彩，"先色夺人""借色点睛"。看《雁门太守行》：黑云压城城欲摧，甲光向日金鳞开。角声满天秋色里，塞上燕脂凝夜紫。半卷红旗临易水，霜重鼓寒声不起。报君黄金台上意，提携玉龙为君死！这首诗，几乎句句都有鲜艳的色彩，非但鲜明，而且秾艳，这是他对前人审美趣味的反叛，追求秾丽的个人审美。对色彩的耕耘，成就了李贺诗歌"冷、艳、奇"的风格。

瓦是泥土界的李贺，也称得上"鬼才"。

（写于 2015-7-16）

篾匠，给我一个窗口，给后人一个窗口

又做梦了。

这回梦见的是猪笼——许是白天参观了一家自诩为生态养法的猪场。日有所看，夜有所梦。梦境，延续着生活的酸甜苦辣。

猪笼，用篾青编成，火腿肠形状，是篾匠众多作品中的一件。当年，李冰修都江堰，"竹笼"装入鹅卵石投放岷江，筑成"百丈堤"，遏制水势，导江水入正流。想必，这竹笼如猪笼，吾乡修水坝，篾匠编猪笼模样的竹笼，装石头入河，拦截分流河水，以助筑坝，只是比猪笼粗糙些而已。

说作家作品多，会说著作等身，怎么说篾匠？篾品山高、篾子篾孙满堂？我看，篾品满庭芳，靠谱些——清清竹香，飘过厅堂。

篾品多而精致，躺椅竹床，书架碗柜，甑笼箱子；箩筐篓篮，筛子簸箕，凉席枕头。好像有人活动的地方，就少不了篾品，简直是如影随形。

农耕社会，手工艺人众多，篾匠、木匠、铁匠、阉匠、裁缝、补锅匠、打锡匠……人这辈子要靠双手勤劳吃饭，大人常常指着手艺人，这样教育孩童。手工艺人的手，灵巧、善变。就说这篾匠，可以做笨重的竹床，也可做轻巧、腾空而起的孔明灯。篾匠的手不是一般人的手。小时候，我说是金手。同学说，哪有金子，铁匠是铁手，木匠是木手，篾匠是竹手……这位同学脑中没有意象，长大了却在画国画，以写意山水取胜。元稹说，白日横空星宿见，一夫心醉万物变。生活，像篾匠的手，多变得让人晕头转向。

旧时山村，手艺人在村庄中流动。木匠、阉匠、裁缝本地人多，抬头不见低头见，见多不怪，毫无兴趣；铁匠、补锅匠、打锡匠吆喝的是吴侬软语，难懂，听着天外之音一样看他们干活，话不投机；篾匠多来自临近的于都、安远县，口音相近，却是外来人，听说他们那里地方大，山里人叫"洞大"，感觉他们来自大地方，是不一般的人。

是真不一般。山里人难得出山，跑最远的地方是进深山砍柴。出村要经过村口的风水林，"没有出过风水林"，对一生未曾出过山的人，山里人形象地这样说。因此，于都、安远来的篾匠，给我们带来了不一样的见识。实则，不一样的见识，无非是风土人情的差异。一方水土养一方人，风俗，是一个地方的地理性标识，和饮食一起，是物化的乡愁。

先说于都。记忆中，来自该县车溪乡郭姓篾匠，退伍军人，有点儿文化，能讲于都民俗的大致情形。

茶叶与花生仁、芝麻、绿豆、炒熟的大米，在擂钵内擂碎拌上熟油，成糊状，加入食盐，冲开水饮用，农闲，一家人边喝擂茶边聊天，或是待客，屋子里就有了热情的温度。茶叶的甘味，小孩子说成苦，苦的茶叶这样子来食用，我是瞪大了眼的，说，这山外的人，东西稀罕，苦的东西都能咽下肚——还有更苦的东西——棕树花下咽。四五月，棕树开肉穗花，淡黄色块状的花穗仿佛随时要坠下来。砍下，水滚下锅，余几分钟，捞起，冷却，切片，加入腊肉片、辣椒油炒，苦味带着腊味、辣味前行，像苦尽甘来，又像在香味中回味苦的滋味，教人珍惜甜美生活不忘苦，苦中作乐向前赶，赶向生活的蜂蜜源。

小孩对吃食有兴味，除此，于都还有与吾乡不一般的习俗。如，唢呐迎亲，新娘却不肯下轿，新郎递过红包，"买"新娘下轿拜堂。孩子们想不通，大人也想不通，怎么这样子，都一家人了，红包是给客人的。我的想法很直接，新娘子不满意新郎，新郎只好破点儿财了。

还有，什么正月初五忌煮米、捞饭，这一天全家吃剩饭；正月十九，忌田间劳作，妇女不得做针线活，否则，针会刺穿天；八月十五中秋节，手指指了月亮，会烂耳朵；等等。有点怪怪的。我的反应仍是直接，还是吾乡好，没那么多烂规矩，自由又自在。

再说安远。来自安远的篾匠也姓郭，安远的大姓。老郭讲起事来，比手画脚，光记着比画，忘记了吃饭。他说，安远有道"假燕"菜——鱼肉拌蕉芋粉打成糊，蒸熟，切丝。水滚，鱼丝下锅，撒点儿胡椒粉、葱花，鲜美无边。假燕，顾名思义，假燕窝。要说鱼丝像鱼翅，形状上还有那么一点儿挨边，怎么跟燕窝扯上了呢？吾乡有来自潮州海边的人，打小对海鲜不那么生疏。不管是鱼翅还是燕窝，都是乡土人对美好生活的向往。这样来理解，靠谱。

闺女婚嫁于归，临了年节，娘家要在年节之前派男丁到外嫁女儿——客女家拜年拜节，年节后，客女回娘家做客。

一对新人，过完春节，趁着喜庆，年初二新郎"转门"——跟着新娘拜岳家。初六七后，吾乡的风俗是岳家派女客带着个小男孩把新人送回婆家，安远的风俗是岳家的老老少少、男男女女一起送，类似两个家庭大联欢。

篾匠，是我见识山外的一个窗口。少年的兴趣，一生的爱好。至今，每每到一个地方，观察风俗，体验饮食，孜孜以对，快乐满怀——习惯是强有力的偶像，人人都臣服于它。

古老的《诗经·小雅》有"尔牧来思，何蓑何笠"的诗句，描述了牧童归时披蓑戴笠的情景。还是《诗经》，"于以盛之，维筐及筥"。方筐圆筥，竹编生产用具。《诗经》所载，说明篾具在远古时代就与劳动、生活相伴。而唐人"扫石月盈帚，虑泉花满筛"的诗句，则是借助帚筛，使诗句雅到极致。

一筐一筥，一筛一帚，皆以竹片为骨架，篾条篾丝为体肤，经由篾匠一双神奇灵巧之手编缠而成。如做一只筲箕，经历选竹、砍竹、劈条、起层（剖篾）、分丝、均篾、刨光、内筐定型、篾丝固边、编篾、锁口等步骤，聚合了砍、锯、切、剖、拉、撬、编、织、削、磨等基本功。而所用工具，锯子、篾刀、凿子、刨子、剪子、钳子、刮刀、度篾齿、砂纸等，上十种之多。

某一天，我请来一位老篾匠，他演示手艺。

编篾具，不能坐着，比如这回编篮子，数出相应数量的篾条，篾匠蹲在地上开始编织。一脚在前踩住篾条中心，身体的重心压在这条腿上，一脚在后维持身体的平衡，这只脚就是轴心。粗糙的手指头灵巧而生动，身体随着手指头上"哗啦啦"的篾条篾丝声音而转动。一根根、一层层、一圈圈，他好像不是在编织篾具，而是在编织着美好的生活。

年轻人不愿意习艺，乡村已很难寻得篾匠踪迹了。手艺，慢工出细活。一心想着离开山村，往外走的年轻人，是不屑于慢工细活之类的了。篾匠，一同其他手艺，慢慢要成为记忆了。现今的非物质文化遗产传承人，白发人多过黑发人，一丝不苟的篾匠，身子骨早已不硬朗，像挂在土墙上老旧的篾具篾器，风烛残年，揪心呐。

到那时，要看篾匠技艺，怕是打着灯笼难找寻了，也许博物馆还有演示人——杭州的丝绸博物馆，养着数个老艺人，给游客演示手工剥茧、拉丝等古老的技艺，这些都是镇馆之宝了。博物馆的篾匠，又是一扇窗口，一扇无奈的窗口，后辈子孙从中端详篾匠的十八般武艺，而那些竹篾薄如纸、细如发的剖篾技艺，则要到书上去找寻了——我记些事，留点儿笔墨给后人。

（写于 2016-1-15）

农人的姿势

立夏一过，卖西瓜的摊档摆到了家门口，许是黄昏的缘故，城管给予了人性化的关怀。

城里人挑西瓜，是两手直下，把瓜拢住，或者叫夹住。西瓜皮滑，这样子抱西瓜，抱起，滑下，再抱，又滑下，重复着。看他们的样子，感觉是孩子的小手在抱一个大大的玩具，力不从心的样子。

卖瓜人也抱西瓜，是帮买者挑瓜时。只见他黑黑的左手平托住瓜，右手掌拍着瓜，"你听，多厚实，瓜熟，保证甜。"有经验的人闻声识瓜。

在乡村，像卖瓜人，干农活识相懂行，唤作"老把式"。

老把式，一看姿势，二看效果。

农人除草，不会把锄头使在身子的正前方，有点侧身，手和腹部协调用力，不容易疲劳。

当年知青下放，学农活是不小的考验。一女知青兴奋地说："我的肚子会动了。"哄然大笑。是说腹部配合手部，很协调了，像老把式了。一高兴，说成了笑话。

用身体配合手劳作，农人协调自如。箬箕装满稻谷，用手端，也可行，但是走不了多远，手快要断了。农人把箬箕夹在腰身，右手拢着，左手托底，健步如飞。

孩童学来偷饼干。饼干筒的盖子压得紧，一手拧盖子，一手固定筒身，不听使唤，筒子滑滑动。把筒子紧贴肚子，两手该干吗还干吗，仿佛给筒子施了定身术，揭开盖子易如反掌。

看姿势，知底细。新手，老手，一个姿势见分晓。

"不看广告看疗效。"看姿势也有看走眼的时候，还得用效果来检验。

犁田的要领掌握了，牛乖乖地听着使唤。身后翻转的泥土像蚯蚓，弯弯曲曲，像苦瓜，疙瘩大小不一，左颠右倒，这是新手。老把式犁过的田，一条条黑土，像涨起的潮，一条直线，深浅均匀。泥巴无语，形状说话。

故乡近　江湖远

孩子学骑车，做父亲的大声说："抬头看前，挺起胸膛，注意姿势。"这是他们半辈子农事的总结和经验。

（写于 2015-7-9）

鸟　事

我经常忘词生义。码文字的人这般样子，这就奇怪了。后来，脑中突然间闪过一个念头，我的怪事没伤害到人，没污染环境，没影响到邻居宠物狗的成长，就不必纠正了吧。

望词怎么个生义？比方，说"捉鸟""捕鱼"，我常常被"捉""捕"字的提手旁所影响，幻化成一个个情节。

是这样的情节：鸟落草坪，捉鸟人撅起屁股，上身前倾，两手作抓状，然后扑向鸟儿，可是，鸟倏地飞起，人嘴巴啃地，满嘴青草沫——俗话说的"狗吃屎"。

"捕鱼"的动作要领跟"捉鸟"差不多，只是入嘴的由草末变成了水花，外加全身湿透。这是对"捉""捕"望词生义。生义，其实是生出一个个场景，并非无端的、天马行空的臆想。

既然臆想了捉鸟，就把这事说到底，一吐为快。

在山里长大，其实，我一直不知道如何捉鸟，说来很是惭愧。

晨跑时常看见手提鸟笼的人，有这爱好的，过去多为老年人，鸟笼是退休证，拎出来，亮身份。现在赶潮流了，不少年轻人也争着去领这原本属于老年人的证件，看见过一个二十出头的人提鸟笼，忍不住在心中憋出两个字：装老。后又加了一个字：切！

鸟笼中的鸟普遍是画眉鸟。怎么捕画眉鸟呢？

把那个鸟笼提到山上，画眉喜欢在浅山逗留，它们唱歌，吆喝同伴，又想在人类面前表现，过去叫表现，现在叫秀。这歌一唱出口，画眉即暴露了弱点——《孙子兵法》总结了将帅的五个致命弱点，画眉喜欢的这一口，榜上有名。画眉不是将帅的料，硬要去犯将帅的错误，这也是一种东施效颦。

拔些草伴装，拔开鸟笼上围着的藏青色布块——平日里盖布块，一来防止刚进笼的鸟碰撞寻短见。鸟是刚烈的，不屈于区区小笼的招安。二来训练鸟，形成条件反射，布块遮住，请闭嘴，休息去；掀开来，唱吧，人喜欢听，鸟也喜欢。

鸟怎么喜欢？机会来了，是好机会——多为雄鸟，好像人，以为到了丽江，就有艳遇。本来，画眉群居或繁殖期成双成对，它们是不缺爱的。现在一只雌鸟在笼，唱来这么好听的歌，雄鸟循声而来，糊里糊涂陷入了机关，又一只鸟屈于小笼。前赴后继。

捕鸟人说，这是画眉的第二个弱点，多情。捕鸟人的原话是，成双成对错失足，求偶求伴失了身。不是很准确，但有点意思。

鸟循声而来，还源于好胜。这山梁，是我的地盘，叫叫叫，谁在逞能？看，我来了！就这么失足的。这么好胜，是雄鸟的性格。

人有李逵、张飞，鸟有鸟逵、鸟飞，刚烈，好胜。是优点，也是缺点。

以上所表，正是画眉的弱点，但不是致命的。

致命的是那个笼中鸟，它为人类当帮凶，诱惑同类失足、丢命，像抗战时的汉奸。据说，鸟类中只有麻雀没有"鸟奸"，不干这损害民族利益的事。真是明大义，有气节。向麻雀致敬。

其实，本文开头说的捉鸟、捕鱼的画面，是小孩子所为，他们不知道组织"皇协军"，只是毫无技术含量地手抓手捉。

咽口水，能抑制打嗝，我把这个动作带过来，抑制自己在捕鸟、捉鸟上的望词生义，转向痛恨"鸟奸"，"鸟奸"跟汉奸一样，很不光彩。

（写于2015-8-11）

回到故乡

故乡，已经很少回去了，对她，有了一种违和感。那人、那山、那水，都不是我曾经熟悉的状态。旧时乡村，山明水秀，乡风纯朴，人心古道。昨日种种，历历在目。现在，却恍若隔世。想要说的是，对故乡，我并不希望她定格在缺吃少穿的年代，实则，是留恋农耕年代的田园牧歌，这是故乡的灵魂，给予我精神上富足。很多人所以留恋故乡，都是这根绳索在牵引。

说水墨画，吴冠中多用墨彩这个词，水墨中镶嵌了色彩。吴老似乎很看重这一点，他说彩色镶嵌是画里珠宝，人间衣衫。看他的墨彩画，惊诧于他的形象美。他的《江南人家》（实际上，包括他所有江南村镇题材的作品），用墨，从最大块的屋顶到最小的窗、从纯黑的洞到纯白的墙，墨块（屋顶、窗）、留白（白墙）对比效果强烈，形象突出，意韵迷人。黑白块面在跳跃，大块小块对照呼应，有种摄人心魄的美。

故乡的客家民居，黛瓦白墙，错落在青山绿水中，撞击眼球的形象是横、直、宽、窄、升、跌、进、出……那是青山绿水中的一颗颗明珠。是明珠，其实也是伙伴，至亲的伙伴，能够相融，才能心心相印。

前不久，回了一趟老家，这样的画图差不多是稀缺资源了，充斥山水间的都是钢筋水泥楼房。曾经，小河流过黛瓦白墙，夕阳下，水面金光闪闪，白鸭戏水，灰鹅高歌，还有来个猛扎的光屁股小孩。而黛瓦白墙一侧的芭蕉快熟了，孩子们眼勾勾，一天看了好几回，差点没流出口水。蕉丛配黛瓦白墙，这是其他地方复制不了的南国风情。

连接民居的是石板路，也是吴冠中镶嵌彩色的地方。他笔下红色运用多于蓝、绿，色彩恰到好处地游走在墨色之中。20世纪70年代之前，吴老多画油画，他在水墨画中移植了油画的色彩造型，而水墨表现了线条的奔放缠绵。吴老致力于技法创新，探索出油画民族化，国画现代化的路子。看他的作品，有油画的色感和浓郁，有国画的流畅和风韵。他的墨彩画已经颠覆了传统中国画的技法。对他的画，有人直白地说"看不懂"，文绉一点的说法是"国画中的抽象派"。我的看法是，用墨构图，吴老的画作真的有点儿不伦不类，但是，画作要看意境，看意象，吴老的画，正如乡村景色，要慢慢品，不品，怎么看都是过时苋菜——蔬菜讲究时令。

我喜欢在微醺时看吴老的画。纸质画册和电脑图片交替着看，一旁是一杯老茶——绿茶存放成陈茶，色味都深沉。回忆旧事，适合品老茶。初心不改忆旧事，半盏时光煮老茶——喝老茶时跟我们对话的，是曾经的自己，深埋在时光深处的自己。

吴老的画风十分到位的表现了江南人家的景致。景是有韵、有境的。"青山绿水一幅画，白云生处有人家"，这样的景，想想就令人激动。过去，故乡是如此奢侈地拥有过。吴老是用脚作画的，他徜徉山水间，总是不辞辛劳写生，而作品取材于写生稿。每幅作品的创作都需要转移写生角度与地点，他说，移花接木，移山倒海，运用各局部的真实感构建虚拟的整体效果。像《鲁迅故乡》，树丛来自绍兴中学，老桥是西廊的，河道、细柳、船、从东湖引进，散逸的水乡风貌就这样浓缩入集中的画境。这些看似来自四面八方，可哪样又不是作者心中有呢？

看着画，我的思绪早回到了故乡。这是河背屋场前——我的出生地的溪流，水草青碧，鱼虾漫游。孩子们拖个畚箕撮上个把时辰，就有了半篓鱼虾。水平下屋场河边的山乌桕，入秋时一片绛红，倒比霜红的枫叶多了一份深沉。到了孟春，远山写意地着上了黄白色，那是毛锥树壮阔地在开花，朝着花开的方向走，隔着二三十米就有浓浓的甜糯香味。味道比色彩更令人沦陷情感——来自故乡的味道。

画册，故乡；意象，回忆，画面是如此恰到好处地切换着。故乡有许多桥，老桥多为石拱桥，现代的是木桥，横跨在河流中，流水是动的，桥则是一种静态美。桥的一头，用马条石砌几个台阶，搬来几只大石板，是农妇洗衣所在。在挑完水的夏秋清晨，"嘭嘭嘭"，洗衣锤的拍打声，在河畔回响。呼应的是鹅群的"嘎嘎嘎"声、牛群的"哞哞哞"声，山村在美妙的晨曲中开启了全新的一天。

吴老的墨彩画，也有许多桥的踪迹。《周庄》的单桥，《双桥》的远近两桥，《故乡之晨》的蛟桥，《家》中的廊桥……他说，江南乡间石桥头细柳飘丝，那纤细的游丝拂着桥的坚硬的石块，即使碰不见晓风残月，也令人销魂。如今，故乡的桥都改成了水泥桥，可以通行汽车，方便是方便了，可哪有美感可言。汽车的喇叭声，发动机的轰鸣声，撕裂了山村的宁静，而喧嚣是化不了境的，宁静才有韵味。

多年前，我曾经约请画家回到故乡写生。村前村后披覆着一丛丛浓密的竹园，绿荫深处透露出片片白墙，家家都隐伏在画图中。桑园，在春天那密密交错着的枝条，是线结构画面，新芽点点，色调丰富而含蓄。含蓄的美令人流连。

国画讲究起、承、转、合的构图规律，追求皴、擦、点、染的画面效果。可是，画家笔下的我之故乡，整体效果很弱，挂上墙后，显得散漫无力。我不是对画家的作品横竖挑刺，客观地说，他很用功，在圈内已有较高名气。效果出不来，这是传统国画的局限。中国画论说："近山取其质，远山取其势"，遗憾的是现在

故乡近　江湖远

的国画其质其势都千篇一律，画面失去了魅力。西方就有人据此说中国水墨画已经没有前途。所以说，画作要追求形象美，要追求画面效果，"脱离了具体画面的孤立的笔墨，其价值等于零，正如未塑造形象的泥巴，其价值等于零"。吴老这样说。吴老在 20 世纪 70 年代开始探索彩墨画创新，采用大板刷及自制滴漏等工具，强调对比，突出节奏，画面与传统中国画程式差距甚大。他甚至说，国画和油画的边界已经被冲得七零八落了。他画油画，也画国画，他的画作已经没有了画种的围墙。

故乡是回不去了，我记忆中的故乡。

吴老的画作画面美，意蕴美，正好有我记忆的故乡的意境。看着吴老的墨彩画，我仿佛回到了故乡。

是看《画眼》，吴老引领我回到故乡。也许，我只能用这种方式回到故乡了，让我魂牵梦绕的故乡。

（写于 2015-8-13）

农人的幸福

老家来人，我很高兴。回到乡里，我很亲切。

见到他们，小店要坐坐。

或许风吹日晒，乡下来的朋友，喝酒脸红得像猪肝色。

我发现，他们不光脸红，他们吃东西喜欢吧唧嘴，脸红，那是最好，因为一看就知道吃了大餐，有酒有肉。敬支烟，点着，慢慢抽，再敬，接过来夹在耳边。一根牙签，含在嘴角上不止半个钟头，时不时吧唧一下。

酒，烟，牙签，合一起，看他们的神态，很是满足，漾着一股子幸福感。

这个时候，小车送他们一程，不管什么时候，他们喜欢坐副驾驶的位置，一定要摇下玻璃，右手肘枕着车窗，不知他们的感觉是不是叫瓷实。

听说，老家一个百岁老人，临终时说这辈子很满足了。大家伙回忆，百岁前，他一人偷偷坐班车去县上亲戚家吃了餐大餐，听他描绘，鸡鸭鹅豆腐，都上了。

末了，小车送回家，一路跟人打招呼，县上来的小车送回家，不是乡里的手扶拖拉机。

幸福也有农人这一种。

乡村酒席

迷上了看花，行走在阡陌田畈，红的、粉的、紫的、白的，眼花缭乱。大自然是高明的调色师，即便是同科同属植物，可以有不同色彩的花晃动在眼前。牵牛，蓝、白、紫黑、红四色欢遍山岗旮旯，热烈铺排得毫无道理，在秋天不缺色彩的季节里，吸引眼球，瞧那得意劲儿。一色红，又有绯红、玫红、桃红之细分。最迷人的还是蓝色牵牛，躺在藤蔓中，一如乡村的安详。现世安稳，岁月静好。

色彩，真可以渐欲迷人眼。以大小来论，吼住了它们——野花，再艳，再迷人，不过是小花小朵。有人说，乡村只产小花。千里光、蓼草，若以丛作量词，壮阔得要眩晕了。色彩绚丽住眼睛，经神经传导，大脑照单全收。但，瞅住一朵，不过小指大小，只合花繁的时候远远观望。说小花，实在话，乡野的花，小。

畅开来想，乡村也产大花大朵。

天地是茫茫宇宙一株奇花异草，乡村是其中一瓣滴露的花。汪在花蕊的露珠，晶莹闪烁。

乡村的静寂，寥廓无边。

乡村的天空，瓦蓝瓦蓝，渺渺远远。

乡村的蝉，在静寂的怀抱里，居高声自远，蝉噪林愈静。高与远，噪和静，比较着来说。一比方知高低，一比才明动静。

还有，乡情、民俗，乡风、农事，它们是自在的风，吹散浮世的尘土，滋润美艳，把心安放。想想，现如今，也只有这些带乡、带农的地方，才可以把心放下。

乡村的人乡村的景乡村的事，是大花大朵的花瓣，是栀子的清新，菊花的高洁，山茶的纯真，麦冬的朴实。

吃了一场很传统的酒席，唤醒沉睡的记忆，从心底漾起的喜悦，托起我的心，以轻盈的姿态，跨进了新年的新山新河新气象。

乡村酒席，碗里盛满的是众人拾柴火焰高的真情实意。旧时物资短缺，一家办喜事，要升华成全村子的盛事。有物借物，有力出力，把人间真情的灶火烧得火红火红，又像房前屋后的溪水，荡荡流淌，不歇昼夜。就是现时，物质极大丰富了，真情友爱的酵母不曾离过场，把人情这缸米酒，发酵得甜甜糯糯，漫漫漶漶，游子回到村口，闻香醉了人。

乡村酒席，桌上摆满的是女主人勤俭持家的日日夜夜。种一畦露水，养满天星斗，风来雨去，汗水秉实粮仓；早出晚归，朝阳晚霞添瑞于脸庞、于发梢。她们把生活的执着写在酒桌上，烫皮、粄花、米酒、猪肉酒，是用朝霞、晚霞作彩、勤劳为笔，用心描就。那天，喝一口久违的猪肉酒，肉香、酒香糅合，一味香味库没有收藏的香气来袭，欲醉欲飘。是一个羡慕李白的人，何惧醉，何惧飘，飘飘欲仙，真想写出唐宋气象，魏晋风流。醒来，身上多了一份淡然，像旧宣纸上宋元人勾画的远山一般淡。此香只在农家有，只在山里飘。香味库，一如香奈儿调制的香气，悬在空中，接不了地气，是虚幻的、短暂的，再高贵，再妖冶，在天地山河的香气面前，不免捉襟见肘。

乡村酒席，齐聚了乡村女人的朴实。人朴实，其心怡然，何须用花花绿绿来矫情呢！办酒席了，女人们只用红绳绾发梢，一身带皂荚香的衣衫，把风的情露的意留住，自然的，朴实的，水灵的，长久的。最喜是她们脸上的笑，山花般灿烂，口若吐兰，连同酒席的气场，醉了八方客人。这样子的笑容，还是在上一回赶集时看到过。其实啊，农家女人的笑容，哪一天不是这么真切？连她们的名字都真切动人，韵味缭绕——兰、秀、花、莲……满山满谷的花香，滋润了心肠，甜糯了本心。不同于赠人玫瑰，手留余香，是由内而外的香，上得了云霄碧空的香。

在那天的酒席上，还有一种笑意同样动人心。那是老伯、阿婆安然坐在头席，今天的衣衫更新、更靓，有从容的笑意映照，厅堂多了暖意。有摄影师的镜头对准穿蓝衣衫的婆婆。婆婆的笑，蕴含天地山川的从容，分明有山花般的悠然，蒙娜丽莎的笑都要逊色下去。千古一笑，这四个汉字，只有乡村婆婆诠释得最真切。

厅堂意暖，门坪含笑，厨房欢歌。酒缸周身被燃烧的谷壳包围，陶缸炙酒，砂锅烹肉，饭甑蒸饭，全是土法。乡村大厨用时间做燃料，调兵遣将，他们心中仿佛有千军万马，从容布阵。连水汽、香味，都融入万马千军，顺从地听任调遣。那碗糖花猪肉，着色焦黄，块状的肉上气泡哔哔啵啵，看上去，黏黏的，稠稠的，夹一块，入口即化，时间的味道土法的味道，在嘴中恣肆，一片汪洋。这种滋味，是一种奢靡的向往，轻易触不到的期盼，唯有在乡村，是可以重逢的梦。做这道菜，八道工序，用时四个多钟头，厨师哼着采茶调挥铲使刀，静心烹制。香气，从厨房飘出，越过门坪，萦绕厅堂，弥漫天空，与山花的香交织，演绎了一出色香味俱佳的饕餮大戏，动心了，暖心了，回味了，留恋了。

从乡村回来，至今还留着香。空中的风，脚下的土，碗中的菜，淳朴开心的农人，本色的香。留下吧，珍惜些，此香不多有，只在乡村幽。

（写于 2016 年元旦）

故乡那些"鬼"

《故乡的野菜》，周作人散文的名篇。这篇文章有个句子，"我的故乡不止一个，凡我住过的地方都是故乡"，让人记住周先生文如其人，适意洒脱——住过之地便成故乡。

人是可以有多个故乡的。山川河流、花草树木构成空间上的故乡；方言，在话语中留下故乡印记。一听"挑水（水字读 xie）"，便知家在岭北镇，一声"shuai 吾 shuai"（睡不着），鹅公镇人确定无疑；定南话很少有后鼻音，念"邓"为"den"，若念成标准的普通话音"deng"，那是龙塘镇长富、洪州村人，与安远县为邻，讲话鼻音重。饮食，在味觉、视觉、嗅觉上留住乡愁，所谓美食，色香味俱佳者。食材的使用，也暴露一个人的来路。鹅公人嗜好胡椒，有人炒盘青菜不忘撒点儿胡椒粉，说"山里竹根水寒凉"，而胡椒性温，驱寒。鹅公人的食材中，常有鱿鱼的身影。鱿鱼切成两指大小，洗净，米酒娘浸泡一天，爆炒成卷状，谓为炒鱿鱼卷。鹅公还有个名菜"鱿鱼三丝"，冬笋上市后，做来品笋鲜，却格外看重鱿鱼的分量、成色。岭北镇的月子片，喜欢吃牛杂，一道"牛下水"名菜，让人记住了这个地方。所谓人以技艺扬名，地以特产远播。总体上说，岭北菜用酱油多，菜色重，鹅公菜则要清淡许多。

说起方言，忆起故乡。以上文字多处举例鹅公，有人猜我是鹅公人，没错也，鹅公镇一个叫镇田的小山村，便是吾乡。这里的人称呼人，喜用"鬼"字。无关贬义、虚词，一如北京话的儿化音，粤语尾音的"啦"。鹅公有个企坝村，称那里人为"企坝鬼"；称小孩为"鬼崽"；人名张成坤，把姓去掉，叫一声"成坤鬼"，倒觉得很亲切；至于称呼那些抽烟、喝酒、嘴馋的，也带个"鬼"字：烟鬼、酒鬼、丫食鬼。

有几类带"鬼"字的人，我很喜欢，叫出了乡村人的秉性，还有他们的真性情。记得有人说，微笑越来越商业化的年代，真性情要到梁实秋的《雅舍随笔》去找寻了。不必，乡村有，在那些"鬼"人的身上。

老茶鬼。与茶有关。茶是菜地里，或是房屋后坡自种的老茶树，爷爷手栽——喝茶似乎有遗传。爷爷种下的茶，到了孙辈，扩大了面积，几棵老茶树，不够吃了啊——到底没忘记茶。相比明前采摘，他们更看重白露茶，味浓甘味足，三杯两盏滑过喉头，似丝绸滑过，有滑，更有凉意。冬阳晒得人心痒痒的，八仙桌上一把茶壶，三五只杯子，越喝人越多，杯子不够，碗来凑，免去客套，自己动手倒茶喝。这个谁心有闷事，端着杯子嘟嘟囔囔，那个谁用帽子遮住脸斜着身子打瞌睡，醒来张嘴一个哈欠，然后慢悠悠上前打开壶盖瞧上一瞧，"这么小气，该换茶叶了"，说的是茶淡无味，重泡一壶，茶浓心事淡。有人吃喝小孩喝一口，"太苦，不要。""鬼崽，吃得苦（音同福），经得苦。"农人哲学，茶桌上口传身授。"我会吃苦瓜"，鬼崽的话让人笑喷了。

死（音同喜）佬鬼。有的地方用这个词语骂人，镇田人却专用来称呼那些内心笃定，做事慢条斯理，颇具童心的人。"死佬鬼，同鬼崽玩得这么开心"——某人跟侄子弹玻璃珠，为一个子算不算胜数，理论了半天；"死佬鬼，要下雨了，谷子没收，你还在这里讲个'口水八天'（口吐唾沫，形容讲得很起劲）""死佬鬼，挣钱有人工（时间），你有心种花种草"——山草药好卖钱，大家伙挖得起劲，某人看见一株山矾，花开清幽，挖回家栽种在门前，树下喝茶，清雅留心，难得的好兴致。

"丫食鬼"——乡村美食家。有个从矿山调回供销社的老工人，嗜吃酸酒鸭。鸭子选仔鸭（翅膀刚张齐长毛的鸭子）。到放鸭子的河边、田塅亲自挑选，张开手掌，往鸭背上摸去，手感胖瘦，瘦一点的鸭子口感好，肉不柴，嫩滑，老工人吃出了经验。20世纪90年代，天九镇张师傅摸索出用纯米酒娘自酸成醋，红、青辣椒搭配，改酸辣碗粘鸭肉吃，为酸辣汁过面浇在鸭肉上，酸辣入味，回味悠长。坊间流传张师傅"酸酒鸭第一人"，老工人八十年代就这样做酸酒鸭了。那些年，有仔鸭上市的日子，他一天宰一只鸭子，跟老婆关着门来吃，子女多，鸭肉少，唯有躲着吃，才过瘾。老工人吃食成精。有一类人叫"聚长"，这不是官员中的此长那长，是乡村大厨，手艺了得，锅铲一响，人来人往，聚在一起，封个"长"，倒也十分传神。什么糖花猪肉、春皮、冬瓜焖鸭子、白切鸡，如今，写这篇文字，仿佛舌尖上仍有乡村菜肴的气息在萦绕。可惜回到乡下，很难吃到过去的口味了。"聚长"们老了，好几个都辞世了。现今，食材也没有了过去的品质。背地里，总有人称"聚长"为"丫食鬼"，没有他们，要"伤"胃口啊。

"鬼精！回来了？"某日回乡，想找个"聚长"露一手——我常在同事朋友面前讲些"聚长"的故事，诸如脾气暴躁，一句话没讲顺，他们锅铲一甩，走人。好烟好话，才能熄火，请回来重操锅铲，挥动菜刀。诸如他们炒菜要专人烧火，上岗前亲自培训，什么时候加火，什么时候退火，一个眼色、一个动作，会心会意。"鬼精"，是对乡村会读书、会挣钱的人的叫法。总之，在乡人看来，都是头脑活络的人。一句"鬼精"，唤起我重拾了时光深处的记忆——流年，可以改变故乡的面貌，改变不了我对她的念想。不及周先生的适意洒脱，我的故乡只有一处——鹅公镇镇田村河背村民小组（我至今喜欢叫生产队，如抚摸东西，有质感）店下圩。想着想着，我就听《故乡情》："故乡的山，故乡的水，有我童年的足印……他乡也有亲，他乡土也好，难锁我童年一寸心。"程琳的歌声，听来情真意切，把故乡事放了又放，放到有故乡美食的地方——故乡，美食永远是牵引。

（写于2016-2-12）

冬 晨

小雪过后的一个周末，朋友相约去山村看霜。

岭南的霜，多在霜降之后，出现在晴天，有北风的日子里。

今天是阴天，五点半的山脚下，有层薄雾。人总是有先知先觉，雾与南风或偏南风联系在一起。霜，定与今日无缘。既相约，不爽约，走起。

朋友的家，安在山村。经过一条小河，爬上一段缓坡，两层楼房掩映在楠木、桂花丛中。传说中世人向往的所在。

天，还是青灰。房屋的轮廓、树的队列、山峦的耸峙，隐隐约约。想到了旧时光，也是冬日，进山捡毛锥——类似板栗，个小似尾指头大小的果子。能够让睡得迷迷糊糊的小大人一激灵起床，只有这些跟吃有关的事了。

山村不大，散落着上十户人家，多数房屋改建成了砖混楼房。两爿灯光，昏黄从木窗泄出，伴着人影闪动。固在一个地方，前后摇晃着动，推石磨的动作。上前，见灯光是从一倒水的一层土木房子影照而出。瓦房，屋顶有个人字架，屋脊为中心，往两边斜着盖瓦，成为两倒水，主房的待遇。一倒水没有屋脊，斜靠在主屋的墙壁上，故称。此类多为杂物间，安放石磨、风车、谷砻、农机具等生产生活器具。

最近，挺牵挂土木房子。穿行山村，入眼的黛瓦白墙越来越少了，拆，倒，速度惊人。山村的灵魂，说没有就没有了。每次到山村，心里总是难以言状。

山村消逝或正在消逝的东西，何止土木房子，河溪，石板路，木桥，手工艺，都以急行军的速度在消逝。最近听央广节目，一档"致我们正在消逝的文化印记"节目，听得让人揪心。方言、手工艺，戏曲，这些都是立起参天大树的根啊。

大清早推石磨，是磨豆腐，或是磨米浆——做灰水粄的前奏。

另一爿灯光也是从土木房泄出。清早、木房、灯光，我想起了旧时剁红薯藤——剁成碎状，喂猪，喂牛，小雪前后，农妇早起后的农活。

霜降前，红薯抢收回家，薯藤晾一边，晚上，早晨，见缝插针剁碎、晒干。大多数时候，这是女孩子放学后做的活。老娘没有给我生个姐姐妹妹，这活，便落到了老二我的头上。剁红薯藤，剁猪菜，还有其他各色家务，山村的孩子早理家。

旧时是旧时，现在农村很少养猪了，红薯，种上一点解馋，或是沉淀成薯粉，炒菜勾芡用的小粉。薯藤丢弃在路旁，早已无人过问。农人早起干什么呢？

木门"吱嘎"，走出一位婆婆，提桶走向屋旁的菜园。哦，浇菜。一早一晚浇菜，从远古走来，恐怕是坚守最好的习惯了。人立在世上，最不容易上当受骗的就是嘴巴。一只萝卜，有没有施化肥，经霜与否，都休想蒙过这张嘴巴。我坚持买过多年的菜，寻找乡下婆婆的摊位，粪箕里清清碧碧的青菜，随便买几根回家，一天的日子就妥帖了许多。

天蒙蒙亮的山村，清静得该搭配上空寂这个词了。

萝卜之类，在吃食上让我们重回故乡，空寂这般汉字汉语，可以直抵人心，让人看到自己于天地间的本心本色，看到在宇宙洪荒中，人是多么相形见绌，知道一生不过一瞬，一人一物不过微尘。人，顿时有了情怀。

眼前的山村，静唱着主角。如果要找些动来匹配，那就是窗前光影，浇菜的婆婆。鸡舍里还没有动静，习惯成群活动的八哥，还没有响起床铃。静，一统山村。

不是有小溪吗？孩童放牛时，用书纸折成河灯，放于溪流中。河水唱着小孩听不懂的歌——奶奶哄我，娶了媳妇就听得懂河水的歌声。意思是孩童要快快长大，长大后懂的事就多了。听不懂，就放河灯来看。夏季的河溪，流水很温润，有茭白般的肥，咬上一口，汁水流淌——现时，化肥速成的茭白，淡，柴；有杜鹃"咣咣咣咕，咣咣咣咕"叫声的水润，给人一片辽远，一片天地。太喜欢这种肥、润，以至于我某些网络软件的昵称，以河命名，希望它肥肥的——那条河不瘦，这是我的博客的昵称。

冬日的溪流就不肥了。你听，流水"呵喝"响，转弯、落差的节点上，"喝"音转了强调。不管怎么转腔转调，声音始终给人很空的感觉。不是空灵那种空，空灵给人很渺远，大音希声的感觉，一如禅院寺庙的钟声。河水声音的空只有骨架，没有血肉，那就是瘦了——那条河真瘦。是季节让河水变瘦，委屈却让河水来承受，不公平。

到了6:30，太阳还没有衔山，橘红色的光开始了前奏，拍张照片可以冠名"山村日出"。一头狗急匆匆跑在小路上，桐子叶落满地。农家大门陆陆续续开启，母鸡踱着方步，优哉游哉，公鸡懒懒地在鸡舍打鸣。一个男人，一部单车，一筐鸭子，可能是去卖鸭子，抢早市。

"活该，做死都没人体谅。"男人的骂声从磨坊传出。女人怪男人不帮忙推磨，男人回敬一个活该——乡村，男人、女人做事常常拢不到一块。男人除了偷懒，还怪怨女人瞎操心。豆腐许是帮办喜事的邻居做，做灰水粑可能是去看嫁在外村的女儿——都是在打理亲情、友情。在人情这议题上，男人女人有时是两个世界的人。对待旧物也是一样的态度——骂声继续：早都说把磨子砸掉去，都什么年代了，还死守着这破玩意。是啊，都有打浆机了。

我欣赏农妇的态度，对打浆机之类侵蚀农村，向来没有好感。没有那些旧物的日子，像冬日的河流，太不温润。

七点，央广"新闻纵横"节目片头曲响起："岁月流转，曾经熟悉的那些乡村文化印记却正在改变……"有多少人在听呢？

（写于 2015-12-19）

冬日小景

时间：大寒节气之后，小年之前，上午 10 点左右。

地点：龙塘镇龙塘村老龙塘屋场。

事件关键词：农人，晒冬。

选坐北朝南的房子的墙根下，避开了冷飕飕的北风，冬阳晒来，寒意知趣走开。晒冬的人坐在矮凳上——有木板凳，也有竹椅。凳子舒适度差，却方便。那头人多，过去凑个热闹，没有人会招呼你坐，自带凳子，屁股着凳，接过寒暄话题，温情尔尔，满面春风。有人喊话，起身走人，一手抓凳，一手捂嘴，笑话还有一半在嘴里。

农人常说，凳子等人，人等凳子——前者的意思，是活等人做，凳子指代了活计；后者则是围坐一起说说笑笑，边聊边干活，打鞋底啊，织毛衣啊，也有洗衣服的，还有干点儿其他小活计。总之吧，场面挺热闹。这样的热闹不用组织者，不用牵头人，没有通知，没有哨子，谁先坐定，好似放下一块磁铁，越吸越多人，这样的热闹属于妇女同胞。男人的聚合，没有那么多笑声，相反，还有点儿闷，泡手工茶，抽纸烟，不靠声音，靠味道，需要半天不讲一句话的憋劲。过足茶瘾、烟瘾，眯着眼睛晒太阳，话，是有一句，没一句。家里的吆喝干活的喊话多半听不见，要她上前踢上一脚，身子才一个咯噔，不情愿地睁开了眼睛，面有愠色。

老人家晒冬，静静的，拢着手，也有摘帽在手的，眯眼者居多。许是年纪大了，眼神不好，老人常闭目养神，何况还是在强烈的日光下。他们也会聊上几句，但多选择静享日光。这是夕阳红的一种静美吧。

小孩子们呢？嘻嘻闹闹，玩着游戏，童心隔开了他们与成年人的世界。

以上是早年晒冬的场面。

晒冬景象，今天没能全部重现，情趣却未曾丢失。

是祖孙俩吧，奶奶趁着太阳好，洗了个头，正在用毛巾擦着头发，小孙女拿着梳子，准备犒劳奶奶。在等候的工夫，小女孩从口袋掏出一块番薯干，看了看，又装进了口袋。

一栋新房的门前，两个穿运动衣的女孩，一人一个铁桶，一只脚盆，洗着衣服。不过十二三岁的年纪，动作却是相当利索。衣服的量不少，许是一家人的衣服。妈妈外出前，有个交代，放假了，别到处乱走，把那桶衣服洗好。当然，桶里的衣服，自己也有一套。农家女孩，很少有人只洗自己一人的衣服，一家人换来丢在桶里、凳上、床头的衣服，全包了。

这俩女孩，不像一家的，脚盆一样大小，颜色也一样。一个家庭，置盆子之类，不会买一个样的，要么大小不同，要么颜色有异，除非成双成对的器物，如桶、箩筐。都放假了，一起干活，有个取闹，有个学习上的交流，女孩尤如此。

女孩前面的门坪，四五个小男孩在骑自行车。你骑载我，我骑搭你，推推搡搡。男孩放假，贪玩，不像女孩自觉帮助做事，吃饭喊上十遍八遍，才慢悠悠回家。

"你看，镜子来了。"奶奶轻声指给抱在手上的孙女看。

一个八九岁的女孩，两手端着镜子，急匆匆跑出来。

"昨晚在脚盆里放的。"女孩兴奋地说。

放什么？早年，遇上寒冬腊月，一只碗，一根绳子，碗中放满水，有条件的加点儿糖，睡前，碗放置于墙头，第二天，用力一扯绳子，"雪碗"提在手，边走边舔，冬天吃冰棒，不在滋味，重在乐趣。

水放脚盆，就叫"雪盆"了，断不放糖，不为吃，只为玩个大"雪盆"。

"镜子来咯。"女孩吆喝着。骑车的男孩用力把车推给同伴，跑了过去。

门坪的竹篙上，晒满了被子、床单、五颜六色、大大小小的衣服。冬日晒被子，有我喜欢的太阳味。太阳不仅有光，还有味，驱走各种杂味、臭味留下的真味。真味也是真性情。真味在，生活才有味，是趣味、情味。

古汉语叫晒冬为"负暄"，意思是冬天受太阳曝晒取暖。我愿意把"负暄"想象成一幅画。丰子恺有幅画，取名《冬日可爱》，可以借来一用。若果还意犹未尽，有白居易的《负冬日》：杲杲冬日出，照我屋南隅。负暄闭目坐，和气生肌肤。初似饮醇醪，又如蛰者苏……

白居易诗中的负暄者，肯定为男子，白描的画面，有趣味，有闲适。

我的《冬日可爱》，冬阳下，农舍里，男女老少，有动有静，其乐融融。今日来个现看现写，我也暖意融融，感染的。

今天室外 3℃，南方近年少有的冬日气温，不暖和啊。农舍却不缺温度，生活情趣的温度，像有光柱照进人心里。暖像蚕宝宝，挪移着上心头。

（写于 2016-1-25）

炊烟，炊烟

老屋像极了安详的老人，安然地坐在乡村，在忆过往沧桑，在看眼前烟云，不动声色。这修为，是历经爬坡上坎，到达了山顶，他们一览众山小，回望行百里半九十的中年，看过山过坳的青年、刚刚出发的少年，听山脚下"吃吃"的笑声，这是婴儿、儿童们纯真的声音。山顶上，天高云淡，是白石老人老年的画，多留白，让你去想。

每次回故乡，看到老屋，就不由得要想起老人，静静的双眸，多么安详。

老屋直出的烟囱，袅袅炊烟，演绎着俗世的日出日落。炊烟的形状是多变的。早晨，风是轻的，云是淡的。炊烟就清淡舒朗。中午，农活火急火燎，炊烟来得急去得也急。傍晚最温馨、从容，农人回家、旅人到家，鸡鸭归圈，牛儿回栏，一声"哞哞"，让晚霞动容，于是，天际，挂满了绶带，色彩在这里汇合。炊烟的白色，从容地去赴约。这柱白色，又是归家的信号，一经升腾，在外野欢的孩童收起了玩心，归——家——咯，连唤带跳，回家去。

就是四季，炊烟也不尽相同。冬天，炊烟更白、更浓，似乎在庆贺一年的收成，赞赏主人一年的辛劳。这样说，并非文学上的虚张声势，实则，入冬以后，乡村农事渐少，家人分少聚多，屋子里话语更稠了，声音更响亮了，洗的碗筷更多了，灶膛的火笑呵呵，炊烟也有感呢，给出的成色是白、是浓，是来庆贺么？现在是欣赏炊烟的时候，不要问。

冬天是属于人来客往的。女儿来了，姑姑来，嫁了女儿，娶媳妇，这个刚满月，那个过周岁，热闹叠加，喜庆连连，灶膛的柴火"噼里啪啦"，加入到欢乐的行列。它们的欢乐，简直就是多声部合唱，哔哔啵啵，噼噼啪啪，嘀嘀嗒嗒，末了，啵、啪、哒，单音节结尾，升华主题，其乐融融。炊烟在外，就浓了，就白了，早晨袅袅，傍晚娜娜，袅袅娜娜不断线。断不了线，身后有人来客往，有欢乐歌声，都为着欢乐的主题。"哒"，主题升华了。

四时节令是乡村的指挥棒，乡村把隆重的事、热闹的事、欢乐的事装进了冬季的八宝盒。你看，节日的安排像低走高开，元旦、腊八、小年、春节把冬季挤得暖洋洋，由节气衍化而来的民俗像灶膛的柴火，来了一拨又一拨，蒸酒、杀猪、腊肉、祭灶神，做米粿、豆腐，炒米糖、炒烫皮、粄花，一样又一样，一波又一波。从再远的地方回家的游子，到得村口，看见炊烟，家的温暖就扑扑而来。

其实，炊烟的文章，从春天开篇，经夏秋行文，冬天到及高潮，有乡村的逻辑——自然规律。尊重自然，生命不息。

炊烟，是乡村的呼吸，只要有这口气在，生活就过得妥帖。

老屋是静，炊烟是动，动静互动，乡村就不缺生气，生机勃勃。

人的一生，都渴望温情、温暖。说直白点儿，就是暖和的事。自己暖和，儿女暖和，还要有爹妈暖和，吃喝拉撒都暖和。哪里有炊烟，哪里多炊烟，这个地方就暖和，一如惠风和畅。

写不尽的炊烟，描不完的画面，乡村入画，不是经典也是胜景。

（写于 2015-12-27）

有一种匆匆叫农妇着急

科学说，人内心的状况会通过表情、脸色等表现出来。如平常说的脸"黑"

下来，就可能是着急，也可能是发怒。

在乡村长大，最懂农人，最近又观察到，他们大部分时间安逸、悠闲、知足，唯独在丰收时节，着急、不安，神色匆匆，可以这样说，脸黑黑的。

南方的"双抢"，在大暑前后。农谚说，"大暑小暑，淹死老鼠。"大暑时节，喜温作物疯长，也是雷阵雨最多的季节，"东闪无半滴，西闪走不及"，意为夏天午后，闪电如果出现在东方，雨下不过来，若闪电在西方，则雨势很快就会到来，想要躲避都来不及。夏季午后的雷阵雨称为"西北雨"，又有农谚，"西北雨，落过无车路""夏雨隔田埂""夏雨隔牛背"。这就是夏日里，相隔几十米，这边有人打伞遮阳，那边有人淋了个落汤鸡。

伴着"双抢"的西北雨，就这样喜怒无常。这边割稻，大雨来袭，人、谷浇透。那边晒谷，西方闪电，乌云密布，赶紧收晒开的稻谷。架势，千钧一发。即便东方闪一阵，人也像惊弓之鸟，那个着急啊。

最着急的是农妇。从农田赤脚上来，手握镰刀，双手抬至两肋，两侧摆动，一路小跑，神色凝重，农人说，脸黑黑的，像沾了黑芝麻粉的糍粑。

到底还是晚了一步，收起的谷子还没挑到屋檐下，"黑风莽雨"就过来了。晚了几步的结果是稻谷还未收拢，雨倾盆而下。不管晚几步，都是一刹那，谷子淋湿了。淋湿，晒半干，晒干，又淋湿，如此反复，雨中夺粮，谁能够像这季节的芝麻开花，白得安详？

这个节奏，大男人抽烟、小孩子玩耍，是要惹恼农妇的——开骂的集中爆发期。休怪农妇火辣辣，狗急还跳墙，何况是人呢？

干农活，农妇绝对的主力，哪样活比男人少过？抢收稻子，她们割禾，劳动力少，或是男人孬的，打斗（一种谷子脱粒的木质器件）、踩打谷机、犁田、耙田，男人的活，女人干了。劳作后，男人可以歇下来抽烟、喝茶，等待女人的，还有做饭、喂猪、洗衣服，屁股还没坐稳，雨要来了，她们的心能歇上半会儿吗？

事多人着急。歉收着急，丰收着急；小事着急，大事着急；这急那急，农妇最着急。

到了秋收，着急的第二季。

从寒露到霜降，贯穿秋收的节气。"一场秋雨一场寒"。绵雨甚频，朝朝暮暮，溟溟霏霏，这样的天气，怎么割稻子、晒稻子啊？油茶要摘，秋花生、秋大豆要收，还有，"霜降前，薯刨完"，……愁绪在农妇的心头纷纷扬扬。

忙不完的农活，了不断的愁绪。

有一种匆匆叫农妇着急。

在着急中，碾过年华，霜白了两鬓。

（写于 2015-7-24）

酒　饼

不喜欢人说我有科普的意思，为了行文方便，我还是要从科学讲起。说的是酿酒。大米酿成酒的过程，实则，是淀粉转化成酒，微生物代谢的产物。大米魔术般成为酒，功在微生物大行其道。写下这些文字，我眼前仿佛有无数菌丝在蠕动，眼花缭乱。产生菌丝，一种叫酒饼的在起作用。客家人叫酒饼，专业上说就是酒曲了，一个化腐朽为传奇的"魔术大师"。汉代有书《释名》，说："麴，朽也，郁之使生衣朽败也。"查字典，麴同曲，用在酿酒上，是同一个意思——含有微生物，俗称菌丝的东西。

很小就知道酒饼。客家人家家蒸米酒，糯米浸泡，饭甑蒸熟，这叫酒饭了，虽然这时它跟酒还没有一毛钱的关系，长辈这么叫，吾辈也就这么跟着叫下来。酒饭晾凉后入缸，只见母亲把三两个圆形或方形、烟灰白的"饼"放入盆中清水，用手捏碎，再搅拌，整盆水呈现米汤色。"米汤"拌匀酒饭，压实在缸中，中间挖个井，等待酒从这个井中涌出来。孩童时，叹服于这些"饼"的神奇伟力，可以让酒饭里的井，涌出甜甜香香的酒。拌了酒饼水的酒饭，是菌丝的温床。我眼前又有意象了，酒饭中有数不清的菌丝在跃动。我想到了《红色娘子军》的芭蕾步，想到了《丝路花雨》的敦煌韵，还想到了《千手观音》的心灵感应。菌丝的跃动是有舞蹈节奏的，人眼看不到，从酒质来感知。客家米酒以醇和为最佳品质，绝不是心不在焉、躁动不安能够酿就的。有俗谚：温柔女人酿甜酒。酒桌上也常说，酒品如人品。这两句话，是人与酒关系的最高境界。人生一世，还有什么关系能够升华到如此境地？唯有默默记在心中，任何时候无须多言，心有灵犀，真诚以对。

这是一个农家小院。桃树、梨树、枇杷、李树悉数都有。木头搭起的架子，竹筛、篾笪放置上面，筛、笪里平铺稻草，码在稻草上的灰白色、鹌鹑蛋大小的方形、圆形、长条形的东西，便是酒饼。经过太阳暴晒，透干后，收回，用纸包好，也来个颗粒归仓。谷仓干爽，存放酒饼、蔬菜种子，是宝地，做酒饼的人家是这样，买酒饼备用来蒸米酒的人家也是这样。人心也需要"存放"的"宝地"。像春暖花开，面朝大海的辽阔，像古文化的禅定，像文艺作品让人释然，都是"宝地"，人心愿意存放其中——岁月静美，心灵安放。

冬至是一年蒸酒的最佳季节，从谷仓请出酒饼，如我母亲的做法，拌成"米汤色"，找到了酒饭这等好去处，酒缸里，这般拳打卧牛之地起了风云。

对于酿酒的方法，贾思勰的《齐民要术》记有"造黄衣法"。黄衣不是日常的身上衣，而是酒曲菌丝，大概是因颜色之故，给了富贵之身——黄。古人记事载文，用表象说事，又总能戳中肌理或是内核，像蒲松龄的小说。明清白话小说，民间故事，白话表述，写照的尽是人情社会广阔的生活领域。从汉赋、唐诗、宋词到明清小说，文脉绵长，与其说文学作品反映了社会现实，还不如说生活成就了文学，成就了中国文章的一个个高峰。

《齐民要术》的记载，着重在培养"黄衣"的原理和方法。原理、方法的表述，美术字般四平八稳，看起来，暮气太重，有把人逼到角落的意味。还是用客家地区的见闻来感受，给人给己，都有轻松。

每年端午节后，制酒饼的农家采割酒饼草和桃叶，晒干并粉碎。中医中药讲究配伍、用量，因人、因时、因地而调整。制酒饼，对材料不例外也有配比要求，过量和适量，对应着酒烈酒苦还是酒醇。一般说来，每百斤稻谷需配酒饼草一斤二两、一两桃叶。制酒饼的时间，选在农历七、八、九月，其时气候炎热，由夏入秋，湿度恰当。选来韧性稍差的早谷，放入石碓中碓成粉。稻谷粉过筛，每百斤稻谷粉加水七十斤左右，再加入酒饼草和桃叶粉末调成的水，充分伴匀，以不干不湿，手握能成形为最佳。拌匀的谷粉放入磨篮，压碾成大饼状。在饼面上洒上些老酒药末，这叫"接娘"（接曲）。俄而，刀切成条，再切成小块，或再手搓成圆形、长条形，放入发酵房内。房中的修炼，是酒饼发酵培育菌丝的过程。

说是发酵房，无非是保温条件好的普通房子，房子里有一排排多层的木架子，架子上的竹筛、篾笪铺稻草，那些切来的"小块"放在稻草上，用麻片、棉被盖上。至多两天，不过三天，酒饼长出茸茸白毛，掀去麻片、棉被，将酒饼放至最上层，更为通风透气处，细小绒毛消退完毕，移到屋外晒干，至此，酒饼方告制成。晒干的酒饼，每市斤约四百个左右。蒸酒用酒饼同样讲究用量，三斤糯米的量，放两个酒饼足矣。以此换算，用大量糯米蒸酒所需酒饼数量。

不知何故，每次看到制作酒饼，种桑养蚕，我以为这是最有江南韵味的农事。《诗经》：十亩之间兮，桑者闲闲兮，行与子还兮。十亩之外兮，桑者泄泄兮，行与子逝兮。直译过来就是：宅间十亩桑园广，采桑人儿多又忙，咱们一起回桑园。宅外十亩桑树茂，采桑人儿多又忙，咱们一起去桑园。《诗经》里的诗句不适合直译，直译犹如没有蒸好的酒，可以喝，没什么回味。还是诗情画意一点儿：夕阳西下，暮色欲上，牛羊归栏，炊烟渐起。夕阳斜晖，透过碧绿的桑叶照进一片宽大的桑园。忙碌了一天的采桑女，准备回家了。顿时，桑园里响起一片呼伴唤友的声音。人渐渐走远了，她们的说笑声和歌声，仍然袅袅不绝地在桑园里回旋。诗歌中展现的，是一幅《桑园晚归图》。我的生活，从小到大，都缺这样的画面。不是天然所缺，是心中的缺失。

托举一筛酒饼从发酵房出来，晒在果树芬芳的农家小院，尽显农事劳作之美。农事的美，美就美在尊重自然，顺应节令，形成民俗，创造文化。

《齐民要术》，一本综合性农学著作，创造了两个"最早"：世界农学史上最早的著作，中国现存最早的一部完整的农书，成书时间大约在北魏末年（公元533年—544年）。书中记载的"黄衣"，是一种霉菌，是酿酒的微生物。遗憾的是，"黄衣""黄衣酿酒法"现在很少有人知道这样的叫法了。

在酿酒界，如雷贯耳的，是"罗克斯霉菌""阿迈罗法"。实则，这是人类科学史上的"鹊巢鸠占"。

19世纪七八十年代，法国入侵越南不久，便在西贡成立了"巴斯德研究院"，出任院长的是知名微生物学家罗克斯，其助手名为卡默特。卡默特先是取得当地人用米酿酒所用的中国酒曲。中国酒曲做起酒来，简便而灵验。卡默特为揭露此秘密，花了2000两银子的代价，从一位华侨手里买得制造酒饼的秘方，如法炮制出酒饼，但却酿不出酒来。卡默特以为受骗，怒气冲冲赶到那华侨家中，亲眼看见那位华侨就是按秘方操作，制作酒饼，所不同的是在湿润原料和米粉时，撒了一层糠皮，再用稻草包裹起来。卡默特这才猛然想起花高价买到的曲饼是有糠皮，是他自己在试验时，以为这东西是污垢，便丢弃了。复用糠皮，一举成功。

在之后的试验中，出现了更大的惊喜——发现了他以为从来无人看见过的白霉菌。单用这种霉菌酿造米酒，他又发现效果与用中国的曲饼是一样的。到底老外有专利观念，卡默特将这种霉菌取名为"罗克斯霉菌"，又把此酿酒法命名为"阿迈罗法"。卡默特一举成名。比中国人晚了3000多年的发现，缘于借鉴了中国"黄衣"霉菌秘方的法国人，以专利的名义，名正言顺地"鹊巢鸠占"。

前几天朋友约我品米酒。他家的米酒很有意思，生酒炙熟以后，沉淀一周，灌进口小玻璃瓶，密封，常温存放两年以上，年份越多，褐色越重，味道香醇厚实。这是我有生以来，喝过的最好的本地米酒。

品酒，难免说酿酒，说酿酒的水，说酒饼。朋友告诉我，现在蒸酒不用本地酒饼了，改用超市买来的小包装麦麸，麦黄色的粉末。麦麸，小麦磨取面粉后筛下的种皮是也。我大吃一惊，问明原因，家家蒸酒，用量并不大，蒸酒又有季节性，制酒饼不养人，跟其他手工技艺一样，年轻人没有兴趣，老人越来越老，对烦冗的程序，对笨重的体力活，力不从心，酒饼淡出乡村，也就不奇怪了。

制酒饼的配方，过去是保密的，同是一家人，传男不传女。现时，已不再有秘密可言了。问不同镇的制酒饼老艺人，酒饼草加桃叶是一个方子。酒饼草，芸香科酒饼簕属灌木或小乔木。有人的原料更为复杂：扁叶刺、黑藤、桃叶、山橘叶、甘蔗叶等。用桂皮、茴香、白芷、川芎、丁香、八角等合成的也有。有人用多味植物，有的只用单味植物。五花八门的方子，甜、辣、苦的酒味。

赣州的于都县，有乡叫小溪，是酒饼之乡。这里的酒饼原料，是青蒿，屠呦呦提取青蒿素的原料。

重视养生的人常说"药食同源"，意思是许多食物即药物。实则，中药和食材之间并无绝对的分界线。中药有"四性""五味"，借鉴过来，每种食物也具"四性""五味"。《淮南子·修务训》称："神农尝百草之滋味，水泉之甘苦，令民知所避就。当此之时，一日而遇七十毒。"可见神农时代药与食不分，无毒者可就，有毒者当避。

酒饼的原料，好些是常用中药。过去的年代，农人把食疗和药疗的关系，发挥到了极致。亲近草木，也就是亲近自然，返璞归真的生活，芬芳、蜜甜，这是客家米酒的真味。

（写于2016-4-12）

旧物新说

风车：乡村的肚量

木匠说，打风车不简单，有圆有方，有直有曲，乡村细分了这一行，谓之于圆匠。实则，也没那么复杂，上方一个嘴，中间一个肚，右侧一个口。嘴吃进晒干的稻谷，饱满的谷粒入肚，秕谷、谷屑从口中飞出。秕谷、谷屑作何用，农妇用来焙米酒，夏日烧来驱蚊，除此，它们流浪在田头地角。没有哪座粮仓愿意收留秕谷。

农人的肚量像风车的肚，用他们的话说，乡村不要花花肠子，不要口是心非，不要花拳绣腿，不要虚情假意。要细数，还有好多。在汉字的兄弟姐妹中，这些字词也是秕谷，也入不了粮仓。农人的肚量，乡村的肚量。农人的气质，乡村的情怀。从远古的时候来，摇曳多姿，乡情温温，绵绵长长。

木桶：不惧流言蜚语

木桶，也是圆匠功夫。

木桶常受人之过，担待流言蜚语。短板理论，补齐短板，城里人常一套一套地拿木桶来说事。为了多装水，水桶上下一般粗。比方来了，形容妇人腰身粗——水桶腰。形容闹分裂，一句掉了箍的水桶——散了板，多形象。箍，是篾箍，扎在桶的腰部，桶身就结实了。担水在肩，扁担晃悠悠。看过挑着的水桶断箍的，木板裂开，水顿时哗哗流。粪桶，一种农具，施农家肥少不了它。都说用农家肥的菜，那个甜，足于让滋味沦陷。粪桶用在骂人上，是说一个人笨得无可救药了。筛子当水桶——漏洞百出。筛子是筛子，水桶是水桶，风马牛不相及，怎么就扯在一起了？

似乎，所有不好的，都要让木桶来承受。好在木桶是杠杠的。旧时乡村，担水，盛物，木桶挑重任，任劳任怨。流言蜚语，你就像风一样，吹吧。

水井：水常汲，心常洗

立于老屋院中的水井边，抚摸井沿光滑的条石，想到了陆羽《茶经》畅论的好水有井水——"其次，则井水之常汲者为可用"。井水是列第三的好水，前提是须常汲。汲水，乡村称为打水，早年用木桶，今用铁桶，用棕绳系住桶的提手，缓缓沉入井中，末了，手腕抖动绳子，水便满桶，双手再一节一节把绳子拉起，提桶放井沿，少顷，桶中水倒入大桶，重复几次，一担水便装满了。

常汲，水便常流，源头活水，配上好茶，方得好味。

俗谚说："人心像井水，常打常新。"是说，人的心，要像这井水一样，打出陈水，涌来活水，水新，心清。心头的陈水，不外乎是不愉快事，恩怨之事，利来利往之事，欲望之事，阴谋险诈之事。

好茶易得，旧有全国十大名茶，今有各地培之新品。好水却不易得。从外部说，环境变化；从内心而言，陈水难除。

眼前的水井，刻有"清康熙十二年造"字样，老井。从光滑的井沿条石看，汲水多，绳子打磨出光滑石块。人的惰性，带来技术改进，用竹管引水，引山泉水，不知哪一天，水井退出了人们的生活领地。没人打水，水再也流不动。倾身看井，水面上一层油光。我老家的水井，因为弃之不用，成了枯井。

记得一位作家说过，井是乡村的眸子。如今的乡村无精打采，眸子不亮，甚至瞎了，那是思念深切，劳神伤眼。思念她哺育长大的孩童，思念乡村的气场，思念遵循四时节令的乡村生活——思念传统乡土。

碾槽：碾过年华不松劲

相对于风车、木桶、水井，碾槽算是小众之物。

碾槽者，中药房碾中药的器具。一片铁片，木棒穿心而过，这是碾轮。青石打成座子，中间凿条槽，此为石碾槽。也有在铁铺打制而来，这是铁碾槽了。做药丸子，外用药，还有配伍讲究，个别中药需碾碎来熬，这些都是中医上用碾槽之处。

农家家用香料，什么八角、胡椒，需碾碎来用。家里没有碾槽，香料拿到合作医疗站，半支烟的功夫，香料碾末包回家，放在灶角，随用随取。条件稍好的人家，添置有碾槽，这几乎是屋场中的公共之物。打声招呼，或是点个头，递根烟，径自拿来用。好些农机具、生活用具，并非家家都添置了，像风车、石磨、谷砻、石臼、石碓、打谷机，甚至犁、耙、辘轴，很多人家就不一定有。记忆中，最怕过年排队到石碓房碓米粉，整个屋场只有那个裁缝家有。排队用碓，天蒙蒙亮就出发，傍晚才轮上也不奇怪，那个等待，心着急，人辛劳，直埋怨大人怎么不去打制一个呢？少年心，不更事，对那个年月生活的艰辛，并不能完全理解。

用碾槽，两手握紧碾轮两侧的木棒，来回碾过，坚持，再坚持，不松劲，碾料终成粉末。

教育小孩，长辈常用碾槽打比方。握紧、用力、不松劲，这都是学习之道，人生之理。小小碾槽，蕴含无穷哲理，农家孩子的励志之课。

风车、木桶、老井、碾槽，正消逝在农村的土地上。90后的农村孩子，已视为稀奇之物，或许压根就没有领略过这些旧物之美，其中蕴含的哲思，像流水，像落花，悄然流失。流水灌溉了草木，落花化作春泥更护花。古老的哲思，不知有没有随流水，随落红，哺育参天大树，为人世修为立起一个标杆，在一生一世的风景中，成为一件不错的参照系。

景区，展示着从农村收集来的风车、石磨，供人参观，供人忆旧，唤醒人们心中某种沉睡的东西。一种离开生活现场的旧物，它们有多大的生命力？正像在老屋前，除了叹息，除了抹下眼角，我们还能做些什么呢？

《南方周末》有句著名的话"让无力者有力，让悲观者前行。"缅怀旧物，不如前行——在大自然的四时节令中，抚花弄草，珍惜四时之物，也比空发感慨性价比高。这样子的前行，更加有力，心中的水井永远清泉汩汩流。

（写于2016-1-2）

篱笆墙的影子

最近不爱看书，荒废了几天，终于静下来。扯上一本林徽因的作品，把手机关掉，得把时间补回来。哪里浪费的从哪里补，我有时候很拧巴。

真正的平静，不是避开车马喧嚣，而是在心中修篱种菊。看到林徽因这句话，一个激灵。

篱，篱笆也。乡村，不缺篱笆。立几根木桩，相当于经线，桩与桩之间，竹片一前一后错开绞上去，像密密的纬线。这种篱笆结实，可高可矮，可长可短。一方篱笆，一畦菜园，一片天地。这是农妇的天地，为农妇的品行、风格代言。透过物看人，农人的眼光向来不差——鞋底线脚均匀，心静、手巧；篱笆扎得牢固，菜地清清碧碧，手巧、勤劳；柴把大，捆得齐整，利索、吃得苦、打得蛮……这样的总结三天三夜讲不完。

篱笆有另一种做法。同样立起木桩，选粗壮、硬硕的芒秆，或是竹枝，晒干，捋去叶子，平铺于地，用竹片夹牢，再用竹篾扎紧竹夹，芒秆、竹枝仿佛有了"腰线"，这是一板一板的芒秆、竹枝墙。用竹篾稳固这墙那墙在木桩，又成一方篱笆。

林徽因笔下的篱笆，挡去浮世的喧嚣，净心，静心，怒放的菊，成了人世修为的象征、标高。不可否认，在民国才女中，林徽因更为清爽新亮。"一生诗意千寻瀑，万古人间四月天"，对林的悼词，一生逐林而居的金岳霖，挚友致死都是他心中"山涧的野菊花"，静静散发着诗意的芳香。山涧野菊花，淡雅、清新、品高。如此风雅，林徽因是够得上的。

院中修篱，挡寒风，防鸡鸭。篱笆疏而不密，透点风，透点绿，隐隐约约的美。而对伸长脖子找机会琢点绿的鸡啊、鸭啊，阻挡得又恰到好处。一如黑暗中昏黄的灯光，总是不绝于人，让人向往着，努力着，生气，始终荡漾着。鸡、鸭伸长脖子，翘起屁股的样子，院子生趣了不少。公鸡打鸣，鸭子叫"嘎嘎"，分明就是俗世中的烟岚味，生活的真性情。

藤是枯萎了，枯藤缠绕向夕阳，篱笆壁上挂老瓜。瓜，是丝瓜吧，褐色，像一位沧桑的老者，参透了岁月人生的禅机，静看人生过往。冬日的篱笆，绿色少了，思索多了，多像岁月催人熟。

而春夏秋三季，篱笆简直就是赛诗会。以绿叶、花朵作诗，吟诗者是瓜、豆，爬山虎、劈荔也是有的——它们见缝插针地生长。最美的花是夕颜，白中带粉，厚厚的花在绿叶铺排中绽放，在日暮最沉静的时光。黎明来临，花就萎去，毫无挣扎，仿佛睡去了一般。夕颜，顾名思义。

夕颜如此美好，是要仰慕了。名字充满日本风格的哀物之美，让人心心挂念。脱口说出俗名——瓠子花，难免令人心有落差。许是成片白白地开，花色也不妖艳，细看，倒也不失野趣，瞬间又看见了平和之美。看夕颜，就像看一个人，无须仰视，却是家长里短有亲气，顷刻，就有了掏心掏肺的冲动。

夕颜如此，眉豆花、雪豆花、丝瓜花却多了热烈，色彩总是赋予物不同的格调，调不同，格就不一样。雪豆花以紫粉色示人，一副占尽人间芳菲的姿态。而它们的果实，肥肥的、嫩嫩的、水灵灵的，闲适地垂挂着，岁月静好的满足。有孩童用手指点点，不知是说想咬上一口，还是说它们像自己的手臂一样，肉墩墩，胖乎乎。让他们比画吧，农人说，孩童喜庆，会带来好兆头。

看花赏果，好话说了一大堆，像话痨般了。在农人看来，篱笆上的景致，只是一挂绿一藤花而已，未必稀罕叶有多绿，花有多好看。叶子墨绿油光，不一定挂硕果。民间所谓"惯子不孝，肥田出瘪稻"。这瓠子，长到拇指大小，隔夜花就萎去，再隔夜，瓠子也一骨碌掉在篱笆脚下，都还未过少年期呢。又有孩童捡起，咿咿呀呀。这回他是否在说，没我的手腕粗了呢？

无论篱笆墙多么美，多有风情，对菜地来说，仅仅遮风挡霜。蔬菜长得好孬，一看菜土疏松肥沃，二看水肥得当，三看虫关过好。一句话，上靠天时，下靠勤劳。

跟蔬菜务实的人生态度类似，俗世的日子，是篱笆边、小院里的一张矮凳，一泡手工茶，一支纸烟。也是院坪驱蚊的火堆，簸箕里的豆角干，手中的千层底，屋檐下码齐整的柴火。而篱笆，在月色下影影绰绰，无非是一个记号，风调雨顺的记号，一日三餐油盐丰足的记号。有时也是"肥田出瘪稻"的警醒——篱笆下，农人细看岁月流转，评品生活得失。得到了有时也是失去了，失去了往往又得到了，一如肥叶萎瓜，南瓜开谎花——花黄灿灿，光开花不结果的花。如果不是善意的谎言，就是品性问题了。

篱笆下、院子中，闲看花开花落，静观炊烟袅袅升起。

月华如洗，窗里透出的灯光笼罩，泛黄，朦朦胧胧，篱笆墙隐隐约约。我心中忽然也有个篱笆，故乡的篱笆返青了——绿叶婆娑，有花，有果，有生活，农人朴素简淡的生活。

（写于 2016-1-5）

买只家鹅来护院

探望外婆是有很多记忆的，多是温馨的画面：拍头（爱一个人就去拍他／她的头）、美食、絮絮叨叨……想想，还有些不"和谐"的画面：篮子里的糕点、米果被路人品尝殆尽，空着篮子去看外婆，被狗追赶，被鹅拧伤大腿……

说起鹅，今人想到鹅肝的美味，取肝人的残忍……对鹅的机警，就多有不知了。

鹅很傲慢。它的叫声是"嘎——嘎"，大嗓门，粗砺的声线。走起路，是踱步，扭着屁股，若它有手，背后面，就是一大干部。脖子长，踱步时，头稍往前倾，幅度小，配上步态，在鹅界，叫君临天下。就是在有模有样的人面前，鹅也是涨姿势的。

鹅吃东西讲究。鹅是草食动物，它爱挑食，在高矮、宽叶瘦叶、水中岸边、有花没花中挑，草中挑。吃草时，一口草，一口泥，一口水。范伟说的理一理，草、泥、水，混着吃？草佐泥，还是泥佐草？是这样的，草食动物，草吃在前，吃一口，踱到它中意的泥巴跟前，无非是选松软，湿一点的泥来吃。再踱几步，喝口水。这么说，是草佐泥，水送服，像人吃药，怕卡在喉管，卡在食道中也有可能。

鸡、狗躲在草堆、花草后面，在鹅踱步时，窜上来啄食、舔食。一而再，再而三，食槽空了，鹅把气出在人身上——把头部压低，张开翅膀，"嘎嘎——嘎——"冲向主人。若主人不添食，它扁平的嘴就要拧大腿了。平日里，这一招是用来对付生人的。来了生人，还在远处，就被鹅听到了，它从篱笆墙边冲出来，先"嘎嘎"警告，再不走，就要拧人了。当年探望外婆，要经过一家养灰鹅的人家，绕都绕不开，大腿上被拧得青一块紫一块。

鹅食被鸡、狗抢食，我说鹅像鸭子一样笨。客家话骂人笨，两个字，泥鸭。

鹅对付生人，很是警觉、尽责，大有不依不饶之势。

看过电影《古刹钟声》，古刹老和尚养了两只鹅看庙。一见生人，"嘎嘎"叫唤，还伸直脖子拧人，比狗还厉害。在暗室发报的老和尚听见鹅叫声，就知道有情况，立即停止发报。鹅像《铁道游击队》的芳林嫂，在村头打着鞋底为开会的老洪他们放哨。鹅当哨兵，用了它机警的长处，这是泥鸭没法相比的。

实则，鹅护院放哨，比狗强。狗吃肉，甩进来一包下药的肉，狗哪知道，立马啃起来，像人大块吃肉，大口喝酒。肉没吃完，四腿笔直，坏人就有了可乘之机。对付鹅，除非在草上下毒。可是草还未撒下，鹅就叫了，信号发出，坏人就没法完成下一步动作了。再说，鹅视力不好，即便有办法投毒，在月黑风高的夜晚，投了也白投。还有，狗趴着睡觉，姿势舒服，睡过去的情况时有发生。而鹅就不同了，它站着睡，一副随时投入战斗的样子。鹅比狗强了，在护院这一点上。

真有人这么做了。报载，有居住小区养鹅巡视，成本低，无非吃草、泥、水，不抽烟，不打瞌睡，不用薪水，不用备房添床上用品。上岗时，比狗尽责。

英美的警卫队建立了鹅中队，或叫鹅护卫班，效果也很好。在人少生、不愿生的年代，用鹅代替人力，当爸爸妈妈的很为决策层叫好，增加了不少选票。

退休后，到乡下置块地，盖几间房，种一畦地，侍土弄花。再买几只鹅，有鹅蛋吃——当然得是母鹅，还看家护院。

（写于 2015-7-25）

谢谢你常记得我

我知道，鸟类的叫声分两种：鸣叫和鸣唱（鸣啭）。那些各种各样较为短促、较为简单的鸟叫声，是雌鸟的鸣叫；繁殖季节到了，雄鸟为吸引异性，叫声持续时间较长，较为复杂，有固定模式，这是雄鸟的鸣唱。它们在吸引异性，一种宣示领地的雄心，谁的爱情不自私？

鸟类有方言吗？

我请教捕鸟人，一位老者——平日里，我是不屑与他打交道的，世间的鸟都快要被他捕完了。他说。鸟有留鸟和候鸟之分，捕了几十年鸟，倒没有听出它们的叫声有什么不同。

凭耳朵，老者听不出鸟叫声的异同。

科学试验，雄鸟的鸣唱在音节上有很大区别，尤其是留鸟和候鸟之间，而候鸟之间则不明显。这说明，留鸟有方言，而且口音严重。

这个现象，太有意思了，让我想起方言与普通话的故事。

大集体年间，乡村的人靠招工、参军走进城市。到了城里，他们的口音变了。

工人老大哥回乡，方言中夹杂着发音不准的普通话，乡人调侃为"散装普通话"。他们不是装出来的，在工厂、矿山上班时也这么说，他们的话叫工厂腔、矿山腔。县里有个岿美山钨矿，"一五"时期苏联援建项目。工人来自四面八方，他们讲着有趣的矿山腔。"你有没有吃饭"，矿山腔说成"你阿有吃饭"。普通话中带方言，方言夹杂着普通话。到现在，讲故事的人喜欢模仿矿山人的强调，来增强故事的趣味性。

"最可爱的人"一身绿军装，红五星闪闪亮。他们的话也不伦不类，比如，"我"的发音与客家话的"鹅"是一样的。笑话来了。"你明明是'鸭头'（其父小名）的崽，怎么一下子变成鹅了"。

老大哥、最可爱的人家乡话讲不地道了。家乡话即方言，与乡音、口音是同一回事。

那年代的老大哥、最可爱的人文化程度不高，语言能力不强，才闹那么多笑话。

口音是现代人最后的故乡。一位研究方言的人这样说。说得人眼圈红红的。

旧时的乡村，纯粹，活在节令的节奏中。现在，农民居住、就业是城里、乡下，乡下、城里——老人住农村，干农活，年轻人进工厂，当工人。还有一种是"两栖"农民，亦农亦工，或亦商。

想起春运。每年的春运是世界最大规模的人口迁徙，几十亿人次出行。这样的辗转，并非简单为一张车票与一箱行李，那是乡音和味觉的旅程。这样子说，就与那位方言研究者的话对上了。

乡音牵引着人的情绪、情感、情怀，即使路途再艰辛，春节都要回乡。那里有亲人，有味觉的记忆，说声家乡话，话到嘴边，泪已成诗行。

我注意到，除了五零后、六零后的老大哥、军人讲"散装普通话"，七零后、八零后可以把普通话和方言区别得很清楚。不管他们工作、生活在哪里，回到家，或是他乡遇老乡，说着普通话的嘴巴，家乡话立马说得很溜。"没忘本，有家乡观念"，乡人竖起了大拇指。家乡话检验乡情，一音一调都是浓浓的家乡情感。

九零后出现了变化。

一位九零后老乡看完我的散文集子，把我当民俗专家，讨教结婚礼仪——她要用最地道的客家民俗为自己的婚礼添彩。

交流进行中，不顺利。她的表达是方言夹杂普通话，年轻人比较标准的普通话。我用最地道的方言介绍最地道的民俗。最地道的方言对不上标准普通话。交流卡壳。耐心解释。让人头疼，刚刚解释过的词句在接下来的交流中，又得重新解释，她的语境中早没有这样的词句，太生，恍如隔世。我和她是同一个镇人，喝同一条河流的水，走同一条马路回家。

我明白了，我是留鸟，她是候鸟。

四川的朋友说他的故事。在北京，去川菜馆，点一道毛血旺。传菜的幺妹说："今儿这毛血旺可是特地道特带劲儿，好好尝尝吧您呐。"朋友说，他乡听到地道的乡音，漂泊的疲惫顿消。回幺妹一句："我黑谢谢你记得我。"是要常记得我。

"我"不是我，是方言，口音，家乡话。

（写于 2015-7-26）

过小年

仿佛是一记锣响，启动隆重的开场；仿佛是一个路标，提醒进入该路段的人们，前方，有一个叫"新"的等待着大家伙。与"新"邂逅，天新地新，人，焕然一新。

实则，这个提醒，并非什么有形的物件。是从某一天开始，老辈的人拽一下小孩子的衣角："过年了，别乱说话"——无非是些不吉利的话。若说了，会衰。走路一个趔趄，眼皮跳一下，都怀疑自己不小心讲了不吉利的话。

这一天是腊月二十四，南方的小年。这一天开始，入了"年界"，进入了"年"的领地。这个"界"用得多好。电脑有界面，花红柳绿里面装，一切，都在界面之中。

北方过小年，在腊月二十三。还有另一种说法，官过二十三，民过二十四，船家过二十五。进入了腊月，虽说生活的轨道通向迎新，但还未到年。二十四日到除夕的前一天，南方的小年，开始了。

小年，从不讲不吉利的话开始，每一天都安排有活动，是生活琐事，也是民俗，一个客家的年俗。

学生们放假了，派了任务，一些力所能及的任务。记忆中，是清除房前屋后沟渠的垃圾，到河边洗一洗小物件，什么锅盖、面架（挂毛巾，放置脸盆的木架子）、桌凳等等。这些杉木用具，洗来不费劲，洗后晒干，白白爽爽的，有杉木香，太阳味，虽是淡淡的，但很好闻。如是清洗：稻草搓成团，手抓稻草，把点儿河沙，来回搓动各色用具的大小平面。说不费劲，是掌握了技巧。我喜欢撅起屁股，而不是蹲着做这些事。撅起屁股，身体与手搓的动作灵活配合，手搓动，整个身子跟着来回动，像合着某种节奏的舞蹈。有了节奏，身体松弛，达到舒服的境地。火车"哐当哐当"响，声音不小，人却容易入睡，就是这个理。这个动作不是我的独创，是跟农妇学来的。洗刷的场面，人挨挤着，汤汤河水流过，几只珠颈斑鸠在冬阳中，一会儿飞，一会儿落在光秃秃的苦楝树上。大家都在扭动屁股，劳动的场面，舞蹈的场面，比现今的广场舞好看多了。

搞卫生，在迎新中叫扫尘，彻底清洁家里家外，一尘不染。主妇先将床铺家具遮罩好，头巾裹紧头部，举着扫帚清扫墙壁上下。扫帚用芦荻扎制成，有一根长长的棍棒，方便清扫屋角旮旯。擦洗桌椅，冲洗地面，是扫屋之后的程序。房屋没有了平日的零乱，没有了尘垢的样子，就有了喜气洋洋的节日景象。

扫尘，小年后着手，可以延续到除夕这天。今年清扫院子，我就是在除夕下午。那些平时舍不得清除的小草，井边草、车前草、马唐，修剪了下而已。一个人对草木有了感情，会把它们当作生命来对待。对生命，屠刀向善。

扫尘，干净了屋舍、用具，人也要来个卫生——剃头，叫作剃年头了，剃头师傅轮流到各个屋场去，过去叫"扎头"，相当于现在说的定点。妇女找来好姐妹剪头发。旧时，妇女的发型不复杂，女人不学理发，姐妹们互助，剪着千篇一律的发型。"有钱没钱，剃头过年"，剃年头的重要，可见一斑。

像扫尘、剃年头，没有约定俗成的时间，除夕前完成即可。而像赶集、磨豆腐、炸米粿、杀猪，一般有约定时间。像赴圩的时间，设立集市时就有了约定，不以意志为转移。而其他活计，一切以方便过年来进行。旧时没有冰箱，磨豆腐、杀猪，挨着年才着手，图个新鲜味美。

集市，一四七、二五八、三六九，三日排一圩，农人就近赶集。我家在一个叫镇田的小山村，没有开圩，要走20里山路赴鹅公圩。小年后赶集，叫赴年圩，无非买新衣、年画这些春节符号特别明显的东西，添置碗、盆、瓮等耐用器件，带去卖的则是鸡、鸭，吃不完的冬瓜、南瓜、脚板薯。好酒沉底，年圩，人山人海。没去赴年圩，年过得就不完整。大人买卖东西，小孩看热闹，吃美食。关于赴鹅公圩，拙文《赴鹅公圩》有专门描写。

到了磨豆腐的时候，已是腊月二十六七。选择这个时候，纯粹是为了除夕年夜饭一道菜：酿油炸豆腐。二十六七磨来豆腐，切成三指大小，放油锅炸制，不用盐腌，三两天还新鲜。剩下的豆腐，切成薄片，油炸来码进口小肚大的瓮，一层豆腐一层盐，贮存到春播时节吃。那时，稻田已耕种，自留地不多，梅雨天气不发菜，过"粮荒"的季节，菜也成荒，下饭，就靠瓮里的盐腌油豆腐。夹盐豆腐的动作挺连贯，也似某种节奏：筷子伸进瓮口，准确夹住一两块豆腐，轻轻在瓮口沿敲几下，盐粒抖落回瓮中。盐豆腐、酸菜下饭的日子，一直持续到四季豆"出生"，此时已是清明前后了。

与磨豆腐同步的还有油炸米粿——用粳米碓成粉，加水和成粉团，很有韧劲，切成筷子般大小，放油锅炸成小指大小的小条，客家话叫炒粿，有糖有盐两种。连同炒米、烫皮，是过年的主打小吃。可惜，现在，炒米、炒粿已很少人家做了，哪一天，某个场合，发现了这两种小吃，一边吃，一边说："我们小时候的美食。"某种美食，某个物件，沦为怀旧，离它成为非物质文化遗产也就不远了。当人们敲锣打鼓庆祝申遗成功，不知该喜该悲才对。

杀猪，在除夕的前一天，小年，也在这天凌晨交班给大年，以杀一头猪的隆重，把年俗推向高潮。杀猪，要做一道菜，"杀猪菜"，食材是猪杂、杀口肉、猪血，运用了炒、煎、焖等做法，左邻右舍，一家送上一碗，有困难大家相帮，有美食众人分享，凝聚着客家人朴素的生活智慧。

回头看一下，过小年的节奏大致是：扫尘、剃年头、赴年圩、磨豆腐、炸米粿、杀猪。时间相对固定，忙完一件，依次进行，像农事，依时令而开展。农人的生活，是时令开出的花朵。又像极《诗经》的记事，莺飞草长，采桑刈草，打鱼狩猎，酿酒欢宴，事事有其理路，物物有其规律。

行文至此，该送灶神这一民俗出场了。送灶神，是小年极其重要的民俗。平日里，神明保平安，护吉祥，到了年关，诸神回天宫复命，众神团聚在天庭。小年过后，无神明在凡间，就有了小年过后，办喜事无须再看黄道吉日的规矩，神规神矩无从可犯，天天都是好日子。

送灶神，在小年夜——腊月二十四，点一炷香在灶头，供上饼干糖果，全家老少磕头，点燃的纸钱，在灶膛烧得火旺，来年又是平安吉祥年。

（写于 2016-2-9）

过大年

传统上过大年，从除夕开始启幕，正月十五晚，送走龙神后，大幕闭上——周而复始，希冀满满，其乐胜于羽化而登仙。

从小年手上接过喜庆的接力棒，大年的热闹，像秋收大豆，一茬接一茬，这茬捧出喜庆，那茬盛满吉祥；这茬在走亲，那茬在访友；这茬闹民俗，那茬品年货……仿佛一场穿越，古代的，当代的，现代的，不知今夕何夕。

（一）除夕这一天

除夕，从一篮满是露珠的青菜开始，无非是三天吃的白菜、上海青、包菜、萝卜、大蒜、葱、芫荽。初一、初二不下菜地，请回一篮子清清碧碧，绿满廊屋。过年了，菜们像举行赛诗会：我从菜地来，带回一畦露水；送给你，我那青葱的岁月；与你一起开始，一年中最好的时光……

大哥走向鸡舍，抓出两只大公鸡，杀过年公鸡。小孩喜欢公鸡。脖子、双翅、尾部，都是鸡毛的精华，色泽鲜艳，模样俊俏。歌者谭晶唱《大红公鸡毛腿腿》，唱的就是此类鸡毛。旧时，年后，为了几个买爆竹的零花钱，整个屋场的小孩，挤在一间货郎租来的屋子里，择鸡毛，择出最长、最艳的，适合做毽子或装饰用的鸡毛，回报几个硬币。屋子里，馊味、腥味、扬尘，呛得人喷嚏连连。作为小孩，最喜欢毛色好看的公鸡，晒干的鸡毛，每斤值一毛多钱。一起卖给货郎的还有鸡内金、牙膏皮、烂凉鞋，甚至还有女孩咬紧牙忍痛剪下的长长的秀发。

小弟拌糨糊，二弟拿起对联看了又看，"天增岁月人增寿，春满乾坤福满门"，哪联是对头（上联），哪联又是对尾（下联），瞅了又瞅。贴出的春联，射出的箭。有一回，"六畜兴旺"的横批，邻居贴到了吃饭的廊房，大家伙唤他家是动物世界，笑话了好几年。乡村，有文化的人不多，但很看重春联，过年了，不管怎样都要请人写上一联。写之前，请人念来听一听，看顺不顺意。这福、禄、寿，大吉，和顺等字眼，无论如何不能少，大过年的，空气中都可以压缩出吉庆二字。勤劳的人们，朴素的念想，有红色、有和美，这日子就过得踏实。为数不多的教书先生，在厅堂摆开桌子，写了东家，西家不能少，写过大门，小门对上一联。红色，山里人膜拜至极，红红发发，图腾般虔诚以对，又近乎宗教了。宗教，图腾，提携着农人，于精神上栽花种草，给繁复的生活提纯了。

杀鸡、贴对联，打响一挂鞭炮，这大年，正式开锣。

这一年的平安和顺，有祖宗的庇护。大年开始，首要的是与祖宗来一次对话，自说自话，话说过了，心就温润了，妥帖了。三牲、黄花菜、腐竹、米粿摆上供桌，香纸蜡烛，烟雾缭绕，作揖跪拜，每一个人脸上都是这场合的标志性表情，严肃、虔诚。缭绕的烟雾很好闻，楠木打成粉，和些易燃物，糊在竹签上，做成香烛，晒得干干的，点上几根，雾岚袅袅，把人心抚慰。大年撺掇的忙碌、吉庆，弥漫在空气中，可以升腾起一个个气球，如果人可以坐在气球往下看，人间真是无处不吉庆。这是过大年的根本所在——吉庆是过年的慰问金。

老娘为让子女吃个新鲜，起早磨豆腐，豆腐脑，连同前些日子做好的米粿，蒸来打个点儿，吃个囫囵餐，留些空间，美美享受年夜饭，一同入肚的，还有一家团聚的热热闹闹。

进入下午的时光，男人做年夜饭，做母亲的，先帮小孩洗澡，穿上新衣服，大的携幼的，小的紧跟大的，斜挎花袋，围个肚兜，在门坪上，在小路上，多少有亮相、显摆的成分。亮相的是人，显摆的是衣服。那年月，男女衣服大同小异，要比一比的，是细节上的差异。男孩都穿军装，两个袋子的，士兵服，四个袋子的，军官服。谁是"士兵"，谁是"军官"，这关系到往后"打野战"，谁指挥谁的问题。女孩呢，比的是口袋上有没有贴上朵花，若是格子衣，则是大格还是小格，明格还是暗格，小小的差异，这一年的吵闹，就有了吵赢的"筹码"。穿上新衣，男孩停止了打闹，女孩一个比一个矜持，唯恐弄脏了新衣服。一袭新衣，得穿到正月初三——这一天，才可以洗澡，才可以换衣服。当然，三天积存来的垃圾，也只在这一天倒出门外，否则，就是财气流失，极不吉利。

新衣服，永远都是自己的最漂亮的，谁也不愿意服输。比来比去，都比不出名堂来。女孩子特别爱护衣服，睡觉前把新衣服叠得漂漂亮亮地放在床头。还不到过年，新衣服挂在母亲柜子里，有孩童每天都要看上好几回，然后倒计时看还有几天过年。我是不情愿过年穿新衣的，年后，衣服脏了就换，情愿过完年来穿。可是，做父母的，哪能在大过年的答应孩童这样的愿望呢？

儿女洗完澡、穿好新衣，做母亲的，或是家里的大姐大，挑起尿桶去浇菜，实则是这一天，得把尿桶清空。过年，该空的得空，该满的得满上。这一空一满，包括拿筷端碗，不能有闪失，都有迷信的成分了。规矩越多，人就越紧张，闪失也就越多，跟欲速而不达的道理是一样的。曾有同学在年初一打碎一只碗，他娘一天紧皱眉头，仿佛大祸临头。年节规矩，可能是床前明月光，也可能是墙上的一抹蚊子血。现时，过年气氛越来越淡，吃的、沾上迷信的，难与新生代达成共鸣。一如爱情，感情上，频率对准，经振动，心才有感应，并转译成自己特有的诠释。心心相印，心不会自动印上，得靠一方传导，一方感受。硬印上去的，只会是一张张"马赛克"般的废纸。

母亲或是姐姐从菜地回来，某个小孩溜了一圈，前后脚也到家了，弄脏了新衣，一脸窘相。可能是一个趔趄，擦脏了衣袖，可能是男孩子"零炮"炸响臭水沟，脏水溅身上。做母亲的一声"这么不小心"便过去了。在暖暖的迎新气氛中，怎么责备都显得突兀。好在年夜饭上桌，话题随即转换了频道——喝酒品菜，敬老爱幼，迎新接福的场面，温情尔尔。

接下来的年俗：

年夜饭。

发压岁钱。

串门，祝福，老老少少齐聚空旷之地。脸颊飞红话桑麻。手电的光照中，人们笑意盈盈。

守岁——没有电的年月，寒夜中，人们早早上了床。那些十多岁的男孩子，打着手电，呼朋唤友，放些零炮。供销社卖的爆竹中，有种十个扎一捆，拆散一个一个来燃放，化整为零，就叫零炮了。男孩子喜欢拿着零炮点火，甩向空中，也喜欢插在烂泥、牛屎堆上，炸开花，恶作剧一般。有人家打炮竹了，箭一般冲过去，在滚滚浓烟中，扒开纸屑，捡几个未炸响的爆竹，也是一种零炮。在玩爆竹中守岁，爆竹炸开吉祥，等待新年的到来。

烤火守岁的人，是打鞋底、织毛衣，说说笑笑的村妇、村女；是甩老K的后生仔；是不惧寒冷的男人们，凑一起，聊一年的收成，话新年的打算。

生活情趣的真谛，在于一个人自有一个人、一类人自有一类人的风景。风景在兴趣中，在自己心里头。

零时放鞭炮，俗称开门。守岁的男性，一齐开门大吉——新的一年来到了。霜里江山美，花间岁月新。

（二）初一到十五，十五的月儿高

鸡鸣三遍，天亮了。新的一天，也是新的一年，在一挂噼里啪啦的鞭炮声中开始。男人陆续起床，洗锅烧水，烧旺新年的火，做新岁早餐。女人呢？年初一，女人不起早，是说新年里一早现出披头散发的人，实不吉利。辛苦一年，女人难得一次晚起，在迷信中讨得个心安理得。

初一，在吃上讲究最多。

有人家吃素，一整天不做饭，蒸来山茶油炸的米粿，或是煮来米粉，过年了，这个吃点儿，那个尝点儿，不觉得就撑圆了肚子。

有人家讨吉利，要吃萝卜，要吃青菜煮豆腐，这萝卜的"卜"，客家话音同福，豆腐的"腐"谐音"福"，都是祈求一年有福。春回大地，福满人间。祈福的心最容易与季节的美好"押韵"。

有人家不讲究，年夜饭的剩菜，蒸几个米粿，便是新年的早餐。

不管早餐吃什么，上十点钟，一家围坐，筛酒吃菜，吃米粿，是正月初一的保留节目——吃茶。吃茶并没有茶，小吃而已。吃茶后，有宗祠的到宗祠祭祀祖宗，没有宗祠的，家里摆个香案，供在香案上的还是三牲、饼干、糖果、腐竹、黄花菜。心意周全的人家，祭祀祖宗后还要去祭山神、祭社官，一样的供品，一样的虔诚。

家人吃茶，各色祭祀完成后，房族间、朋友间，来来往往是串门。还是米粿，再来几个小炒，米酒筛来倒去，喝得个家家户户满堂红。这样的酒，可以喝到下午四五点，醉了父亲儿子上，大哥喝高小弟帮，直喝到头枕在凳子上，身子倚靠在烧把（麓箕）旁，歪歪斜斜数不清，方才罢休，这个年过得就开心，就有面子。

男人喝酒、喝茶，在乎吃，在乎喝，还在乎这份亲情、友情，还有新年的祝福。唠来唠去的话题，离不开收成，离不开打算。唠过来唠过去，心就顺畅了，轻松了。

"大哥，你家的母猪要下崽了，新年，好事好头。"

"大叔，今年的爆竹震天响，你家开门大吉。"

"老弟，酒喝得痛快，心情忒好，心情好，什么都好。"

有人用对联调侃年初一的吃茶、喝酒：吃过来吃过去，身子斜了；唠进去唠出来，心里顺了。我看加个横批：醉曲唠直。

女人在一旁，老的品的是年料，少的谈的是衣装。生产责任制后，大家伙生活见好，年料备得足，花样也多了一些，有钱买来面粉，米制年料不再一统天下。涤纶、涤卡悄悄挤占了硬邦邦棉布的席位。衣服的色彩，也像心头的喜事，越来越多了。老伯、阿婆，挤不上话题，一个劲地笑——年轻人哈哈笑，他们跟着笑哈哈，准不会错。再说，满屋场的人其乐融融，作为老人，心里哪能不快乐！

亲情、友情团聚，正能量的话题一个接一个。想起昆曲《牡丹亭》中的唱词，"有风有化，宜室宜家"，想起"千金买宅，万金择邻"的古训，想起乡村古风摇曳，农人古道心肠。是亲情、友情的托举，乡村的教化，润物细无声。内化于心，外化于行，清风，氤氲氲氲，不绝于缕。

初二，迎新，迎接新人回来。新婚配的女子，有了新的用词：客女。嫁出去的女儿，回娘家即为客。一同回家来的，还有姑爷。新人回娘家，客家话叫"转门"。转门，要祭祀祖宗，族亲轮流请饭，一家一餐，连劝带灌，直把姑爷喝得个叫苦不迭。

初三，扫富贵，有的地方叫扫穷鬼。越扫越富贵，把穷鬼扫地出门，说话的角度不同，希望是一样的。扫地，从楼上扫到楼下，从里扫到外。初一开始积攒的垃圾，在这一天清除。家家燃放一挂爆竹，初三，又是新的爆仗高潮。

初四，外甥探外婆。穿着新衣裳，男孩放着零炮，女孩害羞地跟在妈妈的身后，一声"外婆，新年好""舅舅，新年好"——外甥探外婆，实则是老客女回娘家，约定俗成在初二之后，是让新婚客女先来转门，体现一种旧人让新人的美德。

初五，烧门神纸，大人做功夫，小孩捡狗屎。烧门神纸，并非真要揭下门神年画烧去，是烧几张草纸，象征性地烧烧而已。是说，年到此，过得差不多了，大人该去干农活了——铲田坎、挖沟渠、上山采山货，而小孩，该积肥去了。

初六，送新客女回郎家——送"新客"，做母亲的，还有伯母、婶婶、大嫂、妹妹，女客为主，带个小男孩，队伍不算大，也不太小，送新客，这是客家地区的"打发"风俗。可以这样来理解，"打"是送的意思，送回家，就发达。

七不去，八不回，说的是初七不去"做客"，初八客不回家。送新客的队伍，要么初七回家，要么等到初九动身。

初九一过，该忙什么忙什么，无非是农活的老套套，春争日，夏争时，一年之计在于春，春天，锄头不停歇。

十五，月儿圆，吃元宵。定南客家地区无元宵可吃，还是猪肉、豆腐、公鸡、鱼"老四样"。过年以来吃"存货"，元宵这一天，食材样样新鲜。元宵是大节，过年般隆重。实则，正月十五，还在过大年的"界面"上。小年这一天入"年界"，元宵节一过，年就算过完了。

过大年，有舞龙的习俗。时间不尽统一。有的年前备好黄龙、香火龙，初二即"出行"，到宗祠，到新住居，到店铺朝拜，敲锣打鼓，爆竹喧天，人山人海。其他人家，以燃放爆竹为标志，迎接龙来朝拜。黄龙一般白天出行，有时也打夜龙。香火龙，则一律晚上活动，香烛的火点，白天不具效果。

初四、初五、初六、十四、十五，舞龙陆陆续续有活动。看舞龙人的兴致，看接受朝拜人家的需要而定。

鹅公镇的黄龙，固定在十二那一天活动。那天，是人的海洋，爆竹篙的森林。滚滚浓烟，淹没了美丽黄龙。耳边，是爆竹声，是锣鼓声，至于人的声音，只有"呀""啊""哇"之类的语气词。什么都不用说，什么也白说。各色声音诠释的场景是热闹非凡，除了热闹，还是热闹。

十五，元宵节。晚饭后舞上一阵龙，转到河边，烧起一堆火，燃爆竹，点香烛，撕下龙身上的彩纸，丢进熊熊火堆——送龙神。留下一身龙骨——竹篾编制，稳固扎实，存放到宗祠的二橡，等待来年再舞起。香火龙，稻草织成，整个龙身入火海，干干净净送龙神。送龙神，选在河边，龙要入海，河水演化成海水，一种象征，一种愿望，一种寄托。

整个大年，主题是吃好、喝好、玩好，其中的象征、愿望、寄托，在红红的对联上，在笑盈盈的脸庞上，在年料中，在酒碗里……

（写于 2016-3-11）

抓鱼往事

一直以来，都想把睡在记忆中关于鱼的往事拽出来。无奈，早年吾乡没有什么人养鱼，只是在去探外婆，去一中学看父亲时，有过偶遇。匆匆一瞥，闪动在记忆中的画面是蹦蹦跳跳的鱼，人的情绪被鱼调动着，"啊！红鲤鱼。"红色最能刺激情绪。"哇！两条，三条。"数量也招引人大呼小叫。小孩们在塘边跑来跑去，他们似乎更关注小鱼，手捧盆子、瓶子，求大人给条小鱼，鱼到手，宝贝似的抱得紧紧的，眼睛死盯着鱼儿游动，怕人夺去，又是担心鱼儿跳走——鱼塘的热闹与他没有了关系。如此而已。

今天到乡村去，看看这花，瞧瞧那草——伊说我跟草木谈恋爱，这般投入。我也就认了。作家钱红丽说过，草木是女性的，温柔，内敛，没有破坏力，让人安心。是的，人到中年，还有什么比安心更重要？

是三个中年汉子，一边抽着烟，一边指指画画，他们身旁的排水管，哗啦啦，水泄闸而出。这是要干塘的节奏——来得早不如来得巧。水排去，塘干了，鱼在塘的低洼处，胡跳乱动，拼死老命一般，手抓网兜，鱼逃不出人的手掌心。客家话一声"干塘"，叫出了动感，叫出了干塘人的手舞足蹈，叫出了鱼儿的活蹦乱跳。

整个排水过程，约莫四个小时，半亩的水面，只剩下浅浅一层。搅浑了一塘水，鱼，还是可见，甚至鲢鱼、鲩鱼、鳙鱼、鲤鱼，看得也真切，可以区分无误，下手即准。

俩汉子下塘，一人穿胶靴，一人穿改良了的连体皮衣，小腿部位接的是胶靴。渔网一人一头，丈把长的围网，把鱼往浅水处赶，最后水面上半截网，折向水面下那半截，鱼夹在网中。整个过程，"皮衣"男憋着一口气——网的张力全靠他掌握，松松垮垮的网，是围不住鱼的。漏网分子，说的是从水面下半截网逃走的鱼。不怪鱼儿狡猾，全怪一张网无力。

记忆中，早年乡村干塘，更为简单，把水干透，鱼儿往哪里逃！大鱼小鱼尽收，连同螺丝、河蚌，刮地皮般搜干榨尽，留下极个别漏网的小鱼小虾，满足塘边上等着急了的，男女老少的心愿。看见一尾小鱼，下塘去抓，深陷塘泥，人像种上去一般。艰难地拔腿，手伸往一旁的小虾。再靠近点儿，再一点儿，人，到底失去重心，"扑通"，倒在泥中、水中。

"抓大鱼了！"有人打趣，围观者，下塘捞着点儿什么的，哄然大笑。

有两个少妇，看样子是从城里回来的。背后跟着五六个孩子，带盆的，提桶的，执笊篱的。他们很聪明，死守住排水口。再密实的闸门，也密不过鱼虾的滑溜。果真，五六分钟，收获一条小白鱼，一只虾。小鱼放搪瓷缸，水中游得欢。红衣小妞，白衣小妞，你抓一手，我抓一手，吃吃笑，有鱼玩儿，胜过吃辣条，吃勾兑饮料。只一支烟功夫，鱼儿肚翻白。鱼儿到底经不起手捏手抓，一阵狂撸。

"妈妈，小鱼死了。"

"不哭，还有！"绿毛衣妈妈安慰道。

现今抓鱼，玩儿的成分多过吃鱼。不比过去，小鱼小虾带回家，煎香下肚，一解馋嘴。常饿肚子的孩子，一天到晚寻思吃食，也只有些野果能果腹，遇到干塘、放竹麻水，打些鱼虾来解馋。

大人对带回家的鱼虾，并不十分欢迎。煎鱼，少不了油，炒菜舍不得多放的油，"哪有闲钱补笊篱"。是说，炒菜才是正事，歪门邪道的煎鱼，用去的油，甚有不舍。

所以，竹麻水流到河里，晃动在河里抓鱼的，很少有成家立业的中年人。

竹麻，土纸的原料。用生石灰淹幼竹，竹熟排水。石灰的威力并没有随着竹麻的成熟而消退，流到河里，鱼儿翻肚，虾儿挣扎，笊篱、网兜舀来，人无比兴奋。人，排在水岸边，三米一个，五米一双。何故排在水岸边？相对来说，水岸的水比河中的水清，鱼儿靠岸，逐清水而去。客家话"透先水"，"先"水，清水是也。

乡村抓鱼的方式还有不少。磅锤，一种砸石头的锤子，用在石场中。石场歇业，借来一用，是玩儿，也是正经的活计。清清溪河，石头遍布，鱼儿藏身石缝，一锤下去，不死也晕，翻肚而出，舀来入篓。这是几个发小，躲着大人"打牙祭"的套路。那年代，没有电鱼、药鱼者，个把时辰，便能磅来好几斤鱼。发小聚餐，也就有了食材。说躲着大人，无非又是几两食油的缘故。那个年代，要用钱买的东西，都很"出奇"——稀罕、贵重。什么咸鱼、榄角（盐腌的橄榄），俗称"商品菜"。有人这样说，有咸鱼、榄角吃的人家，差都差不到哪里去。山里自产的油，是茶油，那是炸年料的宝贝。至于炒菜，买来肥肉炼油。多数人家，买两指大小肥肉，两面煎一下，插根筷子，放置碗中。炒菜时，拿来这块肥肉，往铁锅壁上来回擦几圈，算是有油炒菜。多擦几圈，一声"败家精"，大人握紧拳头，抢在擦肥肉的手臂上。只不过是多擦了点儿油，就要那么伤自尊，并且，还是一而再，再而三的伤害。想想，当年的败家，有多么的憋屈。今天的败家，是不是早该剁手！

另一种打鱼，畚箕放置在沟渠，大小般配，赤脚来回在水草上踩动，藏在水草中的鱼，赶往畚箕，末了，提畚箕上岸，多是小白鱼、泥鳅，还有一种五彩尾巴的扁鱼，孩童叫"鳡濮鲤"。这种鱼，舍不得吃去，养在白酒瓶中，放几根水草，给鱼安了家。酒瓶放在床头，上床瞅，下床看，每天换水，犹伺候宝贝了。畚箕赶鱼，乡村孩童的玩儿。没有过这样的经历，童年，不算纯粹，至少也是打了很多折扣。

照黄鳝，又是一种抓鱼的方式。清明前后，早稻田已耙好，尚不及莳田，黄鳝、泥鳅打洞出水。砍来松明柴，铁丝扎成笊篱，松明柴架篱中，点亮成火把。缝衣针夹在竹片上，做成针子，外加一个竹夹子，对付黄鳝的武器，就全齐备了。强光的照射，鳝鱼、泥鳅一动不动，定身术也不过如此。针子甩过去，缝衣针刺中鱼身，竹夹子夹紧鱼儿入篓。个把时辰，鱼儿装满了篓。没有化肥农药的年月，鱼儿好像人们放养在野外，这边烧锅，那边再去露两手，就有香喷喷的美味鱼上桌。

温饱思淫欲，成人少童心。抓鱼的那些事，随着年岁的增长，无暇无趣。说无暇，实则是无趣。趣味是盒子，里面满装着时间、闲心。当兴趣来了，随便一抖，像干塘排水，水流"哗啦啦"，什么紧张、忙碌，无聊、颓废，一股脑流到了太平洋。闲情逸致像条船，在水面上荡悠悠。

丰子恺说过，儿童的游戏，犹之成人的事业。少年时，我们都以经营事业的态度，活在游戏中，常常忘餐废寝。可见，人对于兴味的要求，有时比衣食更加热烈。现在，懂得了这些话，心中却是早无春的痕迹了。人像闰土，年少朴实、健康、活泼、机灵、勇敢，成年神情麻木，寡言少语，毫无兴趣。不是外界的游戏变了，实是心钝化了，无感，便也无趣无味。

但愿，我跟草木的恋爱，没有激情消退的时候。加入痴情，加入热烈。天长地久情无尽，此爱绵绵无绝期。

（写于 2016-2-20）

老井澜翻一脉长

老井很老，是说它修建的年代久远。吾乡的井，老有康乾年间的，最年轻的是"合作化"年代的。如果是人，"爷爷"前面，得加无数个"老"字了。

老井很老，还说它现在的状态。水面上蒙着厚厚一层灰，还有油星儿。井壁上，一种蕨类植物——井边草，有的枯褐色，说饱经风霜，定有此态。有的鹅黄绿，这么少年的颜色，也遮挡不了老井的老态。苟日新，日日新，又日新，这是古训中关于习惯养成，品行修为的话，老井像人，常用才能常新。

在与残垣断壁做伴的日月里，老井纵有万般本事，也不能日日新，又日新。

老井修建在围屋的大天井里。天井，四周屋檐衔着一方天，有天就有水。在民间，水主财。天井，寓意四水归明堂，这是对财富的朴素祈盼。天井的一侧，修建水井，挨着厨房和柴房。水井，总是与吃联系在一起。洗菜、淘米、烧水，清澈的井水打起，生活的温度，袅袅高升。汩汩而流的井水，生生不息的生活向往。

我谓老井是乡村的双眸。悠悠白云，井底揽入怀中，站在井沿的"呀呀"鸟，不是重复同类衔石喝水的童话，是在对镜理云鬓。打水的少妇，桃红染晕双颊，娇羞见井水。这些，老井是记在了心中的。它默不作言，并非它不懂风情。袁世海演《李逵下山》，只一道素素的幕布，汁水饱满的身段，却演得让我们仿佛看见了万壑松风、千涧寒水。老井接天连地，岂能不懂风情？

井水冬暖夏凉，它把风情还原成冷暖相知，把俗世的日子，过得贴心贴肺，于无声处漾春风，生活的脚步迈得紧实，却也从容不惊。

打几桶水泼在地上，地上冒起热气，这一个晚上，凉爽的事情就有了着落——花间一杯酒，把酒话桑麻。农人的日子，疏影横斜，心有暗香，是大味必淡那一种。这些，都来自细枝末叶的知足。暑热时节，抱来大西瓜，装进篮子，沉入井底，月明云淡时分，一家人围坐在天井，捞起西瓜，一刀下去，"嗤嚓"声响，西瓜鲜甜的味道，狠狠地与鼻子撞了个满怀。

最惬意的事，是夏收夏种，累得如狗的季节，身上，早看不出哪是布纤维，哪是泥浆，统统扒开，只留下一条短裤，打来几桶水，来个倾盆而下，仿佛三叠泉奔泻的痛快。大哥浇小弟，小弟泼大哥，来个父子同淋，其乐也融融。泼着、浇着，慢慢就上演傣族人的"泼水节"，从天井泼到檐前，由檐前进入回廊，战回廊，斗廊屋，转过廊屋到正屋，最撩人春色是今天。

大暑天，屋场的男孩子，围站在老井边，来个井边澡，便有无尽的欢乐。一人一桶，一字排开，有人穿着裤衩，有人光着屁股。先是和睦相处，你搓我，我搓你，要搓净一天沾染的灰尘土垢。抹着香皂，玩着泡泡，不知谁使劲泼来半桶水，孩子们的水仗开始了。你追我赶，一样是满屋场跑。有女生走过，脸一阵红，害臊地加快脚步，装着什么都没看见。其实呢，女生有女生的乐事。她们相约到远离屋场的河边，三五人放哨，其他人穿着长衣长裤，浸泡在水里，算是女式游泳。她们也打水仗，溅起的水花，惊走三五结群的斑鸠鸟。斑鸠善于学话，学人话，学鸟语。它们惊走时的鸣叫"咻——咻——"，不知是不是在说"羞——羞——"。

记得，上初中后，我再没有过井边澡。年岁增长，逐渐懂得了羞耻之心。少了童心童趣，人也就慢慢远离热烈，以及由此带来的快乐。人的一生，其实很短，很简单，不外乎是得到和失去，得到了，也失去了；失去了，也可能得到了。

老井辉煌的年代，是在几十人住围屋的时光。梦回莺转，乱煞年光遍。年华虽时光倒流，儿时可再，而亦无老井边的证印了——老井是历史的物证，是流逝的岁月留存到现今的眼睛——说了老井是乡村的双眸。·

从围屋分户，开始了单家独栋房的生活，还是黛瓦白墙，却也是冷清了许多。没有天井，多了院子，种花栽树，美满幽香不可言。照例是厨房边，一口手摇井，"奇——卡"，摇水的铁把、皮碗，到底是粗犷的器具，没有了老井年代的瓷实，可见可触摸的质感。

水哗啦啦在流，流在桶上，现摇现用，少却了肩挑手提的辛劳——旧年，孩童长大的标志就是帮大人挑水，由挑水到砍柴，学犁田、耙田，慢慢承担起生活的酸甜苦辣。挑水路程有长有短，靠的是这双肩的负荷。我是"单肩挑"，右肩负重，左肩像皇帝老子，压不得轻重。久而久之，右肩比左肩低，单肩挎包，上了油一样，总要滑落下去。

挑水还有糗事。一根扁担，两个木桶，挑水在肩，一担儿晃悠悠，晃动着，晃动着，水溅出木桶，回到家，倒入水缸的，不到半桶水，而裤子这边，却是半条裤管湿哒哒。这样子的事情，你说糗不糗？

手摇、汲水，手摇井，多少有了些许机器感。柴油碾米机、打谷机、手摇井，给肩挑手提纯手工一统的天下撕开了一条缝，引领乡村生活芝麻开花节节高。

"流光容易把人抛，红了樱桃，绿了芭蕉。"凡尘生活，真正把人抛，让人找不到北的不是时光，更不是樱桃、芭蕉，而是人的情怀，人的心性，人的心境。或者说，人的心理，容易看重眼前，忘掉过去。中学老师出题作文：忘掉过去，重新开始。一同学得了高分，他作文的关键词：一切清零，从头再来。

都清零了，都忘记了，年少时水井带来的趣事，也像井里打出来的水，不知流向了何处。旧事像小鱼，我们哪一天想看看时，伸手去捉，小鱼摆动尾巴，游远了，游走了。

旧事就是这么调皮。你任性，它更任性；你用心，它更用心。《倚天屠龙记》小昭唱小曲："今日容颜，老于昨日。"可是今日容颜的模样，也是昨天奠基培土。那就记住昨日。昨天的水故事，还有新的一集。从手摇井，到自来水，这一跳，跳得蛮高的。

自来水，乡村赋予了"自来"新的含义。那是砍来竹子作水管，引来山泉水，水到厨房外墙，圆竹劈两半，一半名为枧。枧靠住引水管，接水入缸，水"自来"，也是自流。缸满移枧，水自来后继续自流。后来，引水竹管换成PV管，山上砌筑水池，引水进池，增加排出水量的压力，由此，热水器在乡村燃烧得呼啦啦，洗衣机更是转得轰隆隆。乡村，跟城里一样，过上了机器做伴的日子。

今日，我又回到乡村看老井。条石砌成的井沿，还挺光滑，岁月打磨的印记，需要岁月来回收。还是在井沿，"康熙十九年造"字样，凿在马条石上，似赵体字的笔圆架方。老井立于围屋天井，与围屋共沧桑。大户人家，代代更迭，生生如年，老井澜翻一脉长。也有小户人家，单家独户挖不起一口井，按男丁计，出钱出力，于水量水质俱佳处，共挖井一口，一样世世其昌。今日，散落于古树下、晒谷坪、溪河旁的老井，便出此辙。现今，大部分也已荒废了。惊蛰前夕，一对"黄佳婆"鸟（客家方言叫法）停落井沿，嬉戏间歇。"叽叽"，鸣叫声不大，倒也为老井增添了生气。"黄佳婆"依人而居，据说它们的活动半径，不会超出民居房舍200米之外。它们的祖先，是见过老井的繁华的了。

先秦有首《击壤歌》："日出而作，日入而息。凿井而饮，耕田而食。帝力于我何有哉？"每当念出这首歌谣，脑中，出现一个意象，是一个苍老而健硕的农人，对着无垠田畴，悠扬地咏颂：太阳出来起床劳作，太阳下山休养生息。打一口井用以饮水，种田种地，食饱肚子。最后一句点明题旨，也最令人感动：自然顺生的生存方式，自得其乐的生活，谁还去羡慕帝王权力！自己凿井，自己种地，生活虽然劳累辛苦，但自由自在，不受拘束——农耕社会，何其简单，只要有粮食，有水源，人类繁衍生息，一脉恒长。

老井的退出，亦是农耕文明衰败的一个缩影。乡村的"自来水"，城里的自来水，水流哗啦啦，生活向前向上，值得高兴庆贺。高兴之余，总觉得缺失点儿什么。是什么呢？

在古代，凡有井水处，皆能歌柳词。一口井，质朴古旧，是文化传播和赓续的最佳场所。老井荒废，生机不再，这文化之脉如何渊源一脉长？担心嘞。

（写于 2016-2-27）

一袭亮黄叫菜花

走进菜地的时候，雨在下。细雨中看碧绿，有清亮了几分的感觉，水清洗过，叫清亮，水浸染过，叫水润。形容鸟鸣啾啁，用上水润一词，让人想到辽阔无边，绸缎般柔软。水雾，把菜地的绿与溪河边黄竹的翠拢在一起，有山村清晨和黄昏的宁静。俨然王献之书帖《送梨帖》，两行，11 个字：今送梨三百。晚雪，殊不能佳。书写得开合有度，娴雅淡逸。

晃动眼睛的，是一袭黄色，水洗过，该用亮黄了。黄色，在色彩学中，有象征信心、聪明、希望一说，适合在任何快乐的时候使用。《生日歌》响起，《友谊地久天长》乐曲奏起的场合，少不了黄色。下回有这样的机会，留意看看。

这回的黄色，是菜地里随风招展的白菜花，足有几分地的规模。在春日里，踏青的脚步，向往着这样一袭黄色。甚至不惜千里迢迢而去，比如江西婺源、广东英德沙口镇、湖北荆门。不过，那时的菜花该改叫油菜花了。从植物学上而言，白菜花、油菜花只在植株和叶片形态上不同，而它们的花没有显著的区别。至于那亮度极高的黄色，更是肉眼无法区分清楚的。

还在十一月，仲冬，那一袭黄色就晃动着美丽，到底什么情况？

对乡村中的常识，记忆的河流，汤汤而过，从来不曾断流过。那是秋收后，犁开黑黝黝的稻田，扑鼻的泥土芳香，牵扯住记忆的绳索，不忘乡村的一草一木、朝阳晚霞、雨露风霜。犁开地，有的晒霜，有的种菜。孟秋种菜，仲秋怎么就开花？

人看不明白，菜，也有很不明白的地方。是啊，是啊，怎么就让我开花了呢？

开花并非不好，关键要开对时候，比如春天。春天，草色遥看近却无，在遥和近，有和无的状态中，一切都是最美的。恋爱之中，感情萌动，就要牵手那一刻，心扑扑跳着，屏息伸出手，心头却涌动着千军万马。油菜花，就是在这样的时刻来到人间。黄搭配绿，成黄绿色，春天的标准色。黄绿色，即黄色与绿色之间的过渡颜色，波长约 570—560nm，具有黄色的温暖和绿色的清新的颜色。这样的颜色出现了，春天就在我们的身边。老师教学生唱"春天在哪里"，学生奶声奶气答道"春天在小朋友的眼睛里"。春姑娘来了。

黄绿色时而表现出自然的感觉，时而又表现出未来虚幻的感觉。

看着身前几分地的白菜花，我有了这样的虚幻，眼前晃动着太多的场面，思绪渺远。

眼前的菜花，虽有几分地的规模，比起油菜花的壮阔，那是渺小的所在。

春看油菜花，人山人海，夸张一点说，是恒河沙数了。

可是啊，季节的篇章翻到秋冬，人们压根就没想到这个时候还有菜花这幅美图。这个时候，枫叶流丹，金秋醉美。秋天，该看的是这份大美。醉美，是要醉过去的。一醉方醒，已是隆冬，大地肃杀，寒风凄切，哪还有看花心境。

秋冬的白菜花，怎么想，怎么看，都有"怀旧空吟闻笛赋，到乡翻似烂柯人"之感。

秋冬菜开花，本来也不是农人的意愿——他们即便视劳力如粪土，却也惜土如金——他们精心伺候着土地一辈子。

"有官做，不得眼前过。"乡村俚语，道出了过好俗世日子的不易。俗世的日子，再简单，也需要保一日三餐之果腹。

说不准，这些种菜人，本想种些菜来卖，地整了，种下了，恰有乡亲来相约，谁谁谁有个项目需要劳力，哪哪哪有支付现金的项目。种菜，靠市场靠气候靠品种，一菜下种，操不完的心，忙不完的活，钱不到手，一颗心终难定。打打短工，薪酬不高，却也稳当。种下去的白菜，只好开花迎秋冬，纵无人欣赏，无人喝彩，也要一腔生命付芳华。花开得让人疼，让人惜。

现时多暖冬。人有毛病叫羊角风，菜有个毛病，叫"遇暖疯"，遇暖就疯长，早早抽薹开花——早把黄花来报冬。

花开过早，还有两种情况。一是买错种子，种劣，种杂，种下了，只好弃之，花开一隅，有静默向芳华的味道。也有做错事情孩子般躲一边的样子。

二是施肥不当，需钾肥却施氮肥，施磷肥，氮、磷肥长个头，菜苗就疯长了，这回是"遇肥疯"。老农眼昏花，错把盐巴当味精，人老有万般的无奈，无奈，真无奈。

顺天时有风景，出错制造风景，将错就错赏好景。佛门有偈"将错就错，西方极乐"。这个错，又有佛师做了更深一层的演绎："吾愿天下聪明才士，成就此一错也。"成就一个不经意的错，也是个大聪明。一如冬季来赏花。

此刻赏花，只有我一个。不是我特别聪明，实是偶遇。独自站在菜地里，手机"咔嚓咔嚓"拍照不停，冬季赏菜花，无人遮挡风景，无须像在景点里"借个光借个光"说个不停，练练手机拍特写，上传朋友圈，与友人共享好风景。不要说，这冬季赏菜花，风景还真不错。

我何不写封信——早没人写信了。拾起旧俗吧，以不一样的联络方式，给朋友提个醒，乡村，不管什么时候，都有风景。给信拟个题眼，就叫"一袭亮黄叫菜花"。亮黄好记，国徽上的黄，国旗上的黄，小学开始敬礼，敬礼的年头，厚厚地成大块头了，像村头耸立的黄土墙——还是离不开黄。

（写于 2016-1-29）

第三辑　节气帖

小　暑

有个词，逐渐淡出了今人的语境——商品粮。相对于侍弄泥巴的农人，商品粮户口，有稳定的工资，稳定的口粮，也无须风吹日晒，脸朝黄土背朝天劳作。在乡村，他们是贵族，至少我们那个年代的孩童这样认为。

从童年到少年，我打猪草、担柴火、莳田耘田、挑谷晒谷等农活的繁重，都有一家吃商品粮的邻居作映衬——这家的男孩是我同学，他爸爸在县上工作，妈妈是村小学的公办教师。五黄六月，我在田里近乎到了身体极限的劳作，日蒸雨淋，腰酸腿痛，蚊叮虫咬，同学在家摇着蒲扇，躺着凉椅听袁阔成的评书、马季的相声——谢谢他，我在少年时得以知道评书、相声这样的字眼；下午渐凉，待我回家累得要趴下时，同学提个畚箕去凫鱼，或是提着个篮子去采摘桑叶，喂养白白胖胖的蚕宝宝。我们似乎生活在两个异同的世界。

汉字真的造得很有意思。暑字上边是日字，太阳当空照，没有一丝风，空气中是令人窒息的热浪。下边的者字，古汉语有"全天从事非农生产"的解释。我同学他们家就属于此类。骄阳逼近，暑热难耐，连"全天从事非农生产"的人都莫能幸免。王令的句子"清风无力屠得热，落日着翅飞上山"，说得实在妙——清风没有力量消除这炎夏的酷热，连落日都像长了翅膀一样飞上山，余威尚存。我想到"热"到处惹是生非，人们不得安宁。

今年7月7日是小暑节气。小暑到，表明一年中的高温季节开始了，但还未达到最热。但今年的小暑怪怪的，从6月27日开始，连续9天高温，最高温度在35℃以上，29日达到38℃，局地39℃，而到了7月6日，却反常降到了26℃，7日28℃，还偏北风，卖菜的老头老太，骑摩托的路人穿起了两件单衣。天阴阴的，都有秋日的感觉。

提前热了一次身，仿佛是入伏前的预演。这些日子，"热死了""空调""游泳"是使用频率最高的词。卖空调的、开游泳馆，喜笑颜开，建筑工人愁眉苦脸——所有劳动场所，建筑工地温度最高，炙烤这个词，似乎专为它们造，有形有韵。辛苦的农民工。有个农民群体，见热开怀，他们是种西瓜、卖西瓜的。小满以来，暴雨不断，瓜能长起来实属不易，仰仗酷热，瓜卖个好价。几家欢喜几家愁，气候，像儿孙满堂的老祖母，纵使厨艺了得，却也众口难调。又像做人，即便八面玲珑，也是挺难做全啊。

暑热，当看些清凉的文字。有文友推荐了沈复的《浮生六记》，这是新文学家林语堂、俞平伯极为赞誉的作品。卷一《闺房记乐》有文字：时方七月，绿树阴浓，水面风来，蝉鸣聒耳。邻老又为制鱼竿，与芸垂钓于柳阴深处。日落时，登土山观晚霞夕照，随意联吟，有"兽云吞落日，弓月弹流星"之句。少焉，月印池中，虫声四起，设竹榻于篱下，老妪报酒温饭熟，遂就月光对酌，微醺而饭。浴罢则凉鞋蕉扇，或坐或卧，听邻老谈因果报应事。三鼓归卧，周体清凉，几不知身居城市矣。

到底是画家，沈复给我们呈现绿荫、蝉鸣、垂钓、晚霞夕照、吟哦对联、篱下设榻、月光对酌、摇扇纳凉等诸多画面，要归个类，也就是两幅画，一幅诗情画意，一幅闲情逸致。沈复终生不得志，画作无名，文字清新，像夏日难觅得的清凉，成就了散文大家的光芒。

沈复那份凉爽，实则是心静自然凉——封建礼教压迫，官场不如意，安静地与妻子陈芸悠闲度日，文字做伴，妙笔生花。

要说夏花，不能不说荷花、紫薇。我以为，她们是姊妹俩，心静自然凉的心性，让她们成为好姐妹。

一个长在水里，一个在园林、路旁葳蕤，它们共同以紫红色在火热的夏日里争妍。近几个月，我在整理旧时收集的传统画作，格外留意苏州桃花坞的年画。我曾经用水粉临摹过不少，一直对它的用色很有好感，它惯以紫红色为主调表现欢乐气氛，一种蓬勃向上的姿态，一如荷花、紫薇在夏日争妍。

孩提时代，在夏日的溪水旁，一群孩子在捣着一种叫土洋参的根茎，然后把汁液泼在白布碎或白纸上，紫红色洇开一片。土洋参是旧时的染料，对神奇的植物一直都心存好感。把染色后的白布碎或白纸放置在正午的阳光下，色彩会慢慢淡去，哪个留下的色彩重一些，哪个就是染色大王——游戏中产生的大王，就是过日子的大王，乡村孩童乐此不疲。奶奶教我们歌谣："功夫好，功夫差，太阳下，露个脸，排位置，见分晓。"荷花、紫薇是"太阳下，露个脸"的角儿，对它们，当竖起大拇哥。

春分那天，上坑村、太阳村种了不少菱白，此刻，它们高过人身，碧绿一片。

在南方，没有青纱帐，茭白千亩一片绿，倒也幽幽的、沉沉的，最好看的是它们高高独立的姿态，昂首在毒日的灼热之下，周身碧绿，满布着新鲜的生机。

幻想着青纱帐，不知不觉走到了茭白地里。农人手提篮子，两手掰开茭白的衣壳，用镰刀割下茭白棒芯，扔往篮子。作为时蔬，茭白隆重登场。

从春分莳茭白苗开始，我就憧憬着白白、胖胖、嫩嫩的茭白出世，清炒、炒肉，嫩而脆爽，白白净净立在饭桌上，是那样卓然不群。色道、口感，都有股君子之风。煲汤，临起汤前五分钟，切几片撒入砂锅，提鲜——世上靓汤，百变不离其鲜，抓住这个鲜字，你就抓住了爱人的胃。世事纷扰，胃字为大。

从田畴山岗回到家，用广东龙川矿泉水煲粥的芳香在屋子萦绕，碱性矿泉水煲粥，回报你一个缠缠绵绵，那是香味在唱主角。伊知道我好哪一口，以素菜佐粥——无非一两个素菜。放在桌面上的，是白得纯净，绿得精神，说得那么好，其实就是三个菜，茭白炒肉，素炒茭白，素炒南瓜苗。有肉那盘，筷子伸长了脖子，如果它有脖子的话。夹一块，嚼一嚼，"怎么买隔夜菜啊？"伊笑了，"整日游岗野步的，呀食精（客家话，嘴刁的意思）"。

伊看我整日里往乡村野地里走，检验我，还好，一口刁出了昨夜的味道，我在家里就有了衣来伸手饭来张口的资本。草木味，饭菜香，味道是核心，像抓住胃一样，看事论人得抓住根本。

听着喜多郎的音乐喝粥，似乎在空旷的草地上野炊。喜多郎的音乐，用电子混响器再造了自然，每一首，都温情尔尔，听得我摩拳擦掌——在自然百味面前，我们只有束手就擒，贴心贴肺，无以选择。即便是摩拳擦掌，也是心甘情愿，把心交给吾臣服之人，像气味能降我。

今年的小暑，气温忽冷忽热，冷也好，热也罢，入伏了，一年四季的考验真正开始了。稻子钩着头，穗头上的谷子穿了黄衣，小暑的暑气催熟稻子，隔天一个模样。做人做事，也该像小暑后的稻谷一样，一步一个脚印。耳畔，仿佛传来铿锵有力的脚步声，来自黄灿灿的田野。

（写于 2015-7-7）

注：节气贴收录了从 2015 年小暑到 2016 年惊蛰，共 17 个节气的文稿。怎么这样安排？2015 年写节气，从春分开始，写到夏至，拙著《世界低处的端详》要付印，只好让春分到夏至 7 个节气的文稿先亮相了。

大　暑

7月23日，大暑。从南昌回定南，我来了一次千里大检阅。说是检阅，其实也就是透过车窗关注自然界的事情而已。

看到了什么呢？田野色彩和天空云朵的变化。

纬度调整着大自然的色彩，技艺比美院学色彩的学生还要高明，绿的层次，蓝的区分，都调得很好。

车过丰城市，田野上绿色任劳任怨，坚守着绿的责任——晚稻完成了插秧。"大暑不割禾，一天少一箩""大暑大热暴雨增""虎口夺粮一般"。夏收夏种是与时间赛跑，还有农谚，意思递进了一步，"春争日，夏争时"，农时不等人啊。抢收抢种，一个抢字，大有十万火急之势。鸡毛信般十万火急。

吉安的田野，是六色的。苍绿明黄是未收割的早稻，青绿色是刚刚栽种的晚禾，耙好的水田，视角不同，呈现的是白色和黑色。白色的水田最好看，镜子一般，枣红、湖蓝的坡屋顶倒映在水面，一派江南农家的田园风光。吴冠中说山西碛口李家山，"这样的村子，这样的房子，走遍全世界都难找到"，是古老讲究的窑洞，使古村相对封闭，像与世隔绝的桃花源。窑洞立起了碛口的风景。吴冠中的眼光，让碛口声名远播。俗话说，好马配好鞍，放到景观搭配上，是景观美学，一如枣红、湖蓝屋顶配水田，水田漠漠，色彩倒影，一片化境，也是吴老画风那一路。田野中的白色还有另一种，是穿白衣服在栽秧的农人，站立、弯腰，多少辛苦事，自有耕种人。白色，是遮雨的薄膜，立在田畈，光照下，也显出银色。总而言之，是淡色，很入周身画面。这些画面，有不错的意境。乡间的一瓦一墙，一树一花，都有明清笔记小说的趣味。

到了赣州，田野还是黄灿灿的。或许是暴雨干扰，农人干着急，田埂上，雨中站着农人，是在看稻子吧，季节不等人，哪能不着急。在天气面前，也只能是干着急。远看稻田，能真切看到不少倒杆的稻子，水浸稻谷，没有黄透的谷粒，停止了黄透熟透的脚步，收起来，即便晒干，也是瘪谷。有歇后语这样说：鸭子不吃瘪谷——肚里有货。做事不扎实，农人会骂上一句：瘪谷一样，没点用。实则，瘪谷是有些用途的。半瘪的，粉碎成糠，可以喂猪。全瘪的，烧火炙酒。再不然，遗弃在旷野荒郊，覆盖于泥土，在深冬的早晨，有霜的日子，等待气温升高，水汽袅袅，弥漫开来。认真看看田畈的瘪谷，总感觉它们弥漫了水汽，还是有些无奈——同是兄弟姐妹，饱满的谷粒归仓了，它们遗弃在田畈。瘪谷的状态，改动李商隐的诗句，似乎足以表达：芭蕉不卷丁香结，强将笑脸向人间。

说过色彩该云朵登场了。

丰城这边不知谁斗胆包天，用一床破棉被遮住了天，棉呈灰色，用这般颜色的旧棉被来糊弄，天不能不震怒，一场暴雨在所难免，还要雷电交加。

到了吉安，更糟糕了，黑心棉都用上了，农人仍耕作不已，农事多艰，风来雨去，黑心棉在，又碍何事。记得有句山歌：耕田种禾抢农时，赴圩看戏崖（我）有闲。黑心棉，自个玩脸色去，农人没精神理会。现时，城里人看乡村，为空气的清新、溪流的清澈、果蔬的生态点赞，却不知为农的艰难。烈日当空，酷暑难耐，又是风来雨去，人都要焉过去了，但是，只要还有这口活气在，农时就得抢，季节就不能耽搁。点赞，当为可亲可敬的农人。

湖蓝的天，洁白的云——新疆的上等好棉，远山升起袅袅的雾岚。赣州，一场暴雨刚刹住了车，还现出了日朗，清新、清爽、清丽。正高兴，西边出现雷闪，"东闪无半滴，西闪走不及"。闪电在西方，雨势很快又会到来。这般雨势，怎么"双抢"？真难为了农人。

农谚像勤勉的人，观天察地丝毫不含糊："人在屋里热得燥，稻在田里哈哈笑。"一年里，在热的抛物线中，大暑处在三伏中的二伏，达到了顶点。这样的热对人来说，可谓苦夏了。你看伏字，人从犬，人热得像狗匍匐着，在阴凉处避热浪。孩童时，对狗这样趴着，吐出舌头的模样很是讨厌，这狗还"赫赫"喘着大气呢。而对于作物，则是乐夏了。"禾到大暑日夜长"，有股疯劲，豁出了去的样子。人要是这样子，要暴起青筋，捋起袖子，大干一场了。稻子憋足了干劲。

暑热的中午，若不怕炙烤，到田野上也是很有趣的。怎么这样说话，刚刚说了苦夏，又说到野外去，不明摆着损人吗？草长个儿，喝得多，拔节的声音像学声乐的学生在练声，还有点嫩，按照规范来，稳扎稳打，基本功练得扎实，往后飙高音就轻松了。拔节要用劲，流汗了，体香弥漫。因为好闻，我自作主张地用了弥漫这个词，并没有跟草们商量。想必它们不计较。希望它们不计较，人与人也好，人与草也罢，处理关系简单为好，都不要斤斤计较，体谅着，照应着，草场该成为人放逐心灵的地方。人放逐心灵，草就放逐草心，彼此彼此。这个世界的美好，是由那些奇妙的事情构成。人与草相互呵护，也是奇妙的事情，妙不可言的事情。

到了秋冬季节，草们的体香不弥漫了，看到割草机，我忍不住跟在后面跑，鼻腔都习惯了草香，不伺候好，怕它闹意见。这年头，彼此知会，为了山高水长，为了心有戚戚焉。山高水长的气度要有，心有戚戚焉的冷暖相知也不能少。

实则，草香比不了花生苗的香味。大暑前后，早花生要露脸登场了。花生入晒场，豆藤丢路旁。过去，花生藤是牛的上等草料，也是一味中药。豆藤晒上半天，味道浓烈，说是青莽之味，太一般；说是芳香之气，没个性。把好气味混同于一般味道来评价，就是豆藤也要闹意见。有个朋友，向来智慧，嘴里每每蹦出佳句、好词。讨教。她说，就叫花生藤香。摸摸头，觉得好，专有名词，在香味界独树一帜，绝不雷同。朋友脑瓜子好使。

前几夜，《为你读诗》微信公众号发来爱情专题——我的三行情诗。我注意到一个叫黄靖钦的作品：我突然爱上了吃肉／因为你走了以后／我要补上心里的窟窿。有句话这样说，女人属于爱情。是说，女人爱一个人炽烈、执着，像大暑的气温，飚上去了，就如胶似漆。我没有去查找黄靖钦的简历，能写出爱情好诗，我希望是个女诗人。

大暑前，爱情专题，小编对什么时候谈什么事拿捏得可真准。

老徐（徐静蕾）同志说，爱情哪有什么死去活来，不过是平平淡淡而已。我理解老徐的话，即便爱情曾经轰轰烈烈，最终也要归于平淡，平平淡淡才是真。轰轰烈烈是开头，圆满或遗憾是结局，连接开头结尾的过程总是平平淡淡。毕淑敏说，人生没有意义，你要为之确立一个意义。我与草相处之后，不管不顾热烈、圆满、遗憾什么的，觉得草香才真切，没有高音，也没有低音，一路中音走过去，慢慢释放自我，是本真了。一年三百六十五天，细水长流，立起这样的人生，才是真意义。

离开乡村的日子，说实话，我没有去留意过萤火虫——大暑三候，萤火虫是一候。可是，不管有没有留意，它都在——在乡间，在田野。唐代的虞世南写道："恐畏无人识，独自暗中明。"萤囊在哩，哪有不忘发光。我想，站在乡村可以听见虫子要打瞌睡的呵欠声的夜，看萤火虫，它是一副入世的姿态。萤火虫的光是微光，它也是在慢慢释放自己。我在黑暗中，化作一个火种，想为你，点亮整片的星光，追随着微风，住进了美梦……毕晨宇的歌，似乎是专为萤火虫而唱的。唱得人都有了灿烂的锋芒。

好久没看过萤火虫了。不知在热的夏，它究竟怎么样了。今夜就去看看。20点的上坑村，凉风习习——24℃的夜晚，该是史上最凉快的大暑夜。即便风不动，也有荧光点点在游动，这是萤火虫灿烂的光芒。

节气、物候都是踩着脚步来的，仿佛打过了商量，不是正步也是齐步走。

（写于 2015-7-23）

立 秋

继续着我每天的晨跑。那个很有智慧的朋友又来金句，"跑步是自己跟自己的一场恋爱"。说得真好。

既然是恋爱，没有不投入的道理，激情四射，满目美好，喝口水都甜。

昨夜晚睡，今晨闹钟响起，依旧精神焕发，走在阔大的行政广场，抬头看天空，啊，昨晚有人玩涂鸦，把天空涂成了湖蓝色，云只有两片，一片像帆，一片像雁阵，淡得不能再淡，在偌大的穹盖中，几乎可以忽略不计。但因是帆，是雁阵，这样的形状，在湖蓝中，它们还是很扎眼。帆是希望，是凯旋。雁音同燕，含义却不同。燕代表幸福、富足，而雁，更多是与哀联系在一起，哀鸣，鸿雁哀哀背朔方，说的即如此。

雁与秋很有交集，鸿雁悲秋，自古以来，鸿雁都是以悲秋伤怀的形象出现在文人墨客的笔下。所以，淡淡出现在湖蓝中，是颠覆性的形象，我不能略去，这也是因为一种情结。

许是天意，今天正是立秋，二十四节气中秋天的开始。

时序的乐章继续向前演奏，晨跑的人用身体感受着四时变化。看到一湖清水，从大暑以来，只下了两场湿地雨，没有洪水来搅局，湖水清澈见底。张元的句子写春景，但我认为更适合初秋的状态。"水天溶漾画桡迟"：水涵着天，天连着水，水天溶溶漾漾，融而为一。"人影鉴中移"：水面如镜，坐在船上，人影在镜里移动。若是学生写作文，一定有"湖面澄澈"之类的词句。实则，澄澈也是一种境界，无论对于湖面，还是对于人。

这样子的湖水，也只出现在初秋，有如人的淡定，所谓宠辱不惊。青山如黛，倒映水中，你站立凝视，它们比人更从容不迫，即便小虫子和风与之嬉戏，它们仍在尽展天地之美，传说中的气定神闲，如此而已。

立秋在八月上旬，暑假之中。这个节气，早稻已经收割入仓，晚稻尽展绿意，"双抢"的劳累停留在了时序的上一个驿站。接下来，乡村少年们的农活是砍柴。背着一把柴火，翻山过坳，山坳风过林梢，是一片松树林，山风急促，像乐曲中切分音节奏大量出现，乐节内部旋律采用级进方式，乐节之间的旋律则是跳进方式，这种对比使得整体旋律的强弱颠簸不平，冲突不断，跌宕多姿。这样的曲子适合用二胡来演奏。身在大自然，只要有心，享受美妙的音乐，随时随地。

做一回有心人，去听松涛的美妙。初秋，适合做的一件事。

有事到岭北镇，路过梅香，找了一处松林，美美地享受了一回。

立秋一候"凉风至"，是说立秋之后，风有了凉意，不再是热浪翻滚。何止只有凉爽，风量已大增，送来了松涛的美妙。

欣赏到松涛阵阵，光满足了听觉还不行，初秋，给你视觉上的冲击力还真不小。那是灌木的果实，以多取胜，以串来计量了，挂满枝头，似黄未黄，似红未红，多少还有些青涩的味道。每当做"眼保健操"——看美女图片时，我习惯看完美女的"时令"图片，找几张有些年头的，看她们经年的变化，品味时光雕琢的作品。看《一生一世》中的高圆圆，忍不住要找几张《青红》的剧照，你会感慨，岁月给予你我的是沧桑，而之于高圆圆，则是味道，成熟中的风韵。高圆圆体现了过程之美。

记住它们的名字：扁担杆子、青灰叶下珠、算盘子、红背山麻干、黄端木……

时蔬依然青青碧碧，像那些瓜类、空心菜、萝卜樱子。瓜类，无非是冬瓜、丝瓜、南瓜、苦瓜、瓠子（我曾经说过，我是把瓠子归类于瓜类的）。这个季节，它们的藤蔓上，仍然缀着金黄色的花（瓠子则是白紫色），所不同的是有的结了瓜后，花开稀稀拉拉了，一如一个人，功名成就，居功自高了，身上有了懒散的苗头。只有丝瓜花开烂漫，不知疲倦，不随波逐流。我想过，那些居功自高的家伙，一定暗暗地笑它傻里吧唧，只不过同是时蔬，留了些许面子，没有笑出声而已。我担心它们这样笑会不会呛着，像嘴里呛进口冷风，咳嗽不已。

农作物也结果实了。中稻抽穗扬花，忙着灌浆；晚玉米抽出了棕红色柱须，流苏般好看；秋花生正在地里经历着孕事，而黄豆挂着豆荚，微微鼓胀，像青春期少女的胸脯……一切都已经有了，一切都才刚刚开始，初秋给人憧憬，给人希望。

日历翻到了下旬，云不知跑到哪里去了，天空真干净，下弦月主导着天空。赞美肤色白皙的老太太，会说上一句"脸真干净"，初秋的夜空就像保养很好的老太太的脸，有种历经沧桑后的纯粹。还是点出名姓吧。秦怡，优雅的气质没有随着岁月的磨砺而减退，而是变得更加光彩夺目，羽西评价她是"亚洲最美丽的女性"。难忘的"芳林嫂"。

在田野山岗，随便找个石板坐下，惊叹于大自然的秩序。春天以来一直在秀嗓音的青蛙，仿佛乐队指挥划过了休止符的弧线，集体噤声。而秋季乐于开 Party 的蟋蟀，不知是否还在化妆间，匆忙着演出前的上妆。心思在妆容，暂时忘记了发声。整个夜一片寂静，只有月之朦胧。记得鲍尔吉·原野说过，天黑，天哪会黑呢？说地黑倒差不多。也是，尽管月到下旬，尽管是下弦月，它还是尽责地清晖以对，而天空则是青灰，人影、树影、房影，看得清清楚楚，黑白灰构成了木刻作品，也像版画，萧疏简淡，刀味、木味突出了印痕之美。池塘依旧改不了贪心的脾性，把所能看到的都笑纳了。后悔没有坚持把国画学下去，初秋的意境，唯水墨画才能抵达其肌理，画出其美、其韵、其境。

立秋，在秦朝就已经确定，是最先确定的八个节气之一，排在第三个季节中的首位。如果把季节比作人生，那立秋就是人到中年了。英国诗人伊丽莎白·詹宁斯写过一首《初秋之歌》：看这个秋天在气味中到来，一切还像夏天；颜色完全没改变，空气在绿色和白色上清澈地生长。

是的，所谓季节，就是时间赋予的自然、自然延伸出的灵感。初秋，尚处在三伏的末尾，伏气依旧嚣张，树叶对夏天的恩赐感恩戴德——草木葱茏，承夏季所赐。

踏进立秋的门槛，只是打个招呼，也是善意地提醒——虽然还在度伏，养生却应以收为主。这个季节的凉风是西风肃清之风。肃清为收敛，秋为"揫"，"揫"就是敛聚。四时阴阳，自然顺应。

人的生命进入中年，也要有立秋一般善意的提醒，像初秋的天空、湖水，一个淡字度余生——淡定、淡然。若要写条幅挂墙上，时时刻刻提醒自己，可以挥毫：心素如简，人淡若菊。这是把秋装进心里。

（写于 2015-8-8）

处　暑

　　处暑，一个反映气温变化的节气，跟小暑、大暑、小寒、大寒一起构成气温类节气。气温怎么样变化？《月令七十二候集解》载："七月中，处，止也，暑气至此而止矣。"意思是肆虐多时的暑气将于这一天结束，从而开始一年之中最美好的秋高气爽的时节。自立秋以来，到了处暑，天上的云朵呼应着节气，疏散自如，全然没有了夏日里的成块浓密，文人谓之为"野云"。这个"野"字，我更愿意作疏淡的理解，对于天空，清澈是它的状态，瓦蓝或湖蓝是它的标准色，在这样的天空中，云朵是慵懒的，穹盖之下的人，心渐趋于宁和，夏日里累积的戾气找到了消解的当口。一颗心，像秋水一样丰润。

　　8 月 22 日，今年的出伏日，正好在处暑的前一天。但是，高温不肯轻易交出控制权，南方地区，早晚凉爽，正午温度仍然高达三十多度。著有《清嘉录》的顾铁卿在形容处暑时讲："土俗以处暑后，天气犹暄，约再历十八日而始凉；谚云：处暑十八盆，谓沐浴十八日也。"意思是处暑之后，还要经历大约十八天的流汗日。

　　习惯到古诗词中找到节气与日常生活的关系。"不觉初秋夜渐长，清风习习重凄凉。炎炎暑退茅斋静，阶下丛莎有露光。""银烛秋光冷画屏，轻罗小扇扑流萤。天阶夜色凉如水，坐看牵牛织女星。"诗中的孟秋景色，对从农耕年代走过来的人来说，都会感同身受。重温古诗词，也是回味一个时代的过往，一种文明的温情。现在的孩子们蜗居在整齐划一的钢筋铁骨的高层建筑里，是很难再有那种纯然的原生态体味了。不知他们有没有在老祖母的絮絮叨叨中留下些许父辈的故乡的印记，好在似水年华中升腾起梦想，人的一生不能没有梦想。

　　到上坑的路要经过两排银杏行道树，想到深秋时节黄灿灿的扇形叶子，我感觉有几两白酒下肚，进入了醉的状态。但是，为时尚早，此刻，它们的叶子只在翠绿的色彩中加了一点儿黄色，还需要时节来调色。时间足于调出最醉人的色彩。但是，时间常常与人作对，年少时，时光像老人的行走，慢，掌控着节奏，调出的色彩并不丰富；中年以过，时光却像极了少年的奔跑，快，出奇地快，每每都有不俗的色彩表现。

越过银杏是意杨。高大挺拔的意杨，节令在它们的叶子上蚀出些许小洞，虫子啃过一般，树上的些许黄叶，像卡片一样挂着，不知道在向树们祝贺什么。风过去，卡片飘落，它们翻着跟斗追逐汽车的轮子，有滚翻，有侧翻，有空翻，一如杂技团演员出场的架势。风是凉爽的，树叶是泛黄的，孟秋的脚步声隐隐约约。

花开了整整一个夏天的苦瓜，黄花花还在灿烂着，叶子已经泛黄，呈现斑斑锈迹。雨滴从暮春开始在光滑的芋荷上翻滚，芋荷渐显疲态，圆圆的叶子中间开了洞，也是一片锈迹。

走在田畈山岗，秋蝉嘶鸣，"搭搭比——嘶比哟——嘶""亚唧亚唧"，唱得比夏蝉卖力，好听多了。秋天蝉少，雌蝉走俏，雄蝉求偶，征婚的力度当然得大一点了。

在乡间，在城郊接合部，我寻找着孟秋的尊容。

其实，在城里，要寻找孟秋的足迹也并不难，只要有足够的细心、耐心。

小叶榕是常绿树种，也许要抵御寒冬，处暑一到，它们就忙着换新衣，铭黄、土黄的小叶片纷纷披披；樱花花美，落叶的枯色中像上了锈，并不均匀，谈不上好看；倒是香樟的落叶，一水儿的枯色，报告着秋的讯息；含笑淡黄的花笑盈盈的，花香像香蕉的味道，吸一口，心旷神怡；紫薇枝头挂着团花，叶子黄褐了大半，从初夏以来，花开得特别卖劲，它们也该歇歇了……

所有这些，脚步匆匆的人们是无暇顾及的，而课堂上的孩子在忙着应试，四季变迁不是他们的兴趣所在。

在我晨跑经过的东山羊庄左侧，本在初夏开花的千年桐却在处暑前恣意花开，满树白花，仿佛一夜雪来。

问：什么时候开的花？

答：不晓得喔，做生意好忙。

有这份闲情的是农人。处暑时节，晚稻早已完成耘田追肥，收割中稻还要些时日，而那些玉米、黄豆、芋仔、红薯、芝麻、花生都还在生长着。难得的农闲。

在上坑学堂排、大屋排，家门前的男人在喝茶，也有米酒的糯香，还有阵阵采茶调，农人的生活离不开传统的东西，陪伴了一辈子的东西实在，老的东西贴心，他们认这个理。

农妇们在为生活添彩——红、白、褐、黑，用簸箕盛来，放在围墙上、瓦面上、板凳上、晒坪上，红的是辣椒，白的是豆角，褐的是芋荷，黑的是茄子。进入秋天，吃不完的时蔬，暴晒成干，为来年春天备着，为出门在外的孩子们备着，为解馋时备着。黛瓦白墙，芭蕉翠竹，有这些色彩做伴，是富足，是悠然，是诗意。

看到这些菜干，我的味觉神经忍不住兴奋起来。对这些妈妈的味道——从孩提时代来，我们品尝过太多这样的味道，直到今日，仍然不离不弃。我情有独钟，从老一辈人那里学来了做菜干的技艺，延续着我对故乡、对农耕文明的绵绵情愫。

秋豆角肥嘟嘟、绵软，折成小段，清洗备用。锅中水开，豆角下锅，加盐、焯水，沥干水，倒入簸箕摊开，晒干，蒸五花肉，蒸米粉肉，加入辣椒干、蕨菜干、笋干、五花肉焖炒，是极品下饭菜。每当夹住菜干往嘴里送的时候，我的嘴角都要撇动几下，一种复杂的情感涌上心头。我无法表达出具体是什么样的情感，是对故乡的牵挂，是对妈妈味道的渴望，还是对农耕社会的思恋，我真的难于说清楚。那就放开来吃，唯有吃才是对情感的最好寄托。

苏东坡有诗云："无事此静坐，一日似两日。"意为闲时沉下心来，琐事烦扰是暂时摈弃了，就这么静静地坐着，反省思量，修身养性，一日仿佛有两日那么长，而且，这一日所收获的，无论于身于心，都足于值平时两日。现代人要到哪里去寻找"一日似两日"的闲情逸致？怕只有农人们能够"无事此静坐"吧。看他们的脸，无论何时，都漾着知足、安详，所谓相由心生，境随心转，佛教的偈语，在农人那里得到了诠释。

处暑引领我们走向秋的壮丽，这个时节，渐凉，还有些热，远没有仲秋、季秋的绚丽多彩，但一切又似乎在刚刚好的界面，天蓝、树绿、水丰，人们渴望的状态啊！珍惜眼前所有，像农人知足常乐，处暑给予的启示。

（写于 2015-8-25）

白　露

白露是属于诗歌的。不一定专门读过《诗经》，但念着"蒹葭苍苍，白露为霜"的句子，很多人走过人生四季。

二十四节气的白露是气候的转折，像话剧情节的重大变化。即使在炎热的南方，此时人们明显地感觉到丝丝凉意，凉爽终于从炎热手中夺过了控制权，说的是气温。而从季节来说，是越过了立秋、处暑代表的孟秋，开始了仲秋之旅，要走向秋的深处，领略秋的醉美——天高云淡，瓜果飘香，绚丽多彩。

《月令七十二候集解》中说："八月节……阴气渐重，露凝而白也。"天气转凉，清晨时分推门而出，亲近花花草草，绿绿的叶子上、复繁的花瓣中有晶晶的水珠，这是俗称的露珠了。彤红的晨光照下来，露珠眨眼闪亮，展现着晶莹剔透，似乎在表白：瞧，我本无瑕。

对于美好的事情，我愿在回忆中感受无言之美，又希冀在亲身感受中拾起一份温馨，像飘落的雪片，不落他处，滴灌心田。

天刚露鱼肚白，我到了上坑村。风吹田野，翻过黄澄澄的稻浪，我起了一身鸡皮疙瘩，凉意袭来。黄葛藤恣意伸展藤蔓，还有田地里的黄豆、小白菜，身盖一层露珠，湿漉漉的。最美是芋荷，圆圆的叶片，露珠蠕动，到了叶缘，吧嗒，滴落下来。估计频率没有达到 20 赫兹，听不见。起早床的秋蝉可否听见，没有研究过。"吧嗒"，意会中的声音。

我期待牵牛的孩童赤脚来蹚露珠，没有看到，现在的孩子们不放牛了——眼前，晃过我小时候放牛的意象，赤脚，一手牵牛，一手提着凉鞋，裤管湿哒哒。有露，有乐，乡村孩童的快乐在劳动中。

夜晚降温后，水汽凝结在叶面上、花丛中，故名露珠。露本透明，缘何曰白？古人以四时配五行，秋属金，金色白，故以白形容秋露。"白露"，很有诗意，属于女性的名字。懂她的人，一会心，一出神，都是好诗。如果说哲学是凝神的话，美学就是出神。出神地盯着晨叶上的露珠，被美狠狠地击中了，不是诗人，周身也要春风如沐，诗意盎然，心中油然升起绵绵情愫。

就走进古人那诗意的情怀吧。"玉阶生白露，夜久侵罗袜""露从今夜白，月是故乡明"——杜甫总是有淡淡的愁绪。"可怜九月初三夜,露似珍珠月似弓""八月白露降，湖中水方老""露簟色似玉，风幌影如波"——白居易的文字兼有文人画和禅宗的意境。诗词不经意间击中人的心扉，沉醉不知归处。

白露时节，不能不说到茶——喜好茶的人，在9月4日来了一天茶园游。

多少有些创意，把茶树与红豆杉混种，说是让茶叶吸收红豆杉的成分，提升茶的品质。不是在制茶工艺上动脑子，算走了捷径吧。

说到制茶，近读明代田艺蘅的《煮泉小品》，书中云："茶者以火作者为次，生晒者为上，亦近自然，且断烟火气耳。"说得很白，不用翻译都懂。茶生晒而成，不经杀青和揉捻，断了烟火气（即使要用也是少量文火），这样制成的茶，是自然之香，沁人心脾，譬如"白茶"。

最有名的白茶当属福鼎白茶，一种尝新品陈皆可的好茶。陈茶是福鼎白茶的佳品，都有药效了——清热解毒，抗现代病。红褐色的茶汤，仿佛深色琥珀，经年作品，时间佳作。用香味来描绘更具意象。老茶客说，当年新白茶独有"豪香蜜韵"，呈杏花香，陈放3至8年的为荷叶香，9至15年的有枣香，16年以上是药香。香味是时间的发酵，年华流淌，品质在时间中缓缓沉淀。在味蕾面前，在品质之上，唯有耐心、静心，听时间滴滴答答，走过分分秒秒。

好茶白露节气有——"白露茶"就是白露时节采摘的茶叶。经过一个夏季的暑热，白露前后，茶树又进入了一个生长佳期。茶园里，嫩芽出，白露滋润，晓岚氤氲，吮天地之气，沁人心脾，作家何菲说这是滋味的沦陷。

白露之前采摘的茶叶叫早秋茶，白露之后到十月上旬，则叫晚秋茶了。品质像汪曾祺的文章，繁华落尽见真醇。即便是白露茶，味道在时间中显示出差异性。相比早秋茶，晚秋茶的味道更厚重一点。早秋茶保留了清新的香气，还有股淡淡的草青味，一口晚秋茶入口，则是浓郁的、醇厚的味道。经过了一夏热浪的浸染，茶叶也在时间中熬出了厚重、甘醇的品性，像人，经年磨砺，饱经风霜，都有沉淀感了。

喝茶，并非高不可攀，也不完全是风雅之事。近看周作人的作品集，他在《喝茶》中说："茶道的意思，用平凡的话来说，可以称作'忙里偷闲，苦中作乐'，在不完全的现世享乐一点美与和谐，在刹那间体会永久……"

小周（相对于大先生周树人而言）还说："喝茶当于瓦屋纸窗下，清泉绿茶，用素雅的陶瓷茶具，同二三人共饮，得半日之闲，可抵十年的尘梦。"

可见，喝茶，一如身边吹过的一缕风，天边掠过的一片霞，或者说犹如人之一日三餐，树之花开花落，趟过日常生活的溪流，涓涓而去。

走进乡村，你看，村落间尚存古风，黛瓦白墙，炊烟袅袅，鸡鸣犬吠——白露前夕，走进上坑村，找间老屋坐下——一直来，我钟情于老屋的简朴，有古风自远古来，一直不曾多变。房东邀三五邻舍，方桌方凳，粗瓷陶杯，香炒花生佐茶，喝得味浓浓，人间烟火气。

这个时节，中稻开始收割，稻子栽种不多，够一家口粮（为融入城镇化，农人半工半农，门前上等田也只种一季中稻），不赶季节，不用抢收，不耽搁喝茶的工夫。

那就喝白露茶吧。白露茶经泡、有味，采自房前屋后的老茶树。茶是亲手炒制，水是甜甜的山泉，浸润多少山花、露珠，才得甘醇的品质。这个时节的茶，更是契合了苏东坡"从来佳茗似佳人"的佳句。就连老舍先生也说："有一杯好茶，我便能万物静观皆自得。烟酒虽然也是我的好友，但它们都是男性的——粗莽、热烈、有思想，可也有火气；未若茶之温柔、雅洁、轻轻的刺戟、淡淡的相依，茶是女性的。"

如果说女人如水，那白露就是一个还没学会涂脂抹粉的乡下女孩儿。在二十四节气中，我从来都认为小满、白露、小雪、大雪是有女性气质的节气，不施粉黛，气质高雅，卓尔不群，一种朴实的永恒之美，与乡村风物的气质对上了。

一个诗人从云南回来，写了一组诗，其中有诗句"我向美丽的玉龙雪山抛了个笨拙的媚眼"，我笑出了眼泪。问他："你的媚眼有回报吗？"答："雪山自然回了我一个媚眼。"

都说人与人之间可以相互"取悦"，看来，人与大自然同样可以"取悦"。

辛弃疾早与青山互感、取悦过。"我见青山多妩媚，料青山见我应如是。"人与青山取悦的天合之作。

白露时节的乡村，极目楚天舒，有晶晶的白露，有醇醇的茶水，古风摇曳，人在其中，当与天地、与乡野、与草木互感、取悦，说到底这是一种牵挂。说思恋故乡，是因为所恋只有故乡有。若无所牵，更何所恋。白露给了我们牵挂的引子，真正的牵挂，还是乡村这方天，这方地。

（9月8日，白露，上坑村，22—32℃，晴，偏北风2级）

（写于2015-9-9）

故乡近 江湖远

秋 分

秋分连着中秋，引出了一个有意思的故事。

旧时，小孩子多的人家，圆圆的月亮下切月饼，总要吵吵闹闹，月饼圆圆，一刀下去，不是多了多了就是少了少了，哪有那么精准的眼力啊。

可是啊，节气秋分做到了精准，"秋分，昼夜平分"。

节气有魔力。晨练，一直坚持的习惯。说是锻炼，其实，也是为了一早去看看草木朋友，有合适的花，比如栀子，会折一两朵回家插在床头，氤氤氲氲地香，淡远的香。从立夏到夏至前一天，每天都有收获。夏至那天，长约上千米的两条花带，竟让我空手而归。为此，我写了篇《节气是个两面派》——节气让人憧憬，又令人失望。

秋分的田畈山岗，有几种蓝色的花，牵牛花（当然还有绯红、桃红、紫色牵牛）、黄葛、猪屎豆、野棉花、藿香蓟，几种主打的蓝色——深蓝、宝蓝、湖蓝、天蓝，一一呈现。

对于蓝色，我可以如数家珍：伦敦蓝、藏蓝、海蓝、天蓝、浅蓝、灰蓝、紫蓝、钴蓝、深蓝、普蓝、亮蓝、粉蓝、蓝绿、士林蓝……每每有蓝色，我都一一区分，专业表述。伊说："就算了吧，你是学过美术，能详尽区分色彩，可要让读者区分不就一头雾水？"

雾水归雾水，我依旧我行我素，都有蓝色情结了。因为学水粉、水彩画，痴迷于日本画圣东山魁夷蓝色调的画作。比如，《森林·白马》以蓝色的森林为背景，参差的树枝，错落的层次，寂寞的空间，在我眼中，这是秋日的夜晚景色，虚幻之美，直往人心里面挠，直抵人心的柔软处——蓝色的森林，白马的森林，心灵深处的森林，欲说还休。

再往前，蓝色之于我则是一种温暖、憧憬与乡愁。旧时，妈妈辈的农妇都穿士林蓝襟式上衣，母亲亦不例外。蓝色一晃，母亲回来了，在村头的老香樟树下、家门口的晒坪中。至今，在梦里，蓝色之中，虚幻出一个个意象，那是一把柴，一担谷，一篮菜，一篓猪草……

进城后，母亲不再穿士林蓝了，可是人也老了。蓝色就成了愁绪，绵绵长长。

自古以来，秋天在文人笔下，在才子佳人眼中，就是浓浓的愁绪。

春天一路走来，绿色跟着多变，色彩层次由浅入深，那是家门口天竺桂嫩叶的鹅黄，小叶榕的翠绿，大叶冬青的深绿，远处山峦的墨绿，极富层次，一路逶迤过去。到了夏天，作物一瞑尺长，简直就是疯长了，与灼热的太阳光绝配的是那些金黄色的花，无非就是一些攀爬着藤蔓的时蔬——苦瓜、丝瓜、南瓜、黄瓜的花，明晃晃，亮闪闪，蜜蜂嘤嘤嗡嗡，一个人都有了添置金色衣衫加入其中的念头，黄袍加身，是如此感觉吧？

不忘记上一笔的花还有紫薇、夹竹桃，它们开起花来就忘了季节，热烈、奔放，一路狂热冲上了顶——时令是条抛物线，春天出发是低开，到了夏秋，就到达抛物线的顶端了。

秋分是时令的临界点，或叫荣枯线。秋分一过，草木走向衰败，秋风总是与萧瑟关联着，落叶飘零，山河失色。像绝色佳人，临到中年，怎么也敌不过岁月的沧桑。

或许正是一叶知秋的明显特征，在遥远的春秋时代，就最早确定了秋分等四个节气，二十四节气中的其他节气的完整确定，那是秦汉时期的事了。

趁着月华如水，我来了一次夜行。放下所有电子设备，只身前往。

乡间大小路旁，少不了梧桐、泡桐、意杨。正好，它们为秋夜带来了诗意，为我铺设了地毯。落叶铺就，脚步轻盈，却也有窸窸窣窣的声响。把"锦衣夜行"改个字，"锦装夜行"，特别适合我的秋夜之行。

合着窸窸窣窣的音效，还有小河的流水声，蟋蟀的歌唱声，秋风起了寒意，心境却多了份寥廓，脑际晃过露天电影，夜色茫茫中偷摘柿子，偷挖凉薯的画面。

那是乡村少年的糗事，旧时光里的惬意。

田畈山岗，玉米缨子转换成了绛红，秋花生鼓起了荚壳，霜降前才会收完的红薯，抖一根薯苗，也能拉出半大不小的薯仔，这些都是要钩出馋虫的。从乡村走来，经年不变的，唯有这些朋友的滋味。

秋分过后，一年的收成已成定局。虽然今年夏日里多有雨水，却并未与作物太过意不去，又是一个丰收年。

丰收总是斑斓的色彩联系在一起，秋天是一幅名师笔下的绝妙佳作。

一座瓦房里，"咿呀咿呀"的乐曲声，这是传统采茶戏曲目《斑鸠调》，旋律欢快，富有喜庆味道。

吸引我的除了久违的旋律，还有昏黄的灯光。老曲目，适合在这样的灯光下闭着眼睛听。瓦房、纸窗、煤油灯、竹椅，飘过"春天麻格叫（呀哈咳），春天斑鸠叫（呀哈咳）"的歌声，旧时光又晃动在眼前。

推门而进，一对老夫妻乐呵呵迎了过来，眼睛眯成了缝，都是豁牙。脚下放着一堆没有摘完豆荚的黄豆苗，一股青莽味盈盈而入，荡气回肠。

如果说春天生机勃勃，是大自然本有的情怀，那么，秋天萧瑟一片，就是大自然的另一种情调了。

如此一想，悲秋，该为秋欢才是。

若无闲事挂心头，一年四季都是好时光。

（写于 2015-9-26）

寒　露

顾名思义，水墨画，用水和墨作料，一支羊毫，在宣纸上氤氲开来，呈现焦、重、浓、淡、清五色，专业上说是写意。写，用笔的意思；意，则是意境了。工笔也好，泼墨也罢，都与画家的性情关联，寄托着个人情愫。看徐渭浓墨如泼，劲笔游龙，酣畅淋漓；赏渐江的山水，枯索荒芜，寒气逼人。实则，画风就是他们性格的写照——徐渭豪放，渐江孤高。无论哪种风格，都俱感染力。齐白石对徐渭仰慕至极，说："恨不生三百年前，为青藤磨墨理纸。"青藤老人，徐渭之号；徐渭身后 120 年，郑板桥被其深深折服，自刻印章"青藤门下之走狗"。每每读过，心头都为之一热。

夜是渐渐寒冷了。秋到寒露，进入了季秋时节。《月令七十二候集解》说："九月节，露气寒冷，将凝结也。"寒露的意思是气温比白露时更低，地面的露水更冷，快要凝结成霜了。

白露、寒露、霜降三个节气，都与水汽凝结有关，而寒露是气候从凉爽到寒冷的过渡。夜晚，踱步到空旷之处，仰望星空，你会发现星空换季，萧红在《呼兰河传》中多处说到的"大火星"已不见踪影。"大火星",天蝎座的心宿二星也,盛夏的炎热,由它主导。它们退出了,人间换了季节。

记忆中,寒露节气,天都是阴沉沉的,往往还伴着细雨,春雨般朦胧。这样的天气,却有着一样极为重要的农事——摘茶籽。满箩满筐的褐红色茶桃,一层薄薄的茸毛,雨滴粘在上面,晶莹剔透,说是这个季节的使者,它们代言得大大方方。

古人发明二十四节气真是伟大,寒露这天,还暖暖的,隔天,说变就变,不加件外套还难于御寒。穿件短袖出门,蛮高的回头率,还有一句"身体倍棒"的赞许,心头得瑟着——人不免俗,喜欢听好话。

寒露摘茶籽,行走在山路上,桐子叶泛黄,斑茅抽穗,渐显江南秋意。偏偏这个时候,不知什么人把几棵木荷的树皮扒去几片,枯死的树,叶子早已掉光了。光秃秃的枝桠,好似某种创意的雕塑立在山岗,在阴沉沉的天色下,仿佛是浙江的水墨画册掉下来的一张画——我终于知道,为什么在我心中,寒露摘茶籽,从来都是件沉沉的农事,所谓相由心生,境由事转,如此这般。可是,又有哪一件农事不艰辛呢?

又要倒回来说水墨画了。1931年,才女陆小曼水墨画《山水长卷》问世。经历了徐志摩英年早逝,自己又染抽大烟,在这样子的境况下,小曼推出了水墨画代表作。挚友胡适之题诗:"画山要看山,画马要看马。闭门造云岚,终算不得画。小曼聪明人,莫走这条路。拼得死功夫,自成真意趣。"友情真挚,其言也本真。

实则,写文章,又何尝不需要"画山看山""画马看马""拼得死功夫"呢?

算是回答了文友的疑问了——你不嫌烦啊,游走在田畈山岗,看山、看水、看树、看花、看农事,每一次都是优游。记不清有多少人这样问过我了。

是婆媳俩吧,一人一边,手把脚撩,一把田刨用得甚是娴熟。随着她们稳稳地节奏,地面上呈现了一畦菜土,看样子,是要种萝卜。迟熟萝卜,少说九十天的种植期。待到年前,放假时分,约上几个好友涮羊肉,锅底放上几片萝卜,不管涮多少肉、多少样肉,汤都不显腻,清清爽爽的。末了,吃上半只生萝卜,水灵灵,脆生生,一如看白石老人的画,家长里短有清气。

"大哥,你会用田刨吗?"婆婆模样的中年妇女看我望着她们的田刨出神,问我。

我不答话,跳过小溪,接过田刨,手脚协调,腹力运用得恰到好处。撩出的土呢，颗粒均匀，平平整整。

"看不出啊！"她们俩笑声爽朗。

"农村长大的，多吃了几年老米。"早年在乡村，管吃农村粮叫"吃老米"。看来，这老米吃值了。

我又说到，明天是寒露，这个节气，除了摘茶籽、收中稻、种冬季时蔬——大蒜、萝卜，烫烫皮（烫皮是一种客家小吃），也是一件重要农事。她们竖起了大拇指，热情地说道："我家后天烫烫皮，请你来吃。你看，粄药柴都砍好了。"

顺着媳妇模样的年轻女子的手看过去，门坪上平放着一排灌木。上前，看见是黄荆、大叶冬青，而不是传统上惯用的黄端木。

"是不是山路草多，上山砍黄端木不方便啊？"我问。我深知，农民大量进城居住后，农事活动减少，山上都"人退草进"了，到处是斑茅、大水茫秆，在平坦之地，它们的穗子，渺渺茫茫，甚为壮阔。要上到高山的半山腰砍黄端木，并不容易。

她们并没有回答，但我知道其中隐情。作为勤劳的农村妇女，是要为农活的"粗制滥造"感到内疚的。练书法，讲究间架章法，做农活，循古法传统。世间万事，都有胡适之"拼得死功夫，自成真意趣"的道理。

不远处，一层层梯田，农人挥动镰刀，一片金黄迅疾倒下。到了季秋，金黄驱走了枯索。除了稻子，还有田埂上黄灿灿的大豆——它们为稻田镶上了金边，在收割完稻子的田畈，游走着一条条金色带子，是谁来到这田野，泼写着古拙、苍老的书法线条？

近处，上十个小孩玩着游戏，你追我赶。不像过去年代，男孩子一群，女孩子一伙，现如今，游戏不分男女，也不知他们玩的是什么游戏。从城里回乡度假，难得的撒欢。

"哞——哞——"，是牛儿回家；"雊（音同够）——雊——"，刚看了王维的诗，"雉雊麦苗秀，蚕眠桑叶希"，这个雊，是野鸡的叫声，家公鸡的叫声也用"雊——雊——"，是不是比小学课本上的"喔——喔——"更为准确呢？当年，有同学就问过老师，说他家的公鸡不是"喔喔"叫。记得老师的回答是"书上说的还会假吗"。

牛儿归圈，鸡群入舍，炊烟袅袅，寒意之中有暖意。"鸡栖于埘，日之夕已，牛羊下来。"《诗经》白描了一段乡村傍晚的经典景物：天色暗下，鸡上窝休息；

太阳下山，牛羊从山坡上走下来。这幅画，很是熟悉，更是亲切，农村走出来的孩子，曾是这幅画中牵牛赶羊的孩童。

（写于 2015-10-11）

霜　降

拙文《空心菜的心事》亮相新浪博客本博"那条河不瘦"后，收一朋友微信，说这么小众的歌都知道，歌听得还真不少。

有的爱好，并非朋友皆知，比如听这一方面，我是迷老喜新，流行歌曲、戏曲、交响乐、评书，都很入迷。

我学历不高，中等师范学校毕业。这类学校，现时很少有人知道了。这是早年培养小学教师的学校，琴棋书画，逼着学。没想到，那年头嫌烦的事情，如今却对写作帮助不少。逼，也是动力。我逼自己多看古书。

节令到了霜降，这是秋季的最后一个节气。《月令七十二候集解》："九月中，气肃而凝，露结为霜矣。"此时，二十四节气的故乡——黄河流域已出现白霜，千里沃野上，一片银色冰晶熠熠闪光，此时树叶枯黄，飘飘忽忽。北宋大文学家苏轼有诗云："千树扫作一番黄，只有芙蓉独自芳。"古籍《二十四节气解》中说："气肃而霜降，阴始凝也。"可见"霜降"表示天气逐渐变冷，开始降霜。飘落的树叶，报告着冬日的讯息。

听歌时，喜欢在大房间，夜深静寂，此刻，夜间的保留节目已经完成——驰骋在前人的文字里，多是民国以前的作品。疲劳了眼睛，犒赏下耳朵。听什么？依心情、依当晚看了哪类书，还跟着时序走。

比如霜降到了，立马想起《Autumn Leaves》——秋天的落叶，作曲家 Joseph Kosma 1945 年于法国创作的香颂。电影《廊桥遗梦》里，在弗朗西斯卡和罗伯特那段剪不断、理还乱的情感纠结中，在遥远的艾奥瓦乡间木屋摇曳的蜡烛光中，纳特·金·科吟唱的《Autumn Leaves》悠然响起，一段梦幻情缘就此上演。流行最广的是 Eva Cassidy 于 1996 年收录在她的第一张个人专辑《Live At Blue Alley》

中的版本。Eva Cassidy 一把吉他，配上她天生宽阔的音域，清透丝滑的音质，低声浅吟，穿透心灵，令人沉醉。仿佛下着一场黄色或红色的叶雨，周遭都被纷纷披披的落叶包围了。抄录前四句中文歌词于下：

当那落叶飘过我的窗户

金红色的树叶令我想起

你的嘴唇和夏日的热吻

还有我握过的滚烫的手

秋天的脚步如时间之河缓缓流动，窗外的青葱已经开始渐变成金黄。是到了看霜叶的时候了。

霜降这个节气，就不到物候观测点上坑村去了，那里没有我喜欢的红叶黄叶。转去一个必须动用谷歌地图才能找到的小地方：广东龙川县上坪镇小灰村，那里有一片山乌桕林。今年初夏，我在这片林子会一个放蜂人，写下了《追梦人》。

山乌桕，别名红叶乌桕、红心乌桕、山桕子、山桕、红桕子等。为大戟科，乌桕属乔木。叶互生，纸质，嫩时呈淡红色，叶片椭圆形或长卵形，冬季满树红叶，是南国红叶树种的佼佼者之一。

"看红叶吗？"俩老伯在放牛，一人问道。农人爱护牛，不让牛吃热草，都在早上露水未干、傍晚太阳落山后放牛。慢悠悠牵着牛走，他们习惯的节奏，乡村标志性的节奏。

"你咋知道我看红叶呢？"我不答反问。

"这几天好多城里人来过了。现在还不是时候，再过十天半个月才会烧起来。"老家离上坪镇仅十公里，又是客家地区，我自听得懂老伯说的意思。烧，是指红叶红透。乡村土语，倒也生动。山乌桕红透，都要烧起来了，那是怎样一个壮美啊！

只在漫山深绿中，涂了薄薄的红，远看山乌桕林，像李可染 1975 年作的《井冈山》，水墨未干时用饱吸清水的羊毫蘸了绛红，信手涂上，隐隐约约的效果。未烧起，另一番意境。

李可染信手涂，李乐明信步走。走在崎岖的山路上，看过油茶林，茶籽已摘，白花绽放。有斜枝秃干，白色点点，如水墨枯梅图。用笔草草，简约雅致。看过晶莹的露珠，"霜"色凝重，早年放牛时脱鞋蹚过，如今皮鞋白袜，不接地气，许多人都有了重重的脚气。看过芦苇，赭红芒花，联手成势，风中摇曳。有阿婆挥动镰刀，割来做扫帚。用放牛老伯的节奏，举目皆景，世间变成了眼前。

如果说眼前所看是小景致，那么，这个节气是有大风景的。

寒露节气，是摘茶籽的季节，完成了一宗大收成，半个月后到了霜降，其时前后，收割晚稻。农事像稻茬，一茬紧压一茬。

改动曾几的诗句，"绿阴不减来时路，添得黄鹂四五声"——好景不减来时路，添得壮阔满眼飞：小灰村，保留了大片黛瓦白墙农舍，一黛一白点缀在隐隐青山间，要欣赏这景致，选错了时间，金黄的稻浪要把这简约的美景淹没去，要命的是金黄里穿插了其他色块——收割完的稻田、枯黄色，仿佛黄色中有光影变动，西方绘画区别于中国山水画的技法之一，让人想到梵高，想到欧洲早期印象派的作品。

把相机丢一边，相机的实录表现不了现实意境。现时，人多为物所累，定格的风景机械、木然，了无生趣，就像生活节奏对风景的破坏。

索性坐下，一如加拿大非政府组织提倡的"静默两分钟"的样子。可是我思骋寥廓。想关于霜降的唐诗宋词：李约的"霜落漠沱浅，秋深太白明"；张九龄的"潦收沙衍出，霜降天宇晶"；刘长卿的"霜降鸿声切，秋深客思迷"；苏东坡的"霜降水痕收，浅碧鳞鳞露远洲"；叶梦得的"霜降碧天静，秋事促西风"……想霜降的歌：徐晓灼的《又一年霜降》；陈建武的《霜降》；白勺工作室的《霜降永年》……想霜降的农谚：雪打高山霜打洼；霜降前，（红）薯挖完；霜降拔葱（一种不过冬的紫衣葱，俗称收头葱，作客家名菜白切鸡的蘸料用），不拔就空；霜降不摘柿，硬柿变软柿……

诗词、歌曲、农谚的故乡在乡村，适合像我一样，坐在草地上，看、想、品，朝着发呆的境界而去——风进来，花香进来，颜色进来——心中的田园梦，在这里不期而遇，是温庭筠的《商山早行》的景象："鸡声茅店月，人迹板桥霜""槲叶落山路，枳花明驿墙"，乡村风景，人间天堂。

板桥，木板桥是也。几块杉木板，两根榫掼紧，连成排，搭在小河两岸。小灰村尚有多座木板桥。

起霜了，木板上一层晶晶的颗粒，踩上去"洛兹洛兹"。踩过一遍，不过瘾，再来几遍。没有霜，孩童们就坐在桥板上，双脚摆动，合着长在桥上的黄藤随风摆动的节奏，口中吹响了竹叶——我盼望着少年时代的一幕幕景况重现，却没有如"盼"而至。远方传来了打谷机的声音，还好，不是收割机的"突突"声。机器，乡村的不速之客，与自然极不相生。

　　几个农妇，挑着茶籽，背着木柴，在霜色浓重的土路上走着，到榨油坊榨油去——我眼前幻化出旧时霜降后的农事。今日，路上没有农妇，榨油坊有水车、磨坊、甑、油槽，还有飘荡在空中的茶油香，我快步走向一间榨油坊——油香味钩人，要钩出腹脏中的馋虫子。

　　灰，单纯、古朴的颜色。灰瓦——新出窑的瓦；灰炭；灰木；灰火……不是乡村人，弄不懂的东西，但都很质朴。小灰，用万能的汉字演绎一下——"晓"灰，"宵"灰，一早一晚都灰，难怪这个村庄还如此质朴、闲情、安逸……

　　小灰，不要"骁"灰。

（写于 2015-10-25）

立　冬

　　最近对书帖很有兴致，是立冬节气了，书帖中寻找"立"字"冬"字。

　　《真草千字文》，智永的作品，其"立"字倒写得味道很足，本该第二笔的"横"划却用来起笔，第一、三笔的"点"与第四笔的"撇"成连笔，第五笔"横"与前连笔断开，单成一笔。这连笔，仿佛野蔷薇从暮春开到孟夏，横跨季节，随性而行。而栀子，立夏前一天还见其肥肥白白地开，立夏的哨子一响，不见了踪影。智永写"立"字的最后一横，就像栀子，毅然决然，快刀斩断乱麻。

　　快刀斩乱麻，无暇找"冬"字，看了"立"字，心满意足。

　　立字的释义，《月令七十二候集解》说："立，建始也。"又说："冬，终也。"——立冬为冬日始。春生、夏长、秋收、冬藏，四季的交响乐，最后一个乐章，万物开始收藏，走向岁时的深处。顺应时序，向自然选择与生命对应的密码，血液里的DNA就始终清供着辽远、开阔、沉稳、安宁的花馔，时序的格局，根植成生命情怀。

　　有个诗人朋友，立冬前写了首诗给我：街旁的杨柳树／似乎还浸沉在秋季／树上的叶子／还是那么浓密／还是那么绿／明天才立冬／秋就是今天的主笔／……秋，要完成最后一道程序。

与这位朋友相识于博客，未曾谋面，想必是岭南人或居于岭南，立冬了，他那里的物候与上坑村并无二致。

斑茅还在青碧恣意，山峦在雾气中墨绿——像黄宾虹用墨，麻雀低飞矮窜，斑鸠仿佛如花美眷，亦敌不过似水流年——夏秋是它们的繁衍期，暮秋一到，它们离群索居，即便在精神焕发的早间，"唧哟，唧哟哟"的吟唱此起彼伏，也不过是啾唧的繁杂细碎，淹没在秋冬清晨的清冷之中。清冷中的温情，是袅袅升起的炊烟。炊烟，总是很有禅味，无须晨钟暮鼓，却也禅意无边。

枯黄的田畈，阿婆挑来鸡笼，母鸡出笼先跑一阵，舒筋展骨，也是母性的本能，侦察地形，护幼怜雏。公鸡伸长脖子，亮嗓做派，苍白宣示——一头黄狗摇着尾巴过来，公鸡伸长脖子，张开两翅，逃往一旁。

阿伯挑着水桶，走向菜地。主人劳作，狗随主往。那一片绿油油的菜地，都是时蔬，无非油麦、上海青、芥菜、包菜，还有一节白色露出土的萝卜。像公鸡，沉不住气，在冬霜中，这节白色，转向松青——往品质上说，涩、硬，吾乡送给它外号"青头妹"。乡下妹子，纯朴、水灵，可转向愣头青，脾气暴躁，不分是非，这样的女子，我联想到古龙小说里的暴雨梨花针。梨花，纯情、纯真、浪漫，转身暴雨梨花针，极美极毒的绝世暗器，一想起，我被冷风呛了一口，咳嗽不已，出不了声，呛出了泪。

茭白从7月底开摘，奉献了无数嫩爽的白棒棒。青纱帐经不起冷风、寒露的侵蚀，剩在田间的老兜，枯索荒芜，连同路旁、溪旁、田坎中的虎尾草、牛筋草、马唐、狗牙根草、水稗草，以枯色为秋末冬初代言。山川草木，水流花开，枯荣流转，诸般情意。

记得起早，看立冬朝阳。七点多一点衔山，红的圆的，22℃的地表气温，朝阳的红给人不低的温度。在没有暖冬的早年，霜降一过，秋日的艳阳收敛性情，它的余温只能够让人在墙根下纳鞋底、织毛衣，或者什么也不做，就静静晒着，一直晒到周身发热。落日余晖，极像八月的月亮，离开山坞，微微带着寒意。

还记得，冬日之前的太阳，高高在上，光芒四射，灼热逼人，想要注视，刚起念头，就像当头挨了一棒，有了眩晕的感觉。

月亮呢，立冬在下旬，月亮藏着不露脸。坐在石板上，有凉意的风中，幻化出月色入户的境况：晒谷坪上，有积水清澈透明，水草纵横交错。哪里是积水啊，不过是月光如洗，又哪里有水草，原来是竹子、桂树的清影。冬天的天空被风吹得特别高远，没有了空气中的雾气、尘埃、旷远、缥缈，悬挂在空中的月亮，有一股凛冽的光芒，茫白而寒冷。人在旷野之中，仿佛遭遇一个伟大的智者眼光的催逼，你没有了罗曼司的幻想，心中寒意阵阵，身上刚刚冒出的自恋、怠慢顷刻被挤了出来，充盈身心的是清醒、反思、卑微。这样的月亮，哪里是阴柔的，分明有了雄性的犀利。

节令，让太阳月亮阴阳互换，让人思绪邈远。

我的眼前，依旧是月的光影，煤油灯加了进来。煤油灯昏黄，摇曳在纸窗上，像禅寺里的长明灯，长夜的寂寥、宁和拢了黄舌般的火苗上。满月下，弦月旁，清晖之中多了些许生活的气息。是挂在墙头竹篙上的黄豆荚，散落在晒谷坪中红薯藤，屋檐下码放齐整的杂木柴，大门口立着的锋利犁铧。所有这些，都以一种松弛、缓慢的节奏静静地进入乡村的生活。世间事，最怕的是静心，一个人一旦钻在一件事情里，清心以对，就有了禅定的味道。

油灯、火苗，影动，一个着青色褶子衣的女子款款而来。不是狐仙，是戏曲中的青衣。

青衣也叫正旦，扮演的是端庄、严肃、正派的人物，大多数是贤妻良母，或者是贞节烈女。青衣，是舞台上的梅兰芳、程砚秋，是《锁麟囊》里的薛湘灵，《红鬃马》里的王宝钏，《汾河湾》里的柳迎春……在唱、念、做中，她们是整合了传统审美的女子，举止端正，气质典雅，贤良温婉，风情透骨，魅惑不屈。这样的女子，美在清幽，美在含蓄，美在风情。

男人看青衣，看的是风韵，女人看青衣，看的是岁月。风韵、岁月，都是时间之美。一年四季，春之葱茏，夏之勃发，秋之热烈，积淀到秋末冬初，是寥廓、沉静、洞明，像大青衣的气质，举手投足间，透着成熟女性的韵味和品相。秋冬，与青衣相通。

合上眼，是张火丁《锁麟囊》里薛湘灵"当日里好风光忽觉转变，霎时间日色淡似坠西山……"李胜素《红鬃马》里王宝钏"身居寒窑，终日里，愁锁眉梢……"唱腔幽幽戚戚，哽咽衔愁，京胡清脆、嘹亮，引领着我走向前。

前方，崎岖山路，黄花木的黄，荚蒾的红，柿子、橘子的芳香，冬日的放牛郎，沉醉不知归处。牛饱，人欢，踱往芦花渐次的苍茫……

11月8日立冬。阴，偏北风1—2级，22—28℃

（写于2015-11-8）

小 雪

都说女人是水做的，在二十四节气中，跟水有关的节气有雨水、谷雨、小雪、大雪、白露、寒露、霜降。我觉得小雪最像女孩，叫一声"小雪"，多像唤一个山里丫头。我有两个女同学叫小雪，乡村小学里穿红戴绿，蹦蹦跳跳。

那是过去的事了。现在就想着下一场雪，飘飘洒洒。山，白练情牵浅山和远山；地，奢侈地铺上了棉花。好多年前，下雪天站在山顶往下看，白茫茫一片真干净，有棉花的质感。

乡村人的眼光很朴素，或者叫简单，比如说白色，就想到棉花，暖心；说绿色，浮现眼前的是青菜、芒草一类了，人可食，牲口可饱腹。

小雪前一天，下了一阵小雨，上海青、芭蕉叶、丝瓜花上落满了水珠。水是生命之源，水珠滴落在蔬菜、花朵上，晶莹，灵动，可观可叹，像小雪丫头片子，聪颖、灵慧。二十四节气中反映降水的节气，我格外喜欢。人的喜怒哀乐，因事、因人而随转。所谓的情随心转，情有所向。

山岗上的梨树，暖冬，春天的芳华，提前在孟冬绽放。绢质五出花瓣缀满枝头，与水滴脸贴脸，眼睛眨啊眨。借用《西厢记》唱词"滴露牡丹开"，滴露梨花白，雪花片片挂秃枝。最喜露珠滴落那一刹那，汪在叶缘、花瓣边，越噙越长，不离不弃。梨树在小雪前，写出了应时的锦绣文章。

树下，是飘落不久的黄叶。没经霜，柔软的质地过度不到脆生生。踏上乡村的小径，梨树、苦楝树、泡桐落叶满地，素毯层层铺静路，没有声响，呼应了山村的静寂。

记得，农历十月下雨，称作"液雨"，小学自然课上，听得懵懵懂懂。

十月，起寒风，露珠满，瑟瑟风中，湿湿草地，虫子张开嘴巴有一句没一句。雨落草丛树丛，虫子呛一口凄风冷雨，跟跟跄跄，藏蛰洞中，经冬到春，惊蛰雷动，方从梦中醒来。整个过程，像吃了药，集体失声。小雪过后，乡村的夜，只有风声——啾啾——啾，拖音好吓人，仿佛要吸走人似的。远方传来狗吠，不见光影，不闻人声，警觉什么呢？乡村的狗，跟上了年纪的主人一样，自言自语，自说自话，无话找话。

十月雨，也叫"药雨"。虫子吃口药汤，迷迷糊糊蛰居洞中，叫冬眠。从"液雨"到"药雨"，是从官话转换到俗语，农人的话语，有草莽清香，有泥土芬芳，俗语说的"讲到人心里去了"。

红薯、脚板薯堆满厅堂、翻秋花生装满箩筐。秋黄豆盛放在磨篮。豆角干、茄子干、眉豆干等待入瓮。冬笋散落在地板上，笋身上是新鲜的泥巴。它们不知言语，静默一角。细看这些平凡、不起眼、沧桑的什物，是农人一以贯之的平和、卑谦、知足、乐观的生活态度，每每给我带来泥土沉稳的香氛，以及心之所盼的岁月安稳。只有这些，才是生活需要好好把握的真实。

真实，并非高大上。在农人的生活哲学里，是一日三餐的可口，是夜歇昼出、风来雨去的知足。小雪一过，冬腊风腌，蓄以御冬，冬日的精彩，腊腌出好滋味。

孟冬，刮西北风，手裂脸皴，挂上一块肉，跟朔风缠绵，风干，成了俗称的腊味。过去的岁月，腊味是过年的奢侈，人来客往的热情。如今，回归到了菜的本来面目，是地方特色，是美食，是家的温馨。取"一刀下"猪肉，洗净、撒盐、腌上几天，挂在太阳下晒，放在屋檐下风吹，十天半月后，或炒，或蒸，腊香无比，咬上一口，油啧啧，香喷喷，喝口小酒，蜜般涌心头。

"该走了，阿海，野猪起床比你早。"一中年男人声若洪钟。

"野猪再早也逃不过我的铁剪子。"少年尚未变声。

是父子俩，手拿铁剪子，往山里走去。

在乡村生活过的人，懂得听话识事。朔风起，打猎忙，腊野味，早晚两头黑茫茫。入冬后，男人钻山，天未亮出发，天擦黑回家，小则山鸡、野兔，大的有野猪、门前猪，手提肩挑，猎狗摇尾巴。我朋友据此画一幅水墨《守山人家》，袅袅炊烟，画卷溢出柴火的味道，也是生活的味道。

踏脚进稻田，来个深呼吸。稻茬朝天，风吹稻草衣，窸窸窣窣，有好闻的稻草香。秋收后，野草未来得及长高，稻田一色枯黄，还有四溢的泥土芳香，这是最踏实的香味，也是最安稳的香味。冬日乡村，少了生机，多了沉稳——像下酒菜，看你喜欢什么。对于农人，一年四季都是良辰。

清晨，远望田野，稻田里升腾起一层热气，像酒池发酵。小雪之后，即便没有下雪，有了这些热气，乡村升腾起温暖祥和。

（写于 2015-11-26）

大 雪

像一种引领，要走向时空的深处——先是一场小雨，春雨般淅淅沥沥，再来一场中雨，下了三十几个小时。雨带来降温，从十几度，倏地到了三五度。降温的弧线一点都不美，心咯噔一下，耸起了双肩。寒潮到了，冬天像神行太保戴宗般迅捷来到了身边——12月7日，是大雪节气。

松树、杉树、黄竹、芭茅还是无知无觉地，在冬雨中，绿沉沉地托起白雾，好像冬天不关它们的事，它们还沉浸在夏天的回忆中。

冬雨像凌厉的兽，让时间变得冰冷。拐枣树在冷意的催逼下，掉下了最后一枚枯叶；桐子宽大的叶片，似乎尽力于某种坚守，稀稀疏疏的叶片，挂于高大的树冠，似退守将士不整的黄甲；柿子树早已片甲不留，空留几只萎瘪的小柿子……倒是那些灌木丛中的漆树，像微醺的窈窕淑女，浑身透红，是民国老派文字的风格——醇酽，激起了人们心中某种涟漪，漾开了过去，人从中获得了一丝暖意。

作家青青的文字，给人哲思：春天是从黄色发作的，如今，终点又回到了起点，秋天又从黄色终结了。南方的秋天，总是慢于时令节序，不经冷空气的催逼，绿色还在一统江山。她怎么写得这么好呢？也是一个有草木情怀的人。她写萧红，自己就像萧红，跟着祖母长大，与绿的草、红的花做伴，身上满浸着草木芬芳。这样的人，融入了太多花魂草魄，手指一点，一场桃花汛，手腕一抖，风过林梢。她太懂四季节序变化。她的文字漫溢草木香，萦萦绕绕，把一颗心托起。她自己的，还有热爱草木的人们的。

雨中走进上坑村。雨兀自地下，大先生晚年的笔墨官司一样，多少有些自负——看不惯的事，写文章批评，不顺眼的事，写文章讽刺。看他老人家的文章，笔头似乎要冒烟着火。没完没了的笔墨官司，浪费了学问，也损伤了元气。这是他不能长寿的原因。老先生享年45岁，正值年华。冬雨怎么也这般自负？

雨落秃枝，回弹半尺，声音多了份脆；雨落桐子叶，双音节，"啪嗒"；雨落黄竹，顺着纤长的竹叶流下，多了份律动美；至于芭茅，至于落叶，至于家芋，雨滴也落过去，声音怎么要差许多。

　　这样说，我并没有偏心。冬日傍晚，黑鸟划破青灰天，农家门早闭，狗、鸡、鸭回栏舍。临了窗，听雨敲打玻璃，有金属质地的声音。倒是我多心了，像听协奏曲一样，感念着冬雨的种种好处。许是人到中年，留恋占据着心境，总想太阳早起、晚落。这么说，也是恋旧的人，跟往事干杯，没有什么不好。就像前晚，好好听着《北上广不相信眼泪》的片尾曲，径自切换了维瓦尔第的小提琴协奏曲《四季》来听。无关流行歌曲质量，纯粹是一种心情使然。

　　维瓦尔第音乐里的冬天，是喜悦的，温柔中带着从容。看过漫山遍野的芒花吗？花隔云端，如仙，似幻，清美之中有从容。在冬的第二乐章中，乐队的第一、第二小提琴仅以拨奏支持着独奏乐器，像上坑天上的雨，滴打在窗户上、木窗棂衬着的玻璃，声音很干净，不像檐水滴落，似乎用了共鸣腔，音效放大，音质也衰减了。雨打窗户、檐水滴落，村子有多老，它们就有多久远。从远古走来的事，在乡村，并未有疏离感。

　　电影《云水谣》的片头音乐，引自《四季》冬的第一乐章。弦乐在这里多了冷酷，尖硬而又快速地拉出一个北风凛冽的寒冬。我的脑海闪过蓝灰色的电影镜头，寒气逼人：狂风暴雨的夜晚，波涛汹涌的海面，逐渐远离的巨轮，苦苦张望的爱人，街头零乱的脚步……所有这些，预示着一个结局：一场等待，一生坚守。

　　冬天，何尝不是等待，何尝不是坚守。秋尽冬藏，像少时游泳的一个猛扎，憋一口气，探出头来，掀起朵朵浪花。只不过冬藏后，天地迎来了春的浪花——春天来得满天满地，曾经静下来的一切，都动了起来，仿佛听到了很多细小温柔的声音。维瓦尔第在春的第一乐章，两段合奏旋律倾泻而出，先强后弱，交替而进，扑面便是漫漫溙溙春的气息，蓬勃、热烈，仿佛欣喜地宣告：春天来了。

　　冬藏，是等待，是坚守。

　　一个阿婆，抱着火笼出门，走向廊房的屋檐，那是码得齐整的木柴，杉木、松木。火笼放一边，抽来几根木柴，合抱进屋，旋即出来抱回火笼。俄而，一阵劈柴声，一股杉木的木香，松木的松脂香，飘飘忽忽。阿婆烧火盆。劈碎杉木、松木引火，火盆燃木炭。

　　黛瓦白墙，标配柴火、火盆、木炭。像乡村美食配手工技艺，村姑配蓝印花布，这才是乡村的质感。

　　阿婆似乎也是在坚守。她或许对比过，电热器，方便，但，热了胸前，冷了周身。她或许划算过，烧柴燃炭，烟熏火燎，漆黑了屋子，温暖了身心。一生的习惯，一生的坚守。都说乡风温温，原来是从一时一事中来。奶奶说，凡事都有来由，凡事都有道理，凡心需要无欲少求。

一个朋友指着遒劲的拐枣树，说：南方冬日的风情靠它们造就。它们，我懂，是指几种落叶树。酸枣、木患子、苦楝、乌桕、桐子、鹅掌楸……当然包括拐枣。

我想拐枣果柄涩中带甜，想金黄酸枣果酸酸甜甜，想木患子的楝枣果一冬不落下，像树的首饰——旧物是把钥匙，轻易打开了旧时光锈迹斑斑的锁头。想到这些旧时解馋物、玩物，一激灵，回应朋友——拐枣的枝条像篆刻的线条，粗犷老辣，野中有秀，纯朴自然。

仰起头，顺拐枣树干目视，青灰天色做背景，拐枣虬枝就是一方篆书印章。忽地想起"苍天也爱真善美，千古文辉磨灭难"，不知谁的句子。好句子，倒也与乡村乡风乡情挺贴切，"文辉"是质朴的文风。人们重新审视周作人、梁实秋、胡兰成的文字，是喜欢他们平实、自然、清新的文风。纯朴质朴的东西难磨灭，总是勾起某些回忆，贴心贴肺。

虬枝上不落雨时，便落鸟。冬日里，房舍旁，田地边，一两只，是乌鸦，三两只，是斑鸠，若是一群叽叽喳喳，就是八哥了。

模拟一下这些鸟的叫声，为静默的虬枝、静寂的山村增添些动感。有静方得动，有动衬出静，静与动，相得益彰。

"哇——哇"，两个单音节，讨厌的乌鸦叫声。"咕——咕咕——咕咕"，轻柔悦耳，反复重复，最后一音加重。这是斑鸠。若是"Ku——Ku——u——Ou"，也是反复重复，则是珠颈斑鸠了。八哥喜欢捣乱，模仿其他鸟的鸣叫，也能模仿简单的人语，我听见过它们模仿的"哒哒——嘀嘀——哒——哒——哒"，哦，喇叭声。八哥本音怎么叫，没听过。像一个乡人走四方，南腔北调，乡音土语讲起来舌头打了结，本音给忘记了。

八哥性喜结群，常立水牛背上，或集结于大树上，或成行站在屋脊上，每至暮时大群翔舞空中，噪鸣片刻后栖息。

曾在百度图库上看图，八哥成群结队，在空中飞上扑下，不断变化着队形，遮天蔽日，场面十分壮观。

乌鸦、斑鸠、八哥是留鸟。空旷的田畈中，斑鸠飞行似鸽，一副滑翔的姿态。八哥成群结队而来，清明朗豁的山村田野更是静寂，宛若神赐。鸟鸣山更幽。

留鸟也是在坚守，与山村的老人一道在坚守。

故乡近 江湖远

傍晚，我期盼水牛腆着浑圆的肚子回家，大摇大摆，一只八哥落在牛背上，把白石老人《八哥耕牛图》从宣纸上移将出来，在乡村的底色中，看个真真切切。直至夜的大幕笼罩村野，也没能等到这一幕。

蔡琴有首歌，闽南话的唱腔就三两句，普通话念白却很让人想起旧时光。"我年轻的时候，真的很漂亮，那时我是全镇上最漂亮的女孩子。"

蔡琴的声音很挠人，像一条流经曲折和崎岖的山间而到达平原的河，舒展、宽厚、平缓，见沧桑，有故事。

那个漂亮女孩人到中年了，或是花甲之年了吧，镇上最美的人慢慢变老了。唱歌的蔡琴也老了——舞台上，她经常调侃自己是老女人。

山村，也在慢慢变老。

（写于 2015-12-8）

冬　至

像一位行者，栉风沐雨，从青葱岁月出发，临了白首，终于到达了汤汤河水，像芦苇一样，雅致地站立着，默默无言。并非疲惫至极，而是智者的风范，面对岁月之筛，筛掉过往，无须留恋，前方，才是心之所盼。

前方，无非就是数九寒天。从冬至始，开始数九，"一九二九不出手，三九四九冰上走，五九六九沿河看柳，七九河开，八九燕来，九九加一九，耕牛遍地走。"经过九九八十一天，春暖花开，一切都向上引领着。

入九，进入了四时节序的内里——"数九"的过程，正是寒极转暖、寒消暖长的时候，自然辩证法，她一直都在身边，笨拙的人，无以感知而已。自然界的消长，像极了人，经历了人生极端的考验，生过来，死过去，生命又悄然复苏，所谓悲喜交加。历经磨难，迎来春风拂面，花开满庭芳，又是一片新天地。佛门中，凡尘里，谓为水煮油炸，艰辛至极，就用"九九"来表达——九九八十一难。蹚过去，是释然，是顿悟，是豁然开朗，是天地洞明。

二十四节气中冬至最重要，对人的影响极大，是人体阴阳气交的关键时期，阴极之至，也是阳气始至，阐述了物极必反，盛极而衰的天道。天地开蒙，古人认知水平便极高，一句"冬至阳生春又来"，简洁，戳掉了所有繁芜，让人记住这么一个古老而又重要的节日。在古时，天子祭天是冬至最重大的保留节目，就是现时，冬至扫墓，也是十分流行的风俗。

上坑村，盛行冬至扫墓。清明祭祖，草青水碧，一炷香，一挂纸，许个愿，梦想都是绿色的。冬至扫墓，田畈山岗，都回归到黄土的颜色。一色，一心，梦之所盼，愿之所归。所有美好的希冀，放逐在天地间，自然的，朴实的，长长久久的。像冬日的田野，无论何时望上一眼，水雾紫紫，到了冬至日，雾气达到了高点。奶奶说，是人有诚心，天地感动，却无须更多话语，微微地表示了一下。

冬至前几日的一个晚上，睡不着，干脆对一天来的天气放一回电影：冬阳高悬，北风里似乎藏了无数把小刀，刮痛人脸，有美女抱怨，胶原蛋白都给刮走了。这样子的天气，次日凌晨，必有大霜。

看一回霜吧，多少年了，每每想起凝重霜色，都靠搜肠刮肚，记忆的油水再不补充，都要穿肠挂肚了！

是过面霜，稻田里，桥板上，手电照去，晶晶如末，脚擦过去，留下一个水印子。不解渴，思念之渴，到菜地一看。到底质地不同，包菜、芥蓝上的白霜，在有点儿焉的菜叶上，更白，更晶。菜一棵，霜一棵，菜一片，霜一片，调皮小孩的模样，菜地走哪，霜跟到哪。至于平日里尖硬的狼尾草、狗尾草，以委顿的神态呈现霜色。而深秋以来一直高调恣意的藿香蓟，这回彻底低下了不可一世的头。正如一个羁放的人，也要在虔诚面前下回腰，作个揖。"昊天有成命"，不能不诚心。

忍不住，又瞅了几眼菜园，只为我喜欢的萝卜。秋种萝卜，肉感瓷实，经了霜，格外地脆甜，用手掐开皮，水灵灵拿在手舍不得吃。像是回到初恋时的样子，女友宛然一笑，给了一个大白兔奶糖，舍不得吃，藏在贴身口袋里，暗自掏出来，看了又看，还是舍不得吃。有人看见炊烟，就要饥肠辘辘。看见萝卜，我想起了相爱的人们。冬吃萝卜，一直以来，都以饕餮大餐的态度对待。朴实的日子高调过，有了萝卜，想不事张扬都不可能，那个心情，可以陪伴一整个冬天。

诗、画名家吴藕汀有个二十四节气系列画作。比如冬至这幅画，以铜炉、线版、红萝卜、紫萝卜、丁香萝卜入画。草草用墨，风格简约。题画诗云：又逢数九耐寒中，莱菔充庖同晚菘。冬至女红添一线，暖炉常用忆张铜。莱菔指萝卜，晚菘即大白菜。说先生所画蔬菜瓜果，带露飘香，我瞪大眼睛，都难以察觉到此韵——用笔太枯太涩，哪来露之灵气。倒是入画的这几样东西，扣准了时令。

都说春天为播种忙，夏天为田园忙，秋天为粮仓忙，只有冬天是为自己忙。又到为自己而忙的冬季，起早烧个炉子，人入睡，炉火熄，一天下来，火红的炉子煮过粉丝炖酒娘蛋，氽过丸子炸薯包。水汽一阵阵地飘往窗外，与临水而起，薄薄的水雾汇合在一起，如老友重逢，很快融为一体。围炉而坐，男人喝茶瞎聊，女人打鞋底、钩毛线，有人不吱声，有人叽叽喳喳。最开心的是孩童，在火炉里，一会儿爆把玉米花，一会儿烤只黄心红薯，整个屋子是焦味香味交织，还有朗朗的笑声。天地朗朗，屋子朗朗，人儿朗朗。冬天的日子，过得没有皱褶，像绸缎般滑爽，落入心中。

吴藕汀的画，写意的是阴天、雨天的景致。冬阳如橘——从太阳衔山开始，橘色阳光在黄泥墙上一寸寸地挪动，橘色像动词，罩住了农舍、晒坪、草木。门前的竹篙上，晒上了被子，被面红花，仿佛从名画中采来，引来锦鸡鹊鸟栖息——像极了赵佶那幅《芙蓉锦鸡图》。压水井旁，农妇摇来井水，脚下，是满箩满筐的红薯、蕉芋，洗净、磨烂、过滤、沉淀，沉淀物挖出晒干，便是薯粉、芋粉，多种小吃的食材。晒坪中簸箕、篾笪上的主角，是萝卜丝。萝卜质地好，经和煦冬阳秘制，萝卜丝的内质提升到了新高度，或炖，或炒，或蒸，都有种清香。这种香气冬日萝卜独有，我想到了一句歌词"质本洁来还洁去"。特喜欢冬晒萝卜丝，每年都要到乡下定制一大瓮。隔三岔五犒劳口舌，清清肠胃。闻着香，吃着美食，会涌出踏实和稳妥之感，有如触摸到了生活坚实的质地。植物有格，草木有本心，唤起我无穷的关注，实是因为它们提供了一个个契机，唤醒蛰伏在我们血液之中的某种东西，去涤清满身满眼的尘土，重回天真。那天清数着《诗经》中的植物种类，忽然就想到，人与自然，与植物端敬相亲，在时间的洪荒中，在天广地阔里，要恒常千年万年。

农事繁重，农人不忘观察天象，趋利避害，为的是让仓廪更厚实。心得成了经验，一年一年流传。比如冬至日这天如果没有太阳，那么过年一定是晴天，反之，冬至放晴，过年就会雨淋淋。

今年冬至，12 月 22 日。天亮出门，雾挡住了视线。连续两天阴天，却起了南风，瓷砖上、玻璃中，湿哒哒，空气都腻腻的，讨厌有如梅雨天。传统村落在消逝，这些年气候反常。是报复，还是配合？一直搞不明白。走在上坑村的田埂上，田艾长出了嫩叶，连家里院子的地上，荠菜、车前草长得绿油油，春天般笑盈盈。挖几株荠菜清炒，比春上吃的更甜，更爽，许是昼夜温差大使然。

只是，我不喜欢它们这时候甜，这时候爽，正如我排斥反季节蔬菜一样。我以砍掉院子十几棵花木种菜的决心，给荠菜、车前草们来个彻底铲除。我喜欢了冬阳、冬萝卜、冬晒，我不能又同时享受野菜。记得弘一法师说过，物忌全胜，事忌全美，人忌全盛。古老的乡村，一直以来都遵循着四季节令运行的规律。四季分明，循环往复，多好。

（写于 2015-12-23）

小　寒

止住"汗"了，2015 年小寒日，起早，墙壁没汗珠了。虽然气温不低——最高温度 17℃，却转了风头，偏北风，微冷，裹紧风衣前行。

连续南风天，最高温度达 23℃，两件单衣的气温。小寒前几日，时光仿佛一下跳跃到了春天，雾蒙蒙，湿哒哒，各色小草赶趟似的萌芽、长叶、抽薹、开花。玩得最疯的是黄鹌菜，它伸长脖子，明晃晃的黄花遍地开。记下这些闻风而动的小花小草：三叶草、田字草、灰菜、薪艾、紫花地丁、天胡荽……

小寒，是季冬的第一个节气，也是一年进入最寒冷的时候。唱数九歌，小寒处在三九，所以民间有冷在三九之说。这是小寒的本来面目。不要太受小寒前南风天的影响，码字写文章，还是深入内里，探究本身的东西为好。本身、本心、本真，恰似人的初心。有人问，好文章好在哪里？睿智的胡竹峰答，好在文本之美。都是一个本字。不忘初心，方得始终。

从小寒时节开始，阳气复生，阳长阴消。中医看重阴阳交替，说阴阳是"变化之母，生杀之本始"。阴阳，谓为天地之道，万物之纲纪。通俗一点说，阴阳变化，孕育生命。三九寒冷至极，阳气复生的信号已经发出，种子和动物，一如当年的地下工作者，盼星星盼月亮，盼到了组织的信号，顿时热泪盈眶，举起了行动的拳头。新的生命开始孕育，万物为春天的繁茂生长抿嘴，呼吸。冬天来了

故乡近　江湖远

春天还会远吗？大地是哲学家，风吹草动，哲思盈盈，有风有化，宜室宜家。

是的，真不会远了。你看，行政中心河边三株紫玉兰，满树都缀满顿号，一个个花苞绷得紧紧的，充满了力量。我畅想着花开时分，满树的紫，热烈紫，自信紫，震撼紫，吉庆了俗世的日子，明艳着人的尘梦。

上坑村的山椒树，风吹黄叶急嗖嗖，而细小的枝条上，蚂蚁般缀满了花苞，圆圆的，只等一声哨响，满树黄花，满径飘香。山椒树迎春比迎春花还积极，或是着急。报春，谁不着急呢？二十四番花信风，椒花落选，我心有悻然。正义之心，当为椒花抱不平

黄沙口村的梨树，枝干上憋着无数黑点，小男孩乳头般大小。也有着急的，花蕾欲爆。圆圆的花蕾，白色微露，探头探脑。清冷梨花，一夜雪压枝头，梨花在我的意象中，开得灿然如织，一泻千里。

和平县江口镇一树桐子，光秃秃的枝干上，花梗排列整齐，一个个锥形的花苞列队待发。桐子花，她是大自然赐给人类的美丽和享受，也是气温变化一个典型参照物。它们开花，简直不计成本，一不小心就是一场花暴。

岸容待腊将舒柳，山意冲寒欲放梅。小寒日，我起早，看梅去。我曾经工作过的地方，有村叫梅香，此地原来却不种梅，后来为了做旅游，选村口之地种梅。红梅、白梅、蜡梅俱全。尚在喘喘爬坡，未见花容先闻香，我畅想着，火急火燎地念盼。可是没有香。一树秃枝，满是鼓鼓点点，胀得急，像火柴头那点深红。拨开记忆的薄雾，红色是火柴头上的易燃物，有黑有红，红色的产自东莞的石龙火柴，易燃，一支一红点，有少量是连头娃娃——两支火柴棒的红点并着不分离。今日之梅，缀满枝条的是火柴头上的一点红，大如连头娃娃，微微笑了，可爱至极。再到大寒，想必梅花已绽放。说绽放，显然无以穷尽梅花"凌寒不惧开"的气质，无以穷尽我对冬日花开的痴迷和挚爱。怒放吧，对老祖宗的造字组词，当像致敬梅花一样，满怀深情，举起右手。

紫玉兰、山椒树、梨树、蜡梅，雪霜自兹始，草木当更新。在肃杀的景象之下，蓬勃的力量正与日俱增。即便在今日暖冬，它们也保持了不变的情怀。此刻，我想到，老子骑牛过函谷关，一场紫气从东来，打开了另一种人生局面。紫玉兰人等，小小的大地之子，亦传承着大地之德与美，在阴与阳的每一次转化中。她们微光幽幽，一直照亮着我的记忆，亮敞了我本心。流光的易逝，也因此少了惆怅，多了清疏和爽阔。这，也是人生新局面。

上坑村一个山窝多雉鸡，过去一年我碰上过无数次，留恋着公雉鸡的华羽锦衣。小寒三候即是"雉始雊"。雊，鸣叫的意思。雉在接近四九时会感阳气的生长而鸣叫。这是黄河流域——二十四节气发源地的物候。但我始终固执地认为，植物、动物都要比人先知先觉。南方的小寒，对阳气敏感的雉鸡，一定会有所表示。

先咨询鸟类专家。雉鸡，赣南叫野鸡，冬天藏于灌木丛中，活动不很活跃。天气变暖时会出来觅食、喝水。记住了专家的话。

问询一位猪场饲养员，他先前是猎人。"冬至以来，已经听到过野鸡叫了。"严冬不肃杀，何以见阳春。宛如哲人，待我回家时，他喃喃自语，给我听，也是给他自己听。给谁听不要紧，紧要的是大自然给人的启迪、勉励，当记住。

冬，是最仁慈、最善良的万物之母。谁能数清冬天蕴藏了多少生命？他们即将破壳而出。生命，热烈、蓬勃，一泻千里，浩浩荡荡走向前。

（写于 2016-1-6 小寒日）

大 寒

一场折子戏，进入到了高潮，最后一场——俗称大轴，或喜或悲，先响一声锣和钹，接着锣鼓管弦齐鸣，演出盛大结局。

如果说二十四节气也是一出折子戏，那么，大寒，就是大轴之作——二十四个兄弟姐妹，它垫底。老幺的精彩，是众望所归，爷爷奶奶的疼，爹娘的爱，兄弟姐妹的呵护，像杜甫，白日放歌须纵酒，漫卷诗书喜欲狂。2015 年大寒，何止有酒，何止有诗书，下了一整天的中雨，7—11℃的气温，是锣鼓铙钹齐响；预报即将有寒潮到来，据说是 1992 年以来最寒冷的寒流，这似乎是管弦之音，没有锣鼓铙钹的响彻云天，却也是余音缭绕，回旋不绝。

老天以极端的气候为 2015 年的节气收场，这显然隆重过了头。四时八节，农人喜欢寒暑分明，风调雨顺。就像一支花，花香隐约，咋闻咋有，鼻腔受用，腑脏更喜欢，这才是好花——高调做事，低调做人。夜来香之流，过分热情，一到天黑，使劲敲锣打鼓，热烈得不真实，虚情假意那一套。曾有同事，爱打香水，却心疼银子，搽一身花露水，那个香，强人所迫袭来，快要倒胃口了，到了暑天，苍蝇都被熏得踉踉跄跄。花露水般的头昏脑胀，唯有一走了事。老家有婆婆经常说，过日子，平平和和就好。平和二字，农人一生的祈求，整天跟土地打交道，脚步踏得实在。茉莉的香，山矾的味，若有若无，入心达肺，方长长久久。

再极端的气候，日子照样要过，而且，要过舒心，过妥帖。早上，青菜煮剩饭，上海"阿拉"说"泡饭"。米是晚米，青菜用芥菜，或是水菜心。经霜的蔬菜，尤其是茎、梗粗壮一点儿的，如包菜、芥菜、芹菜等，怎么炒、煮、炖，壮阔的味道，都气吞山河。大多数农家，一边享受着萝卜青菜的水润，一边在二楼骑楼的竹篙挂满腊味。鸡、鸭在田畈上，享受了一冬来老鼠尚来不及叼回窝的谷穗、谷子，那些小虫子正欲回家，鸡鸭们立马与之来个百米赛跑，冲刺压线，虫子一个好逮。饮山泉吃野食，常赛跑的鸡鸭，宰来挂在骑楼，朔风起，腊味香。宰来的农家猪，"一刀下"、舌头、肝、耳朵、挂面肉，统统酒腌姜炙，三天后挂起，白天太阳晒，晚上寒风吹，味道出奇地好。就拿"一刀下"的猪肉来说，风吹日晒三五天，肥肉透明，精肉透亮，或炒或蒸，下酒下饭，男女皆宜，老少齐乐，天高云淡，是李渔《闲情偶寄》所论的风格。

小寒到大寒，雨没停过几日。今年的腊味要缺点味儿了，我不停地念叨。出了趟远门，回来近身饭桌，一股浓浓的腊香，缕缕而来不断线，让我深呼吸一阵好闻。腊香，经晒经风干，或蒸或炒，把肉身上每一个香分子都憋出来了，先是低吟浅唱，再是浩浩荡荡。伊用藠头炒腊肉，藠头的辛香，像药引子，引出腊味的万丈光芒。问，没太阳，腊味怎么还这么香。伊答，这些天，有几天雨转阴，还透了点日朗，北风却不小，天没少帮忙。《红楼梦》说："刀剑风霜严相逼"，一个逼字，把肉的腊香"逼"出来。冬阳、朔风，化红楼的凄苦为腊货的奇香，这个调味大师，大有化腐朽为神奇之功。

2016年的节气，打头的立春在春节前，这么说，大寒后的小年，将是2015年农历的最后一个节日。很多风俗上的规矩，须在立春前完成——节气是真诚的，在口舌面前，它对滋味忠心耿耿。炙酒，是把米酒起缸，滤去酒糟，生酒，不管是现饮，还是贮存，味道都差点儿什么。那就燃起一堆谷屑，酒缸置于其中，烟熏火燎，酒的质地就升华了，跟经时间带来的品质是孪生兄弟，哥俩好。这么着，小年前后，农人的日子安排得紧凑而忙碌。腊香肠，炙酒，磨豆腐，打炒米糖……

进入小年，开始了过年的节奏。而有传统美食的日子，每一个日子都忙碌得充实而舒心。正如爱情闯进心头的姑娘，三更灯火五更鸡，窸窸窣窣做鞋忙。熬过多少夜，起了多少早床，可心里头，早浮起了蜜意，是荆条蜜，上好的蜜，甜中有清气，爽口舒心，回起味来，千年万年长。

雨中到农家——今天中午睡不着，想着大寒的事，怎么让静就是静不下来，雨丝纷纷，浓厚着我与农家之情——城里人，是怎么也不会想通，一棵草，一树花，一张小凳，让人如此着迷。没有经历过，就不会明白这里面到底藏着什么情怀。海子有诗："家乡的风／家乡的云／睡在我的双肩。"想起作家钱红丽，在九华山的田野，整个身体被油菜包围，突然间就啪啪啪掉眼泪。她写道——似乎这么多年的苦，终于被油菜懂得并疼惜着。从村子里走出的人，不管多少年过去，这种懂得、疼惜，于身心，是一种洗涤，也是一种还原。草木花香，山水天地，把人一点点还原成稚子，快乐地在风雨中奔跑。

门坪，收拾齐整，农具归屋，柴火堆檐下，屋檐下的蜘蛛网卷在了芒秆扫帚上，门前沟圳水潺潺——迎接新春的景象。而屋内，一个香字作统帅——烫皮、板花、番薯干，炒的香，炸的香。午餐，是一大盆薯酒，酒香，薯香，你侬我侬。大寒的农家，忙碌的日子，飘香的日子，温润的日子，流蜜的日子。

冒雨行走在小路上蓝衫、黑裤的背影儿，赶集回家，谢菩萨、谢神还愿回家——年初求神，大神保佑老少一年平安，趁老历年前的好日子，还一年的心愿，祈新年的夙愿。平安理清旧年事，欢欢喜喜迎新年。

大自然习惯按部就班，迎新的谋篇布局，从路旁、沟边破题，纵横捭阖，这是先秦文章的气度：禹毛莨、婆婆指甲菜、婆婆纳、蛇莓，不惧寒冷，贴着地面生长，是徐青藤挥毫泼墨的畅快淋漓，在一片枯索荒芜中，在路边、沟旁绿意盈盈——绿的接力棒，从芭茅手中接过。经历了寒流，芭茅，枯叶终于显现，露出了倦意。从春天以来，芭茅像把绿的染料，倾泻一身，王菲一样骄傲。离开舞台的王菲，灵性一直在受苦，为什么所见王菲，始终孤寂傲冷，那是内心深处的孤独。芭茅也有孤独的时候。

在反映冬天的诗词中，个人偏好高适的《别董大》：千里黄云白日曛，北风吹雁雪纷纷。莫愁前路无知己，天下谁人不识君。我读这首诗时，每每都有农人冬日迎新心的高远，舍弃了送别的愁绪：暖阳透过浮云，白雪纷飞中大雁南飞，这些景致中，哪一样不是一心向往、追求美好呢？放心前行吧，美好的生活在别处，美丽的风景在前方。读着读着，一颗心沉下来，穿过小寒以来的冷雨寒风，昂首挺胸，走向迎春的辽阔。

（写于 2016-1-20 大寒日）

补记：大寒之后，寒潮来袭，并非二十几年一遇，却也是多年少有的 -5—-3℃。县城飘过一阵鹅毛雪，喜煞了未见过雪的新生代。云台山、岢美山屋檐、树枝挂冰，倒有千里冰封景象。趁着周末，呼朋唤友、携老将雏，一声"看雪去"，驱走了刺骨寒流。去往云台山的路上，一度受堵，交警上路，疏导交通，仍阻滞难行，多少人还是未能一睹冰挂芳容。大寒之后的寒流，让南方的人们感受到了近年来少有的寒意。冰挂，了却了未曾见过雪的大人、小孩心愿，了却心愿并非小事。

立　春

看过《射雕英雄传》的男人，对郭靖绝对是羡慕嫉妒恨，一个傻头傻脑，可谓笨得一塌糊涂的傻小子，竟然可以得到黄蓉的爱。这个女人，集造物主千百怜爱于一身，女性的完美形象，莫若黄蓉。今日听北大孔庆东的节目，他列数了金庸武侠小说里的爱情，冠之于"奇情怪恋"——金庸笔下，高山大河式的爱情，那些小人物的爱情，甚至连"恶人的爱情"，写来不同寻常。

看金大师的小说，欣赏武侠，荡气回肠。俗世无法毫无着落的事，武侠帮着成全了。品读这些爱情故事，要用上惊心动魄、刻骨铭心之类的词语了。

还有一类爱情，学生时代，悄悄进行，特别是初高中生的初恋。说有了爱情，却没有表白过，内心里究竟像钱塘江的潮水，看似平常江水里，蕴藏能量可惊天。说没有爱情，无事却找事，为的是，看一眼，说上一句话，哪怕眼中闪过对方的身影，一刹那，如闪电，魂魄，也要平定下一会儿。有，是心里有，无，是在他人眼光中的不动声色。有和无，只是一条丝线的距离。

立春，在二十四节气中打头阵。她的状态，宛如少男少女的初恋，隔着丝线的若有若无。若有若无并非不好。读木心的书，仿佛梦游，梦游时若有若无，这是进入了人生幻境。

一切还在大寒节气的大幕笼罩之中。2016年的立春日，定格在2月4日。从温度上说，3—8℃，寒风刺骨，早起做早餐，洗白菜心，一双手红了疼，疼了痒，冷到了骨缝里。田畈上，禾桩缩着脖子，它们冷啊，前些日子，它们身上是有稻衣稻屑的。寒风下手真猛，不差于武林高手的力量，差不多已扫净了这些风中窸窸窣窣响的累赘，近乎全裸出镜了。用个词来说，空旷，枯索。虽说从小寒开始，阴消阳长，阳，缓慢上升，一寸一寸地突破寒、冷联手布下的封锁线。何况，小寒、大寒这哥俩，不知是惹老天生气，还是境遇差，老天同情，小雨不断，中雨隔三岔五，大雨也来袭，西伯利亚来的"霸王级"寒潮，影响，一直就没有消停过。

即便如此，立春带来的变化，还是隐约可见。再强大的封锁线，也有漏网的鱼儿。

住房，自建，带了个小院子。主卧室的落地窗，没少得到阳光的青睐。立春日的第二天，午后久违的太阳，尽管云遮来挡去，羞羞答答，午休一小时，醒来，阳光还没有离去，白花花的银子般照在床上——白昼正在拉长，像熬透的谷芽糖稀，慢慢拉，慢慢长。仲冬以来，一觉睡醒，到三楼伸个懒腰，阳光，哪里去寻——房子对面，早几年起了栋电梯房，阳光不肯在我家附近区域多停留一会儿，高楼遮挡，白昼短过黑夜，阳光珍贵起来。窗台上晒条毛巾，干不透，农人说"打阴干"。

站在窗前看小院，菜土边挖开的沟，车前草、荠菜、天胡荽长得青碧，没让高度近视眼一阵寻觅。墙缝中，石脚里，蕨类植物茂盛，井边草、小凤尾草、井栏边草，它们的叶子姿态优美，比如，井边草，叶柄就像条抛物线，微升微落，又像长长伸出的手，送给你一片绿色，春天的色彩——叶端还是鹅黄。鹅黄，绿色中的幼童，嫩，水灵灵。真想贪心收藏，一不留神，他却成了少年郎。春天，一暝尺长，日异月殊。

前些日子，我在微信朋友圈每日介绍一草（花、树），科普草木花儿。院中做过素材的空心莲子草、碎叶荠菜，头焉过去了。它们报春早，寒潮来袭，娇嫩的身子骨到底不敌风刀霜剑。人遇寒心事，闹心；草遇寒流，焉身。

乡下亲戚多，知道我排斥饲料速成的食材，送来了农家猪肉、鸡、鸭、鱼。猪肉、鱼，三餐不消多，冰箱装不下，酒姜盐腌来晒，晒三天，半干，色泽暗了

故乡近 江湖远

些许，味道却不及冬至到大寒之间的腊味香。5—10℃，按理是晒腊货的好温度。

太阳好，忍不住到上坑村走走看看，见一位婆婆抱一捆杉毛进厨房。杉毛火大，想必是蒸饭的最后一把火，煮开豆浆的一阵猛火。烟囱，白色烟柱袅袅而起，不疾不徐，像欧阳克般笃定。天上，碧空中添了不少云，它们好像闹过意见，彼此间隔远远的——过年了，何必呢？记得小时候，吵过架的同伴，要在小年后大年前"开问"，祈求新年好运好气象。还是一周前，哪有什么烟柱，一出烟囱，风吹来，散开了，比周作人的散文还要散，散得欺生，不看个三头五遍，真理不出个头绪。

除夕，吃年夜饭的时间，家在上坑的朋友来微信拜年，顺便给了我一个惊喜——他说听到蝉声了。

回到我家小院。除夕下午，伊坐在院中择菜，背晒太阳，说是补钙，给老天点赞：真会做天，懂人间辛苦，暖阳晒背辞旧迎新。我当着对联来对，给下联：蝉声鸣春喜新厌旧。

记不得诗句，也不知是哪个诗人的作品，大意说，立春后，白日渐长，春态婀娜，碧云低堕，菜园迎芳，檐坐晒暖，这样的日子，哪还有什么惆怅不肯离去啊。我记录下来的立春之景，都是从诗作溢出的暖意啊？

旧时，姑娘有了心上之人，最痴心的是打鞋底、织毛衣，一针一线的爱意——爱情，除了浪漫甜蜜，还得落实到一时一事上。曾闻妇女骂郎君，"说爱我，爱哪里了，你可曾记住过我的生日，什么时候给我买过东西，哪怕是一枚针，一根线？"骂得好！春天的讯息尚且落实在具体的事情上，爱情，怎么可以没有一时一事的体现呢？

电影《立春》，顾长卫一贯关注小人物命运的风格。有句台词很应景："立春一过，城市里还没有什么春天的迹象，但风真的就不一样了。"

风为春天的主气，春风既扫荡寒冷，又荣生万物。大寒、立春、雨水、惊蛰四节气属于风季。风季风邪最猖狂，一不小心就把人吹凌乱了。

老中医来支招，黑豆、红枣补肾养血，鸡蛋补气，立春后，每天煲来汤水，连吃三天，身体免受邪气侵扰，恢复春天的气象。

春风里，寒日将尽，万物只等破土而出。泥土之中，它们或许正在练着拳脚，或许是欲醒未醒前打了一个呵欠，转动着身子。我想到了蠢蠢欲动这个词。"蠢"字造得多好，春天的虫子，不是一条，两条，三条，是无数条，欲动未动，未动欲动，多像学生们的初恋！

说了虫子，说水——水对节气敏感。还是不知谁的诗句，句子倒记住了。"冻痕销水中""波起轻摇绿"。销，痕；波起，摇绿，轻轻地，也是在有与无之间，若有若无，隐隐约约，我等高度近视眼，一不小心就感知不了。

立，可以释义为见，立春，窥见了春的讯息。也许，这就是春天的开始，由寒冷包裹的一缕暖意，破茧而出。

大先生鲁迅早有著名诗句"寒凝大地发春华"，这就是立春。虽在寒意中，指挥万物的那根小棒棒，正向上挥扬，我想象着，是卡拉扬在执棒《四季》，总是一往情深。

（写于2016-2-7除夕夜）

雨　水

猴年大年后，天气一直不错。人在田畈山岗，暖暖的，风不算太大，脾气温柔了许多，从质感来说，从尖硬往柔软过渡。以身试风，实则是感受大自然的变化，离开文绉绉的书本，切身感受，诠释何谓春阳如煦。

除了风，变化还不少。麻雀、山斑鸠、八哥的身旁，增加了一种群飞的鸟。来描绘一下，形似乌鸦，小如鸽，腹下白，鸣声"呀呀"。一直以来，我鸟类知识有限，高度近视对认生的鸟，看不真切，唯有眼前这种"呀呀"鸟，不认生，坐下来，近看它们嬉闹。

春阳并不热烈，留给晚霞表现的空间不算太多，淡淡的黄，糅杂点蓝，流苏、蕾丝装饰的绶带，瞪大眼睛才找得到些许。可是，置于村庄来看，来个多元素组合——孤村，落日，残霞，薄岚，枯树，白草（芭茅们霜打留白叶），黄花（禺毛茛），紫花（婆婆纳、地丁），绿草（这就多了。不惧寒冷，春派出来打头阵的草界朋友有：猪殃殃、鹅肠草、婆婆指甲草、荠菜、早禾熟、鼠鞠草。排名不分先后，朋友们别计较）。孤村落日残霞，薄岚枯树花草，勉强凑合的诗句，倒也有静态之美。"呀呀"鸟落枯树，空枝抖三抖。抖得好有弹性。抖回去，弹出来。

故乡近
江湖远

鸟掌握力度比人好，她没有欲望。在大自然中，像"呀呀"鸟懂人心的东西很多，它们比心理学专业的高才生更能揣摩人的心理，恰到好处地补台，甘当配角的姿态。

这么懂人的鸟，她们已经鸟过留声，我该让朋友鸟过留名——这年代，无名英雄太多了，不能让她们百年后才组织一场事迹报告会，好像人不在了才是英雄！

是寒鸦。前些日子，我拜一鸟类专家为师。电话过去，个头、毛色、习性、叫声，放置在雨水节气来判断，老师的答案很肯定。

张可久有词句：回首天涯，一抹斜阳，数点寒鸦。其实，在遥远的《诗经》中，寒鸦就已经现身："弁彼鸒斯，归飞提提。"鸒，音为yù，就指寒鸦，又名雅乌。还是雅乌好听，春阳引领万物上升，一声"雅乌"，口留清音，身子也轻盈了许多。而寒鸦，一声寒，周身寒。

人们常说，春色宜人，实则，春色更怡人。冬装可以褪去些许，阳气包围着人，把人托举，身子轻松，精神自如。人们忽略了鸟类精灵的托举，声声"呀呀"，是水润般的空灵，孤村多了生气，灵魂苏醒，天地崭新。

下午上班，走路前行。天下雨——今天是雨水。雨水节，雨水代替雪。这是北方的谚语，说的却是普遍渴望。那些早发的春的先头部队不说，这两天下乡，总往低洼、背阳的林荫湿地跑，是想多找找春的讯息。在我的概念中，那些常绿树对春天无关紧要。出芽、吐蕾、含苞才是春天的生命。在历市镇井坑村的湿地块，铁线蕨探头探脑，树莓发芽含苞，护坡上的青苔，毛茸茸，用手机贴近来照，发现她们正孕育着大事，有关生命——鹅黄的丝线，头上顶着一个籽粒，像显微镜下精子的形状，挤挤挨挨。放到微信朋友圈，立马围观。朝阳的地块，稀稀拉拉长着一年蓬、蒿草，了无生命勃发的迹象。就因为多了点儿水分，生命的境界如此悬殊。固有的观念，可是"南陌"热闹，"北陂"空寂。节气的力量，把山河重安排。"麦要浇芽，菜要浇花"，万物都积蓄了萌发的力量，只待雨水的滋养。下一场雨吧，即便贵如油的春雨。

可不就来了，是毛毛雨。就人的感受来说，无须打伞，轻装前行，却打不湿身子。我珍惜那些弱小的生命，倘若中雨、大雨，这些小生命，随着泥土滚入滔滔水流。生命丢弃，哪里去找寻？

植物的名字不知怎么起来的，挺有意思。望春花，一个望字传神，对春天望眼欲穿，她表达了万物的心声。她的另一个名字，大众更熟悉——玉兰。唇舌配合，口中吐出一个大家闺秀。

行政中心拱桥旁边，有三株玉兰，一株紫玉兰，两株白玉兰。她们是同时含苞的，大约在小寒时节。现如今，白玉兰一袭白袍，喇叭满身，多少有点儿笨头笨脑——金庸笔下的欧阳克，模样即如此。还是紫玉兰矜持，大部分还是花苞紧闭，只三五朵微启饱满性感之唇，对雨水节气略微表示了一下。大家闺秀恋爱情感炽热，分寸、尺度、火候把握得却恰到好处——含蓄却不失风情。这种风情，正是雨水节气的美，不在热热闹闹，亦不在莺莺燕燕。紫玉兰连同地面上的小不点儿地丁，一袭紫衣裳，在这个节气，带来紫气东来的吉祥。对于紫色，我向来不啬笔墨，热烈的紫、奔放的紫、尊贵的紫，把情绪稳住的紫。在色彩学上，紫色跨越了暖色和冷色，她几乎百搭，所以可以根据所结合的色彩，创建与众不同的情调。近观这株紫玉兰，小雨洒下的珍珠，密布于花苞，如果有长焦在手，可以奉现雨露之美的佳作。

在井坑村，农事已展开，清塘底的男人，干塘的父子，嘴都闭合着，屏住一口气，奋力干活忙。红毛衣农妇侧身抢刨，脚配合手，扭动一下腰，一刨泥土上畦。上前问问，种早芋仔，端午时节，面面的芋仔，放几根排骨，一家人围餐，吃个底朝天。

查看了下古籍，对于雨水节气，《月令七十二候集解》云："正月中，天一生水。春始属木，然生木者必水也，故立春后继之雨水。且东风既解冻，则散而为雨矣。"所说"天一生水"之"一"，强调水由天生，天即是道，也正是"道生一，一生二，二生三，三生万物"之"一"。

孟春，"遥看草色近却无"，仲春，"春色满园关不住"，从朦朦胧胧，到欲关不住，雨水，万物见喜，春天的勃发。

（写于 2016-2-19）

惊　蛰

　　客家地区有俗谚：有吃没吃，玩到惊蛰。用客家话来演绎：有 sē 冇 sē，料到姜 cē。

　　小时候，不懂物候，听到这句俗谚，以为大人也像小孩一样，趁着过年，大玩一把。长大后长知识，才知道，立春、雨水把春姑娘重新迎接到人间，但是，姑娘们还是睡眼惺忪的样子，混混沌沌的状态。惊蛰来到，一声惊雷，重重地拽了姑娘们一把，"该醒醒了"。姑娘们顿时清醒了许多，来了精神。春天的生发，没有高速公路，更没有高铁的呼啸疾行，有的是老牛拉车般的笃定。农人的生活，踩准节令的节奏，亦步亦趋，波澜不惊。

　　这么说，并非简单的想象，可是有根据的。《月令七十二候集解》："二月节……万物出乎震，震为雷，故曰惊蛰，是蛰虫惊而出走矣。"此前，为度过寒冬，虫子啊、鼠类啊，等等，藏伏土中，不饮不食，称为"蛰"。找个甲骨文字典，查来蛰字，蛰，多像一只虫子弯着身子睡觉。万能的汉字，象形的汉字，引领我们思绪无边的汉字。

　　历史上，惊蛰先称为"启蛰"。《夏小正》曰："正月启蛰。"汉朝第六代皇帝景帝讳"启"，为了避讳，"启"改成了意思相近的"惊"。这一改，改成了千古一字。天上雷声隆隆，地下虫子一惊，地下策应天上，天上人间是新天。以至于，到了不须避讳的年代，有动议，说还是把"惊"改回"启"吧。惊，到底形象，还接天连地呢，习惯了，不须改。从汉景帝始"惊"，惊过几千年，惊来阵阵潇潇染紫红，年年岁岁，岁岁年年。

　　我们说小动物，习惯用"精灵"。鸟类可真精真灵。惊蛰前一周，习惯性去上坑村走走看看，这世界，鸟语花香。

　　鸟语，声音婉转、华丽的，是"唧唧葵——唧唧葵""比有一比有""必有——啊""暇——暇""欧哦"，还有实录不出来的。而那些短促的鸣叫，无非是"唧唧""叽哟"，不好听，点到为止。从城里叫来一位懂鸟的朋友，他指着停落在树丫、石墙、篱笆、屋顶的鸟向我科普。

"背部灰色，腹部棕黄，个头如鸡蛋大小，这是黄佳婆。一个屋场就一对，这个求偶的季节。它们依人而居，活动半径在集中村落的200米之内。"

"垂直起降，让人想起直升机，灰色，这是石灰鸟。"

按毛色、声音、习性，朋友又一口气介绍了粪缸鸟、乌盎精、草雀、禾雀、谷雀、绶带鸟（都是客家叫法，有待确定学名）。朋友过去用气枪打鸟，打出个鸟类专家。现在，已经洗手不干，是护鸟义工组织一员。周末，戴着红袖章进山，带着捕鸟的人出山。

哎哟，临近惊蛰，还未"惊"，它们开始了"鸟鸟于飞"。春天，阳气上升，闻阳而动，鸟们可真"灵"。

上坑村的山村公路，在两岸青山中蜿蜒。杨万里有诗句：正入万山圈子里，一山放过一山拦。"圈子""放过""拦"，真心佩服杨万里，吟哦的山不静反而动，仿佛一场嬉闹。而上坑村的山，进入了杨诗的意象，还有那么多鸟儿加入，早春一场盛宴，迷人，更醉人。

做初中语文老师那年，有学生写早春，记得有一句，"春天在树上炸开了好多花"。学生的想象，我很是佩服。静静地花开，他脑中竟是动态的，而且还是极具威力的"炸"。学生们多是应试教育的想象力，以哄堂大笑表达他们的不屑。花"开"好不好，还"炸"，我们的头都要"炸"了——学业压力山大啊！

老师是真心佩服，多少年后，还记得，还引在自己的文字里。学生写得好，无关年少轻狂，而是童心难得。据说，沈从文之后的小说家，遇见沈从文，总会表现出格外的尊重和重视。在文学界，这是个很奇怪的现象，所谓文人有相轻。依我看，沈从文有难得的孩子般的眼光，从人性和生命的底部窥探，写出的作品，回放着一幅幅风俗画幻灯片，闪动着自然情怀，也写出了自己的文学理想。文学作品如此，生活也是这样。活在童心里，不少人都有这样的希冀。年岁渐长，童心童趣也像光阴一样，一寸一寸地流失。搁在斜阳下的，是世故、圆滑、四平八稳、滴水不漏……

炸在树上的花，惟妙惟肖的，莫过于望春花——玉兰。还在上年小寒节气，枯枝上凸出一个个褐色的点儿。节气到大寒，新年的立春、雨水，褐色小点逐渐鼓胀，到临了惊蛰，终于憋不住了，硕大花苞，炸开了，满树笑哈哈，是释怀后的痛快淋漓。每天上下班路过行政中心广场的拱桥旁，一株白玉兰，两株紫玉兰，玉树临风。一场花事，自冬天孕育，花开在仲春。古人称为"望春花"，一个望字表情坏。

在花事的演进中，树枝、花芽、花萼也在进行着一场色变。厚重的褐色变成松青，青色又继续调淡，最后，以嫩嫩的鹅黄推色变向高潮。每天抬头看花，低头走路，我想了又想，成语"返老孩童"是不是幻想，谁又有这么大的本事呢？现在想明白了，梦想可以照进现实，节令有魔力。

春天的花事，到了惊蛰，已经是目不暇接了。占领路旁、林荫、洼地的姚黄魏紫，部队人马越来越多了，新晋明星有稻槎菜、通泉草、附地菜、斑种草。红花草地上，跳跃着红白相间的六出花瓣，这是春季最动人的花海，超过油菜花的震撼。她们还在小试身手，勃发，即将到来。灌木或小乔木，有檵木、棠梨，满树花白，孤寂、昂然，却让人敬慕。近身，有股甜香，淡淡的。草木踩准节令来，义无反顾去，花色清爽，花事也清爽，不拖泥带水，不串季节。春季万物，在春风引领下，和煦，有序。

惊蛰季节的天空，值得写上一笔。底色从混沌的老棉花的白，过渡到浅蓝色，云悄悄搭便车来，还是薄薄的。云像顽皮小孩的涂鸦，这边画条线，那边鱼鳞波，加团棉花糖，加一堆浪花——画得好，加得好。手机摄影，留住精彩，设为电脑桌面壁纸，养眼，更静心。早春的蓝，早春的鹅黄，带领心情飞翔。

"到了惊蛰节，锄头不停歇。"瓦房门前，一位老伯蹲着，用瓦片磨着田刨的刃口。喃喃自语："季节不等人啊。"田刨不用磨，越用越利索。想起这句老话。

惊蛰开启了"九九"艳阳天，气温回升，雨水增多。不停歇的锄头，银光闪闪，农家无闲。

（写于2016-3-4）

补记：

5日，2016年惊蛰。晴转阴，偏南风2级，15—25℃，预报有小雨，还真准确，上午、下午滴了几个雨滴，水泥路面迅速变戏法般变没了。至于雷声，耳朵竖了一整天，一直没有听到过。刚离去几天的老棉花白，不死心，又杀回来了，这回心更黑，用了黑心棉，整个天空，暮气横秋，毫无生气。

人勤春早。放眼上坑村的田畈阡陌，晃动着人影，是铲田坎、疏水渠、挖茭白老苑、除枯草的农人，银锄闪动，一切为农事准备着。"突突突"，有拖拉机在犁地。冒黑烟的家伙，和突然飚上高音的犬吠——"昂—昂昂"，乡村受到惊吓，风停下脚步，瞪大眼睛看个究竟，一阵闷热，纷扰人，大春天的一阵烦躁。农人似乎不烦，低头挥动着田刨。

下午，有近乎布谷鸟的鸣叫。布谷鸟真来了，还是学舌之王——斑鸠的杰作？只两声，难分辨。

6日，周日，上午到历市镇杨梅村，下午去了天九镇洋田村，走过路旁、田头，一会儿弯腰，一会儿蹲下，寻找节令花草。突然，闪过一道褐色，百分之几秒的速度，我看清了是蜥蜴的身影。惊蛰，蛇出洞，蜥蜴不是蛇，却与蛇有密切的亲缘关系。它滑过水泥路面，长尾巴左右摆动，随时准备自截，对付天敌，也是助行的一种方式。

早春在农事里

春天，万物勃发，一派生机。然而，我独爱早春。

唐朝诗人杨巨源有首绝句《城东早春》很合我意。倒过来读，先读后两句：若待上林花似锦，出门俱是看花人。等到春深花茂，也就是仲春时节，到处是踏春赏花的人。花繁叶茂，百花争妍，乱花渐欲迷人眼，眼花缭乱，看似繁花朵朵，花团锦簇，实则，在花海中，再好的花朵、花团都快要淹没了。还有，赏花的人，如过江之鲫，一派喧嚣。与花朵对视、会意，要有一颗清静之心。试想，早春，在禅意益然的环境里，与迎春花相交，是多么赏心悦目的事情。

一切在朦朦胧胧的时候最好。来看绝句的前两句："诗家清景在新春，绿柳才黄半未匀。"我欣赏的关键词是"清景""半未匀"。

清景正是契合了赏花人的心境——清静之境才有清景。半未匀，可以畅开来想，清爽怡人的春风吹拂，柳条微曳，新芽星星点点，是嫩黄的点缀在柳枝间，柳树整体的颜色还未匀称净尽。这样的景，十分入眼，也是升腾希望，盈溢生机，你可以浮想联翩，心自是辽阔、神怡。

如杨巨源的诗，在色彩和感受上着笔，还有韩愈的《早春呈水部张十八员外》，前两句"天街小雨润如酥，草色遥看近却无"也写得好，尤其是"草色遥看近却无"，令人拍节叫好。

草芽刚刚萌动，远看感觉有那么一点鹅黄，近处却不曾看到。这种隐隐约约，远胜过花的洪流、鸟的飞瀑。

这个时候，有雨来配。雨特别有状——絮。经得起这个字的，无非是柳絮、蒲公英絮，犹犹豫豫，遮遮掩掩，欲进还退。这符合早春的性格：含蓄。

还有一个字，最懂早春的心——拱。

拱在小树上。树干上鼓个豆状苞，褐色带青。我想，小树心里痒痒的，一如蚂蚁爬在手掌心，它们爬的节奏，就是痒到心里去的频率——早春，树木发芽。

有个诗人说，一些新芽，像鸟嘴，啄得小树发痒。小树的感觉，挠痒痒的触感。

拱在泥土里。在屋子里蜷缩了一冬的老祖母趁午后的暖阳，整了一畦地，点播下四季豆，覆土，盖草，浇水。三五天，拱出两片新叶，说是浅绿，更是鹅黄。像两只闪闪烁烁的眼睛，看什么呢？新鲜的世界里，适宜痴痴畅想。跟絮状的雨拥抱，是适季适时。这好那好，相适最好。

走出了屋子的老祖母不得消停。这里侍弄下菜土，那里扫拢房前屋后的残花败茎。在絮状的雨中，点燃枯黄的叶茎，用松针、杉叶引火，一种炊烟的味道。

在乡村，每当炊烟升起，一种特好闻的味道弥漫开来。这是母亲唤归的味道。毛头孩子认味道，炊烟就是妈妈的味道，像设置了密码，走得再远，也走不出这味道的手掌心，就像孙悟空之于如来。记不清哪个人说过，回忆故乡，某种程度就是回忆故乡的味道。故乡的味道，也是妈妈的味道。

老祖母一生沧桑，对农事农活拿捏得很准。燃起烟火，烟雾袅袅，夜里，地面上的温度要暖和一点，利于早播作物的成长。科学说，这是营造作物成长的小环境。祖母不懂科学，但是知道如何顺应四时节令，像时针走过刻度，节奏，卡得准准的。

文人说，春天里，水由瘦到丰。对小孩子来说，如何瘦，又如何丰，全是他们不懂的命题。

早春的萝卜，还很水灵。年前腊干的腊肉，把骨头剔出，切几大块萝卜一起煲，腊味、鲜味交织，大人小孩吃个盆见底。拔萝卜这样的事情，孩子们的任务。

萝卜装满篮，到水塘里清洗。隆冬时节，洗着白萝卜，小手红得像红萝卜，手刺疼，一股痒疼一直往骨头缝里钻。冬日到水塘，是小孩子十分不情愿的事。

早春洗萝卜，手还疼，不带刺的疼，显然温和了许多。痒疼，也刹住了车，没再往骨头缝里去。小孩子贪玩的性子来了，用萝卜樱子漾着水玩。水也好像人在早春的身体，轻柔了许多，樱子划一下，水漾开了几个圈。水丰润了。

这就是早春，悄悄地、不动声色地到来。

乡村的农人和小孩，没有诗人的浪漫，他们对早春的感受，在普普通通的农事中，在一羹一勺的味道中。天变地变，身边的事最真切，嘴边的滋味最亲切。

（写于 2015-8-3）

大功大过来看霜

本人作饮食文章，喜描述滋味，出手很重，什么"气吞山河"，什么"肝肠欲断"，还有"其滋其味，千金不换"，还喜欢"经霜"的味道。

经霜，就是蔬菜霜打过，其味有了明显变化，往甜上转变，像抛出的物体，缓缓上升。没经霜的萝卜，桀骜不驯，咬在口中，硬邦邦，辣，硬着头皮咽下，在肚子里还要东碰西撞，刺激胃。一经霜，像孙猴子戴上了紧箍咒，甜，脆，慢慢嚼，慢慢咽，打个嗝，清气袅袅。内火的人，冬季少不了生吃萝卜。"上床萝卜，下床姜"，睡觉前吃萝卜，早上吃生姜，不用医生开处方。这么着，坚持了数年。每次上火，盼望着打霜，来一只萝卜，水灵灵，脆爽爽。一直念着冬天、念着霜的好。

今年大寒，老天不鸣则已，一鸣惊人，整个南方，雨雪冰冻天气，预报还说是"霸王级"寒潮，来自遥远的西伯利亚。

寒潮果然来袭，定南处在南岭范围，城里飘了几片鹅毛雪，引来新生代大惊小怪。纷纷启动了前往高山看雪的节奏。从微信朋友圈图片看，冰挂晶莹剔透，造型各异。年轻人冰雪不分，但终归是冷极而成，又是极少见的东西，难免雀跃。

山上结冰，山下也下了三四天霜。南方的冬天，乡村山野，主导色还是浓郁苍翠，那些对气温敏感的白茅、千金子、飘拂草之类，草枯色，褐色，耷拉着脑袋，或已完全萎去。这些只是小不点，难于撼动浓郁苍翠的地位。霜来过，田畈山岗，处处留痕，何况还是"霸王级"寒流的魔力。

　　从春天走来，芭茅一袭绿裙子，好像她不知季节变换，古人"两耳不闻窗外事"的模样。寒流来过，霜来过，茅叶枯黄从芒尖始，临风面则全部失守，顿时老态毕现。想起，老家一个"水牛牯"般的汉子，大病一场，形容枯槁，牛味消失得无影无踪。风过芭茅，"嗖嗖"的风声转了腔调，"索索"回响。本来，风吹落叶有意境，可是眼前之景，哪里还有蒋坦秋芙听道人拂尘而歌后，"星月在户，残灯不明，惟闻落叶数声"的意境呢？

　　每天散步，喜欢舍近求远去远一点的地方，无非想看看那些草们、菜们。茄子，纯天然种植，到了腊月，褐紫色的茄树还一身正气，与寒风掰着手腕。小个头的茄子还是紫气东来的紫。这种茄子，味道重一点儿，放点儿蒜蓉、辣椒，猪油炒来，拨开云雾见了太阳。滋味，添得岁月山河的底色，过年般隆重。霜来了，这样美好无比的味道只有留给文字了。看，茄子叶，褐色，绻卷着，紫色的茄子，褪去一身华贵紫，换装土黄色。说土黄色，又不完全是，还留恋着一点紫，身子却瘪了过去。这样的茄子，纵有顶级厨艺，也难炒出个山明水秀。茄子的味道，只待来年再来。

　　小叶榕，叶子小小的，密实遮阳，像小媳妇过日子的精打细算。枝条下垂又上翘，俊巧的媳妇调皮劲。大霜有痕。她们一个个头顶一包褐色。想起小时候，天寒地冻，烧个火堆取暖，低头加柴火，却不小心让火上发梢，落了个"火烧狗"的名声。霜过后的小叶榕，这般难堪。枝条虽然还翘着，人的心情早已不爽。

　　大叶榕、紫荆花，枝条繁茂，叶子大手大脚，有婆娘般的风风火火。有霜的日子，比小叶榕更难堪，是全线失守，满树褐色，脆生生。这声音，是那天风雨的朦胧中，我打伞走过鹅卵石的小径，咔嚓、咔嚓，落叶飘零，打在伞上，不知是落叶打疼了伞布，还是叶落相碰一刹那的问候。我听到，有声音在我头顶窃窃私语。

　　趁着霜重，脚步密集赶往乡村。想起脐橙园，那些还没有下山的橙子，不知霜怎样留痕？

　　"说霜对果子没有影响，那是小看了霜的威力。霜打过的果子，果肉疏松，水分流失，严重的，果肉絮化，嚼起来满是渣，离沤肥就不远了。"果农如是说。

　　"这不，燃起火堆，用烟雾包围果树，霜就要轻一些。"

　　这样子的办法，古老的《齐民要术》中有这样一段描述："凡五果，花盛时遭霜，则无子。天雨新晴，北风寒彻，是夜必霜。此时放火作煴，少得烟气，则免于霜矣。"煴，指不出焰的火，雾岚浓重，保护着果树。

烟雾缭绕，果园一如仙境。在《西游记》中，则用来暗喻诡异之地，往往隐藏着妖魔鬼怪，孙悟空上阵，亦是一番恶战，而唐僧，接下来的故事不是上笼蒸，就是羞答答回避女妖精谄媚的眼神。

这些菜，这些树，这些果，陪伴我这么多日子，今天霜色重，我不能嫌弃。我往好的方面想。一想，倒想出了音乐感。乡村过日子，苦中作乐，苦乐相伴。没有苦，不能突显乐的滋味。没有乐，也难体会苦其心志的重要。苦乐年华。

小时候，我喜欢看瓦栋上的霜。霜的白，瓦的黑，水墨画的简约、雅致。记得，有一回早起，看到瓦栋上像有谁作了一幅画，枝干、叶子草草，却不失韵味。跟同伴说起，那个谁说也看见过。

宋次道在《春明退朝录》记载了这样的怪事："天圣中，青州盛冬浓霜，屋瓦皆成百花之状。此事五代时已尝有之，予亦自两见如此。庆历中，京师集禧观渠中冰纹，皆成花果林木。元丰末，予到秀州，人家屋瓦上冰亦成花，每瓦一枝，正如画家所为折枝。有大花似牡丹、芍药者，细花如海棠、萱草辈者，皆有枝叶，无毫发不具。气象生动，虽巧笔不能为之。以纸搨之，无异石刻。"气象生动到连画家的工巧笔法也不能画出来。用纸拓印下来，那就与石刻没有了差别。仿佛神来之笔。

所以，小时候我对霜的印象并不坏，虽然，它们以作物的冻害，被人骂骂咧咧。连形容人没精神，也要以霜说事——这个奄脑袋的，霜打过一样。

立起霜"高大上"形象的，最终还是它与树叶的邂逅。看古人的诗句：西山红叶好，霜重色愈浓；黄栌千里月，红叶万山霜。红燃一片，黄满一山，这样的风景，人完全要丧失免疫力。恨不得自己也飞身一枚叶子，投入到火红的海洋。一个猛扎，冒出无数个泡泡。这世界，我来过。

霜的名声，有天堂般的美好，有地狱样的恶臭——以作物冻害而蒙受"千古奇冤"，又以红叶佳景而坐享"百世流芳"。气象学中的其他气象要素和天气现象，以至世间其他事物，有谁兼有如此大"功"大"过"于一身的戏剧故事？

唯有霜。

（写于 2016-2-2）

穿越经典忆农时

谷粒去除，新禾秆黄中带些青，脆硬扎手，一堆堆平放在田垄，带着泥土的芳香，折一杆咀嚼，甜中略涩。扎成杆把晒干后，麦黄莹亮，蓬松疏胀，人还未挨近，缕缕淡香，搂一把在怀中，能触感到太阳的温暖。

处暑过后，到乡村转悠，农人在收割中稻，禾秆如是风景。未收割的中稻正下着腰，宛若舞蹈课堂上，孩子们挺标准的动作。色彩并不一致，这垄黄灿灿，那垄还泛青。中稻怎么也像现代人，三餐乱时，全凭兴致？

找了个老农，把我记忆中中稻的农时节令核了一遍。传统上，中稻在端午节浸种，前后难差三天。踩着节气的步骤，接下来是犁田、耙田、做秧田、播种、育秧、莳田，像有人吹了哨子，一溜儿的节骤。莳田，在浸种后的 25 天左右时间，这时早稻进入了收割的倒计时。莳下一条坑，栽下一排田，青色一片，像东山魁夷的青色调画作。中秋节过后，仿佛梵高来过，给稻田涂上亮黄色，那是稻浪翻滚，中稻的收割季节到了。

作物栽种掌握不了天时变化，有种无收，广种薄收的状态，还是炎帝刚开启农耕文明的时候。到了尧帝，他最早掌握了日月轮回规律，钦定历法，划分节气，混沌的农耕从此走进有序的日子。

在仲秋，风清气爽，天高云淡，一颗心都有冲淡感了。《幽梦影》说："读诸子宜秋，其别致也。"意思是说，秋天云淡风轻，秋高气爽，人的思绪较为宁静，有海纳百川的胸襟，利于理解诸子百家的派别、风格、思想。那就泡杯冻顶乌龙，在萦萦绕绕的香气里，惬意地走进经典，这是《尚书·尧典》，尧帝观天测时的记载令我心潮难平。"（尧）乃命羲和，钦若昊天，历象日月星辰，敬授人时……"讲的是尧帝对自然科学、对天文地理的观察和探测，仲春、仲夏、仲秋、仲冬等重要时节的测定，以及一年定为"三百有六旬有六日"，即 366 天，就是当时观天测时的结果。一年定为 366 天，这与现代历法每年定为 365 日是多么接近，遥想古人，他们的探索精神和科学方法值得吾辈敬仰和学习。

而夏代的历日制度《夏小正》中，已把天象、物候、气象和相应的农事活动列在了一起，在民间广为流传。再后来，一年又细分为二十四节气，人们依节气安排农事活动，人类生活在按照自然节律和农业生产周期而安排的时间框架之中，顺天应时是几千年来人们恪守的准则，"不违农时"是世代农民心中的"圣经"。

在经典中穿越，我仿佛行走在种满稻子、玉米、大豆的田畈山岗上，在青莽味中翻看《吕氏春秋·审时》，眼前稻谷扬花，满满都是稻花的芬芳。这里这样说："夫稼为之者人也，生之者地也，养之者天也；是故得时之稼兴，失时之稼约。"应时，合着自然规律的节拍开展农事，继而生活的节奏也与时序合上拍了。还是孩童时代，慈祥的老祖母教我唱歌谣"与日月合其明，与四时合其序"，现在才知道，农耕文明的内涵包括"应时、取宜、守则、和谐"，"应时"排其首，体现了前人对自然规律的尊重。

旧时乡村，家家户户厅堂里都有个神龛，记得神龛下的墙壁上贴着一张春牛图。在客家乡村，放牛，念作"zhǎng 牛"，春牛图，大人叫"zhǎng 牛郎"，小孩子也跟着这样叫开了。看着这张图，春耕生产的时令真切分明。刚学农事的人往图上瞅几眼，然后说上一句"该浸种了""是耘田的时候了"。浸稻种、下种耕种的时间是依图上记载着的一个个节气。问大人，什么是节气？大人说依照节气可以摸索出一个地方的气象、物候现象，走出家门，感受到热冷变化，看到桃花吐蕾、柳枝发芽、小草萌动、燕子飞来，都与节气关联着。节气的权力好大，什么都管，像家里的老祖母，二十四节气在我心中萌芽。

对于清明节，孩子们总也忘不了，要在祖宗面前跪跪拜拜，有好吃的米粿，男孩子们跪在八仙桌前的条凳上，还能吃上一只大鸡腿。清明节前的晴天，大人从谷仓拿出稻种晒上一两天，再装进蛇皮袋或布袋，扔在门前的水塘里，忘不了用绳子缠住一只石板，这叫石栓了——拴住蛇皮袋，让袋子沉入水中，水面漾开了一个个圈圈，吾乡叫下水浸种。

南方早稻浸种有农谚"春分浸种，谷雨下泥"。记得有人在"春分"之前加上一个"前"字，这样子的意思是浸种的时间就提前到春分前一至两天，如此细致、精确，是一个地方精耕细作的传统。春分并不固定在每年的同一天，怎样操作了？不急，还有更精准的——"二月春分莫在前，三月春分莫在后"，对于祖先，我肃然起敬。

假如农谚还不够直观，来看更形象的："桐子叶，马蹄大，浸种下泥无妨碍""桐花落地，种子下泥"。这是年复一年积累的经验，升华成了一种文化，像灯火照亮人们心中的幽暗，节气与农谚，农谚与农事，像稻种一样，根植在农人的心中，流淌在他们的血脉。

农谚非常形象描绘了农时季节，费孝通先生早就说过："农民用传统的节气来记忆、预计和安排他们的农活。"

古代文人并非都是不闻窗外事只读圣贤书，像元代的王祯、明朝的马一龙，深谙农事，为农事著书立说，他们分别著有《王祯农书》《农说》等。对于农时，王祯说："四时各有其务，十二月各有其宜。先时而种，则失之太早而不生；后时而艺，则失之太晚而不成。"话直接明了，是农人喜欢的风格。

二十四气节最初是根据黄河流域的自然气候特点产生、推广开来的。遥远的黄河流域，吾乡在南方，自然气候条件相距甚远。小学课文：大兴安岭，雪花还在飘舞，长江两岸，柳树开始发芽，海南岛上，鲜花已经盛开。我们的祖国多么广大。因此，二十四节气并非放之四海而皆准。

"小暑小打，大暑大打""小暑有来打，大暑打不赢"。行走在乡村，上了年纪的农人随口讲出这些谚语。

真知像作物，在温室里长不好。农人在实践中用调整的二十四节气与农业生产活动的关系来指导农业生产活动，他们没有机械地固守着祖宗训导，上述谚语反映变化了的农时节令，一经总结便流行几千年。

收获作物也有谚语："寒露无青稻，霜降一齐倒。""霜降一齐倒，立冬无竖稻。""处暑里的水，谷仓里的米。""千车万车，不及处暑一车。""六月田中拔棵草，冬至吃一饱。""大暑不耙稻，到老不会好。"这些朗朗上口的谚语反映的是施肥、耘田、锄草等田间管理。寒露节气，摘油茶籽了，年轻人唱了山歌对词儿，这词儿，就有农谚，一般男出上句，女接下句，在劳动中体会农谚的魅力，学习农事知识。

早年，我经历过一件事，没少挨大人批。做爆竹是那时小孩的乐事。有一天，家里放了一捆花花绿绿的书，放学回家，我不管三七二十一拆开用来卷爆竹筒。左邻右舍接二连三来找书，我才知道闯祸了。这是在外乡当老师的父亲，替大伙买来的历书，现在的话叫团购。一本历书在手，农人便知道根据各个节气的日期来安排农事。这一点费孝通先生曾经说到过："历本并非村民自己编排，他们只是从城镇买来一红色小册子，根据出版的历本来进行农事活动。"他还说："在任何一家人的房屋中都可以找到这本小册子（指历书），而且在大多数情况下，这往往是家中唯一的一本书，人们通常将它放在灶神爷前面，被当作是一种护身符"。"纵使目不识丁也买"，从另一方面说明历书地位之高。

相较于节气而言，以当地某种作物的生长发育情况，来确定某项农事环节进行的标准则更为精确与安全。某一作物在某一阶段的生长发育的情况就是物候，如桃花、檵木花开。自然界的变化，如雨水、打雷、结冰，也是物候，从节气的名字可以看出来，如雨水、惊蛰、小满等，它们以物候现象来命名。

我国最早的物候记载，见于《诗经·豳风·七月》，"五月鸣蜩""五月斯螽动股，六月莎鸡振羽。七月在野，八月在宇，九月在户，十月蟋蟀入我床下"。

寒来暑往，冬去春来，农人用农谚指导农业生产，又不断总结新的农谚。这些经验总结是一种契合现实、又十分实用的知识，所以父诏其子，兄绍其弟，一切稼穑之事，都取法于农谚。不识字的老农，对于谚语，能念之成诵，脱口而出。

把农业生产知识浓缩成简短易懂、丰富内容的农谚，一代一代口头相传，这是古代传播农业生产知识的主渠道。在这一过程中，老农起着积极的作用。

《论语·子路》篇所载："樊迟请学稼，子曰：'吾不如老农'；请学为圃，子曰：'吾不如老农'。"《齐民要术》就是"采捃经传，爰及歌谣，询之老成，验之行事"。老农，我们平日里口语化的称谓，在经典中也是"高大上"的形象。

说起老农，我想起生产队那个满脸风霜、有着长长的寿眉、喜欢蹲在田头屋角吧嗒吧嗒抽"喇叭筒"的老田头。他是生产上有威信的人物，犁耙辘轴样样在行，农时节气了然于胸，观事察物"火眼金睛"。生产责任制后，推广杂交水稻，他的选择会完全影响其他民众。大集体年间，回乡参加农业生产的年轻人没少得到他传授农业生产知识，那些返城的上海知青回到第二故乡，要急切地打听老农的去向，曾经的师傅，心头的记挂。

节气、物候、农谚、老农，构成农人"应时"的要素，农耕文明绵延不绝。

"都暖冬了，梨子冬季开花"，农人一声叹息——物候异常。过去说人定胜天，这是豪言壮语，实则，人是抗拒不了大自然的。随着老农逐渐逝去，城镇化后土地不养人，农事"应时"就困难了。

本来，早稻在春分浸种是"应时"，"要去打工，我家早稻惊蛰浸种，清明前就莳好了田"，发小阿林今年春上对我说。

在春夏、夏秋、秋冬换季时分，有人在衣橱面前喃喃自语"换季乱穿衣"。

如今，种田也有点乱，全然没有了约定俗成的章法——反季节的作物都大行

故乡近

江湖远

其道了。

从经典中走出的农时节令，又回经典而去。真担心它们睡了过去……

（写于 2015-9-22）

守时有蝉

听一位放松香的老人讲，蝉从正午开始，叫三阵，天就黑了。12：00 到 13：30，是第一阵。不声不响约莫 40 分钟，14：10 开始又叫，为了更好记，就以整数 14：00 来计算吧。14：00 到 16：00，是第二阵。第三阵，大概从 16：30 到天擦黑，这一阵最久，太阳下山，天色渐黑，叫得人心揪揪的，不是松香钩子钩错地方，就是下山摔跤，滚老远去。

真有这么准时？老人说他放了二十多年松香，听叫声都能判断出蝉龄是多少天。蝉的寿命短，它的一生以天计，一天或许就是人间的三年、五年，或者十年。

我还是半信半疑。

个把月后，我选择了一个最适合听蝉鸣的日子，往山上去，走走走，俄而，转到一片阔叶林中，几声蝉叫，让我想起了老人的话。何不检验一回？

吃过干粮，11：20，我眯着眼睛躺在红橡树的落叶上。"知了知了"，蝉叫，看表，12：10。声音从高大的毛锥树上传来，在树林中回荡。不久，又有三四只蝉叫了，独唱成了重唱，说小合唱还不够蝉数。

听着重唱，凉风把我抚摸入睡了。有节奏的声音，最好安睡。火车那么响，"哐当哐当"节奏好，睡得很安稳。靠站停车，没了好节奏，倒醒来了。蝉声中入睡，也一样。蝉声停止，我就醒了，瞥一眼表，差不多 14：00。跟老人的误差半个钟头。也算挺准的。又不是闹钟。

还有老半天，这么打发等蝉叫的时间？山中树多，形态各异，适合速写。包里有本子、有笔，足够打发时间。

画一株手肘弯形的紫果冬青，画第二幅时，重唱组有蝉领唱了，14：20，也准时。就这么着，到了 15：30，我有点烦了，可重唱还没有停下来的意思。它们太能唱了，嗓音好，耐力好，精神好，好投入。过了 16：00，又唱了 15 分钟。

我看着手表等它们换装出场。16：40，演出重新开始，这回是三重唱的形式领唱，仅几分钟，加入了好几个声部，到后来，简直是乱唱一通了。像小孩到了排练场，你敲鼓，我拿铙，他击锣，各抢各的锤，各人按着各人的节奏来，实则，是按着各人的想法来。人的想法多，难统一啊。

我记起老人的话，太阳下山，蝉们回家。它们的家在哪里？家在蝉群中。哪里蝉多，它们把家就近安在大树上。蝉回家了，谁都想露一手，或是把一天的见闻表一表，总结一天的生活感悟也有可能。像洛桑，歌声中写家书，打动爹妈，打动心有所念的人。

也不知它们乱表到那一刻，西天熔的金卖完了，尚存些许淡红、淡紫、淡蓝的绶带，当这些绶带被人领回家，天就奔擦黑儿而去了。还要下山呢。赶紧撤。

守时蝉，我信了。学央视来段颁奖词："它们一生恪守时间，简直走在时针里，以一种人去我在的信仰，践行一生的坚守……"

（写于 2015-7-10）

小树　小瓜　小鬼

刚下过一场雨，湿漉漉的地面落了不少小叶榕的果子，粉色，粒大如枣仁。麻雀啄来啄去，不晓得是不是为了吃点儿果皮。动物比人节俭。半个钟头前，看到过一只蚂蚁衔着一片细小的翅膀走过瓷砖，好像下大雨成群结队的那种蚊子的翅膀。这种蚊子密密地盘旋，告诉人要下大雨了，就得了"大水蚊"的绰号。蚂蚁连一片翅膀都不放过，真的节俭。

麻雀也会落到小树上，大树下面种的那类小树。园林绿化中，大的行道树下面，有种成条形、修剪平整的小树——园艺上叫色块，像理平头的小男孩，规矩地立在大树下面。"小平头"多是小叶女贞、黄金叶、西洋杜鹃、毛冬青、小叶栀子、大花六道木、雀舌黄杨、瓜子黄杨……

雨后的"小平头"越发青翠，它们刚洗过澡，一身水珠，像游泳刚上岸的小孩，来不及穿衣服，抱起就走，妈妈拿着鞭子追了上来。

看风景，雨后是一个好时候。近景有"小平头"，远处呢，青山如黛，山脊上袅袅升起水雾，山峦的天水处水烟连接上了白云，87版《西游记》里神仙腾云驾雾离去后，留下的都是这样的烟雾。小时候，对烟雾缭绕的地方感到很神秘，而对于瘴气缭绕，砍柴的时候是要快速跑过的地方，偏偏这个时候，乌鸦"呱呱"叫个没停，自此，对乌鸦没有好感。其实，在乡村，乌鸦被视为不祥之物。乌鸦叫，鸡皮疙瘩起，寒毛竖起。雨后的水烟好看，不属此列。人的感情左右着对事物的看法。

同一样东西，可以上天堂，也可以下地狱，都在一刹那。而有的东西祖宗十八代都不曾被人类看好，永世不得翻身，乌鸦属于此列。

小树身上的水珠快要滚干的时候，它的身旁来了两辆板车，卖西瓜的。板车是跟乡下连在一起的。城里人不需要这类东西，而在乡下却是大用途，它的大肚子装得下任何农作物，可以省却很多人力。肩挑手提，曾经是乡下人匆匆的行走。

西瓜是小西瓜，一个人吃得下三四个瓜。瓜小，名字很大，特小凤、黑美人、梁红玉、黄小玉，都是美人的名字。它们的外形圆溜溜的，这点就不配美人了，除非飞越到唐朝，以胖为美的朝代。可是，西瓜不圆，又要怎样的形状才好看呢？扁的、椭圆的、长条的、歪的？还不如圆的好看。回过神来，人家是名字如美人，本质还是西瓜，是西瓜就得回归到瓜的本性来，不然，说一句"歪瓜裂枣"就是残次品那一类了，到时，纵使名字再好也枉然。海燕、杜鹃、海棠、玉兔、玲玲、玛娃，名字好听吧，还是台风的名字呢！台风肆虐，一片狼藉，还与生和死连在一起，够可怕的。

其中一辆板车的卖瓜人是父子俩，背靠背坐着。爸爸看着路人，隔一会喊上一声"山上西瓜，又红又甜"。隔多久喊一声呢？不一定，他要看什么人路过。穿着讲究、提着公文包的人路过，他就不喊，这种人不买路边货。农民工路过，他也不喊，他们舍不得花钱，实在要买，也是买大西瓜，工友多，瓜大实惠。带孙子的爷爷奶奶路过，他不喊，孙子出门，瞅着那些水果味的合成饮料看，那些麻辣条也是他们的最爱。那些散步回家的中年人、骑摩托的男男女女路过，卖瓜人抓住机会喊"小家庭吃小西瓜""包甜包红"。卖瓜人似乎很懂营销，懂顾客心理学。他这一喊，还真喊来了顾客。

靠背坐的小孩，客家话也叫小鬼，他盯着爸爸的手机屏幕，他们不是刷屏，在玩游戏，嘴巴一撅一撅的，配合着游戏节奏。

早上去买菜，伊问我，小时候有没有玩过刀枪，当然是木头做来游戏用的。还用问，20世纪70年代生人，不玩这些玩什么？她说，用芭蕉茎做机枪最好。材质轻，哪里装机枪腿、哪里做枪膛，怎么上栓，她头头是道。女孩子玩枪？没见过我们村的女孩子有谁玩过。对了，爱人是城里的孩子，玩具也有城乡差别！

这样的游戏，现在的小鬼早不感兴趣了，电游才有市场。连乡下路旁的果树压满李、桃、梨，当然是老品种，在路旁长了几十年的老树，也只是鸟、鸡的美味了。那些山莓、茅莓、插田泡，红彤彤在田畈山岗，无人问津。谷雨节气那天，我到乡下去，看着红扑扑的插田泡，忍不住跳下溪旁摘几个来吃，咬着饮料管的小鬼看我吃插田泡，瞪大了眼，张开了嘴。我猜，他们很惊讶："这东西也能吃？"

（写于2015-8-16）

满架黄花满架瓜

一本藏了有些时日的书，突然间就对它有了兴趣，是蒋勋的《天地有大美》。老先生的书"充满清明透彻和机灵深邃的趣味，以诙谐轻松的形式表达严肃的主题"，难怪他在一本书上霍然写道："九岁到九十九岁的人都看得懂"。说到吃在生活中的变迁，他写道：现代生活的快节奏与功利化，已把"吃"的"品味"变成了"喂饱"的"行为"。口语表达，但一语中的，有很深的思考。

都说现在的饭菜不好吃，有食材变化的因素，但是，蒋先生说的"品味"到"喂饱"的变化，不能说没有道理。

饭菜是要"品"的。作家李丹崖写丝瓜炒毛豆：南方人就是懂吃，丝瓜毛豆用菜籽油炒，青碧的气息里又多了几许醇畅，丝瓜是青的，毛豆是碧的，在菜籽油的催发下，真有些荡气回肠……从视觉到味觉，丹崖品过了，唇齿留香，留下的文字，已经超越美文了。

近到一家小馆子用餐，是我最爱的赣州宁都菜，小炒功夫了得。推荐的菜正好有丝瓜，"丝瓜炒油条"，闻所未闻。

丝瓜切块，淡盐水浸泡几分钟后沥干，热锅浇素油，丝瓜块入锅清炒，收水泛青色后加入热水焖煮，待汤水变白浊，加入油条段、蒜蓉继续焖煮，加盐、葱花，若不嫌烦，略微倒点儿黄酒，拌匀，码在一个大瓷钵里。这是什么滋味啊？丝瓜清爽中带甜味，油条有油脂香，它们相亲相爱，就是香甜交织，滑爽的口感，也有丹崖品过丝瓜炒毛豆后的醋畅、荡气回肠。

对于丝瓜，我向来很有好感。只要有菜土的地方，少不了丝瓜的一席之地，不管在城里还是乡村。精确记起丝瓜的花期有点难，在我每天晨跑、每周周末到乡村漫无目的的闲逛中，路过菜地，丝瓜花都黄灿灿地开，开得忘记了季节。我想，一个人，能够这样物我两忘，素心素面素人生，该有多好。

教科书上说，丝瓜的花、果期在夏秋两季，从孟夏到季秋，一年有一半的时光可以看到丝瓜开花结果，真是勤勤恳恳、任劳任怨。即便是久雨不晴，抑或是久旱无雨，它都本真以对，孜孜不倦地开花挂果。看过上海教育出版社的高一《生物学》，"花时钟"一文写道：丝瓜花是晚上七时左右开花。而百度互动百科上却说丝瓜花"朝开暮萎，逐期开放"。信谁呢？

又看过一幅齐白石的丝瓜画，黑墨铺陈，两根结好的丝瓜，寥寥数笔，意得神足，还有好些未开好的花骨朵儿。他为画取名为《子孙绵延》。他为什么不画一些开好的丝瓜花呢？

下决心观察丝瓜花开。

按教科书上的时间，提前到达一棚丝瓜下。盯着花骨朵看，似乎看不到它们有什么变化。接了一个电话，也就两支烟的功夫，两朵花骨朵张开了小口，微微笑的样子，像迎接远方来的贵客。想象着它们全部张开的样子——合冠盆状花冠，五出深裂，在仲秋的白露中，仿佛敲锣打鼓般的热闹，还有蜜蜂嘤嘤嗡嗡，心中生出几许激动。

再待天明，一身运动装前往，想象中的画面真的如约而至。花朵露珠闪动，宛若活力四射的年轻时代，川端康成的话"美是邂逅所得"拍打开我周身的神经。一个文友说，他看到栀子花开时，氤氲的香味中，身与心，顿时瘫软如泥，沉醉如酒。我还没有达到这境界，说置身丝瓜花之中，神经触电、心花怒放的感觉还是挺强烈的。

花蕾萌动，花骨朵灵动，金花怒放，这便是花的一生，在人世间，不过几天工夫。一首诗，前两句这样说：家家瓜架傍篱搭，满架黄花满架瓜。这是咏丝瓜的诗句。从诗句的文绉绉中走出来，便是花开热烈，一副这世界我来过的气概。生命芳华，有过热烈，追求气概，纵然短暂，生命终恒久。对丝瓜花有触电感，并非"为赋新诗强说愁"，是有一颗到中年还算热烈的心。为草木而热烈地心。

回到白石老人。蔬果琳琅，齐白石最爱吃的是白菜，别的，便是丝瓜，他曾经说过："小鱼煮丝瓜，只有田舍能谙此风韵。"田舍、风韵，说起是要勾起人悠悠思绪的。我想到了南宋范成大诗中的乡村生活景象：草丛中撒欢的孩子，夕阳西下时林中的归鸟，飘缈的炊烟，隐约传来的鸡犬声，林中飘来的香气，天边的稻云——如此恬静和安详，只在乡村有。若再配丝瓜入画，就更有意境了，还是来看诗句：藤缠萝绕蔓连蔓，分甚邻家与白家。对于丝瓜，农人无暇照顾，随意倒腾几根竹竿，斜插在墙边，就是一个棚架，丝瓜纤纤的藤蔓轻柔地搭上了架。最喜欢看丝瓜蔓茎攀爬。几场透雨，丝瓜细长的卷须茎蔓便疯狂地攀爬，澈白的壁照不几日功夫，就被缠了个满眼碧绿，黄花艳艳地痴笑着。笑什么呢？笑自己的韧劲，笑自己的热烈，越过东家到了西家，一棵丝瓜，情牵邻里，融洽了彼此，乡间景致，乡间风情。

品着丝瓜炒油条，想起了东坡肘子、东坡肉、胡适一品锅，还有《随园食单》《闲情偶寄》……碰巧，豆瓣来了信息，关键词是《大仲马美食词典》，细看，说这是作家大仲马专门为美食而作，共有730套菜单，3000种菜谱，被文人雅士誉为"美食圣殿""食侠小说"。

从人类能够果腹以后，美食成为茶余饭后的焦点，而文人墨客更没与菜肴佳酿少沾过边。有"文乡诗国"美誉的宁都，如何烧出丝瓜油条家常菜？或许是文人墨客微醺小酌、陈茶对饮时的灵感使然。文人，嬉笑怒骂皆文章，他们在闲情逸致中品过的吃食，像乡村的溪流，逶迤而来，不曾停歇过。

（写于 2015-9-18）

故乡近　江湖远

汗水也是时令物种

　　它们播在春天，在酷热的夏季收获，称为春播夏收作物。

立夏一过，土地这位老祖母衣角一掀，不知疲倦地抖出马铃薯、玉米、大豆、花生，还有好多瓜果，绿的、红的、黄的，香气怡人，压过了土地上牛栏粪的芳香。

我有过纳闷，这位老祖母能耐怎么这样大，比两手横提两桶水的邻家大叔还厉害。

课本上，小猫期望种鱼得鱼。

我的野心更大，想种下金币呼啦啦收获金黄，拇指和食指卡住一枚，吹口气，飞快移到耳边，眯上眼睛听金子的笑声。电影上，有人得到一枚"袁大头"，不就是这般模样？银子可以这样，金子为什么不可以这样？

定南蜜梨是夏令水果。翠绿的梨子从冰箱拿出来，放上几分钟，水珠晶莹。"梨子出汗了。"小侄子说。

雨后的瓜果满身雨珠，小孩们也说是出汗了。

时蔬、瓜果有感，它们看到农人晴天一身汗、雨天一身水，就跟着出汗了。

李清照在《点绛唇·蹴罢秋千》写道："蹴罢秋千，起来慵整纤纤手。露浓花瘦，薄汗轻衣透。"这里的薄汗是属于才子佳人的。

农人的汗水不是"薄汗轻衣透"。没有这么诗情画意。

春播时，春风和煦。锄草、整地、点播、覆土、盖草、浇水，整个流程下来，后背的衣衫湿一片，叫湿哒哒了。

到了夏季，人到户外去，还没走上几步，"汗珠子滚太阳"。一个上午或下午的农活下来，像水中捞出个水人。

想想，放置在田间的茶桶，一个大木桶，舀水，用瓢；喝水，牛饮。大出得大进，水在人体内才能丰盈、平衡。大汗淋漓，小口抿水，身体的河流非断流不可。

河断流，我见过。鱼虾先是蹦跳，后是奄奄一息，至死，瞪大眼睛。人死不瞑目还真没有见过，是不是跟鱼虾差不多，想必是。

汗水和气候是孪生兄弟。按理，农人应该跟城里人一样，鼓掌欢迎凉爽的夏日。像今年大暑，午后才 26℃，城里人很是开心："凉爽，好舒服。就这么凉下去，更爽。"

农人在凉凉的天气中，身体舒服，心里却不自在，着急得嘴巴要起泡了。

有农作物喜温，如稻子。烈日当空，作物疯长，农人心就如蜜甜。今年小暑以来，雨水不断，没滚过灼灼热浪，到大暑，早稻仍有不少青粒，人着急，收割机在一旁似乎也很着急，试机子的"突突"声响得有点闷。

春争日夏争时。农人蹲在田埂上，卷烟抽不起劲，少了"吧嗒"声。心里有事，什么味道都寡淡。

夏季的凉爽，少不了雨水来成就。倾盆大雨，稻子怎么收，怎么晒？真是要急死人。

看过进城卖西瓜的农人吗？城管驱赶的对象。

越是高温，他们吆喝得越起劲："包红包甜，不红不甜不要钱。""无籽西瓜，真的无籽。"

若是在凉爽的下雨天，他们躲在墙根下，愁眉苦脸，愁肠百结。

出一身汗，哪怕浑身湿透，农人都心甘情愿。

农人出汗，为的是好收成。

城里人出汗，为健身。也有人出的是虚汗。

汗的成分包括水、盐，还有尿素、乳酸等。农人、城里人的汗水成分大同小异。城里人吃肉多，汗也不可能有肉腥味。一旦与生计关联上，汗里仿佛注入了某些成分，意义就不同了——农人的汗是时令物种，该出的时候出，该长的时候长，像夏日里的稻子、瓜果，秋天的茶籽、红薯。

（写于 2015-7-30）

节气是个两面派

古人是很有诗意的，平平常常的事情，一经他们吟咏，就有了意境、意韵。你看，花开时吹过的风他们叫作"花信风"，花袅袅地开，是花讯，文绉一点来说，叫风候了。唐徐师川诗云："一百五日寒食雨，二十四番花信风。"苏枕书在《岁时记》作了详解："一月二气六候，自小寒至谷雨。四月八气二十四候，每候五日，以一花之风信应之。"

花信风，从小寒开始，到谷雨便戛然而止。古人看重季节，遵从时序，把五日定为一候，三候为一个节气。每年，从小寒到谷雨八个节气里共有二十四候，每候都有某种花甩开膀子地开，于是便有了"二十四番花信风"之说。

二十四番花信风有梅花、桃花、茶花，一溜儿排满二十四种花，麦花、柳花居然也有一席，大名鼎鼎的荷花、桂花、石榴名落孙山。春天的花是花，难道夏天的花就不是花了？

古代人看重物候，是因为农时——诗意盎然固然重要，落实肚子问题也无碍诗情画意。我国是世界上研究物候学最早的国家，西汉初期的《夏小正》按一年十二个月的顺序分别记载了物候、气象、天象和重要的政事、农事活动，如农耕、养蚕、养马等，据说这是最早的物候专著。《齐民要术》《吕氏春秋》《礼记》等也没少记录物候。

花信风、节气是为农业生产服务的，没有时间玩小资。麦花、柳花能上榜就不奇怪了。

我晨练要经过一条两千多米的花带，灌木的主打树种是栀子，都是复瓣那种。立夏以来，像上了闹钟，栀子花开白花花、香扑扑，路过的人忍不住拐弯走过去低头、弯腰，来把深呼吸，仿佛一条无形的绳子，牵引着。香味，像记忆，值得翻箱倒柜去找寻，又像故乡的人和事，虽然年久日深，到底经年不忘，牵扯着心绪和情感。

路过栀子花，我忍不住摘一两朵回家，插在杯子里，置于床头，像从《本草纲目》活过来的草木芳香，不太热烈，但激活了丹田——有了微信、QQ，手机短信用得少了，收信时常迟滞，去电问移动公司，回答，需激活短信功能。香味也是物质，激活丹田，不靠虚无缥缈的东西，激活短信功能靠什么，一直弄不明白。

就这么今天两枝，明日三枝地采着，有栀子的芳香，觉也睡得安稳。有人推广香薰，想必是这样的原理、这样的效果，不信恐怕还真不行。

蝉鸣，夏至来了，所有的树木花草都不约而同地开，旁若无人地长，玩疯了的模样。园林工人修剪过的栀子，没几日，像上了釉的枝叶宛如课堂上小朋友的手呼啦啦举起，把阳光捕捉住，晃动着你的双眼。阳光有形，像栀子的叶。

古人确定节气，据说用的是土圭表测影，影的长短便是光的位置，不同的位置显示不同的节气。看过一篇文章，说春天像一把哨子，草长花开，是谁在吹响哨子，赶趟似地来了。是谁呢？

夏至栀子长叶子，忘记了开花，真的，自从夏至以来，我床头的杯子一直空着，伊说我"盗花贼"做不成了，我一直对这个吹哨子的耿耿于怀。

是光和影，是节气，把节奏掐得准准的。懂了，什么叫作令行禁止，栀子做表率。

当时，我脑中蹦出一句话："节气把人引领回故乡，也把人逼到绝境，叫人无所适从。"

夏至那天，我呆呆地立在栀子旁，我想不通，是节气把栀子花引到我眼前，也是它绝情地把花儿掐灭在黎明前的黑暗中。把人引到悬崖边，就是这么回事吧？

节气，两面派的做派，叫我如何面对你？

（写于 2015-7-2）

流动的那点点黄

天尚鱼肚白，我走过一处空心村。残垣断壁中，那些带瓜字的蔬菜连滚带爬占领着地盘，所谓人退瓜进。瓜蔓爬地攀墙，把绿高高立起。最喜南瓜蔓节旁逸斜出的一根根须，尺把长的细丝，风中柔曼，到头了，绕了两个圈，像交响乐指挥在一个乐章结束时，指挥棒绕圈划出的休止符弧线。

看瓜类蔬菜，首先看花。南瓜、冬瓜、丝瓜、苦瓜，都是黄花一族，唯有瓠子花是淡淡的紫白色（我把瓠子归到瓜类），在黄、绿的江山中有另立山头的倾向。不知瓠子花是否有二心，它不说话，漏不了嘴，但是，表情、肢体语言出卖主人的事，在历史上也并非没有发生过。

黄花一族与瓠子花和谐相处，我立刻把想法打住，乱嚼舌头不是君子所为。

说说这些黄花。都是黄灿灿的，专业地写形状、大小太枯燥，打比方直观。我比不了作家杨文丰，学气象专业，可以深入浅出、形象生动地写云、写风、写霜、写雪……我只能打打比方。

南瓜花像旧上海的留声机喇叭，周璇的声音有金属质地，金色的喇叭来扩音，是好马配好鞍。

冬瓜花、黄瓜花像孪生姊妹。因为生计，姊姊在山里的外婆家长大，山妹子的俊俏多少还有田野之气。妹妹留在城里爸妈身边，少年宫的棋琴书画浸淫出大家闺秀的端庄。你看，冬瓜花五出瓣，从来都不会老老实实，总有一两出调皮地长一点短一点，但绝不影响总体美感。而黄瓜花五出瓣中规中矩，有大家闺秀的举手投足，蕙质兰心，温文尔雅。

丝瓜花无论从哪个角度看，给我的印象都有纸质感，像用皱纹纸折出来的。旧时，庆祝丰收、胜利集会，立起一个凯旋门，皱纹纸花缀满门上的猫公藤。水红、粉红、湖蓝，最好看的还是黄花，肥嘟嘟的样子。现时皱纹花只有一个用处了，白喜事用的花圈。

苦瓜花像满天星，个小，也是五出花瓣。看过一个至少八叠大小的棚架子，架面上的小花撒上去一般，于碧绿的叶子中。架下，白、青色的苦瓜吊得明晃晃的。下午四五点钟，太阳光镀金了，从西侧斜照，借点架子上黄花的色彩，加重点金黄色的效果，斑驳穿过棚架，给苦瓜兄弟打满马赛克。我喜欢这种光影斑驳的样子，这个时候去拍摄苦瓜花是好时候。

刹住车。喜欢黄花也不能没完没了。

空心村边有条小河，看过去，流动着点点黄，放河灯的样子。

"穿黄衣服的男子，帮我捞一——把——菜"。音拖得好长，怕我听不见。

一个婆婆在洗菜，一篮南瓜花滑入水中。刚才看的"河灯"原来是南瓜花，随着流水移动，冲波而行。

黄色流动起来，一种动态的美感，比静止生动。

那天，我穿着金黄的篮球衣。走在路上，南瓜花、冬瓜花、丝瓜花、苦瓜花看我，我是否也像河灯？我在路上，有车流、人流、气流，我流在它们之中。这么想着，"铃铃——铃"，一阵清脆的声音从身边而过，一个骑自行车的妇女，右手握着一把南瓜花放在车头上，一点黄闪了过去。

其实，对这点黄而言，那些咧开嘴笑的黄花们，也是流动的，一点点，一点点，往后流动着。

（写于 2015-7-17）

白露未晞　白露未已

记忆是个犟脾气，进了它的隧道，九头牛都拉不出来。对露水的记忆，我一直如此这般。

记忆中的露水，一直与牛有关，与斑茅有关。记忆不肯走出来。

小时候去放牛，走在土路上，说是土路，其实长满了草，土和草一直相亲相爱。露水很重，穿着凉鞋的脚丫子沐浴在露水中。干脆脱掉鞋子，脚穿不如手提，脚丫子喜欢与露水厮磨。少年走一步看三下，草上薄薄的白，像披了层纱，"白露"就这么来的。牛嘴啃过一遍，草就褪去白纱，现身青碧。白的草，青的草，全在于白露这层纱。人到中年，我的双脚依旧光滑软嫩，仰仗的是旧时露水的滋养。露水是天地精华。

后来，读《诗经》，每次读到"蒹葭苍苍，白露为霜""蒹葭萋萋，白露未晞""蒹葭采采，白露未已"时，我脑中就有一幅放牛图——一个赤脚少年，手牵黄牛，青翠的草丛中，露珠晶晶地与太阳眨眼。而蒹葭（芦荻）"为霜""未晞""未已"，分别为霜花遍地，霜露未干，露珠尚未完全消散的情形，意思层层递进，画面的韵味愈来愈浓。

少年更富美感，童心童趣可以百花争妍，这点比大人强。农人的美感被繁重的农活和生活的压力淹没了。少年乐滋滋地拖着湿裤脚回到家，被呵斥一声"游岗野步"（客家话，东游西逛的意思）。呵斥声在每个人的童年、少年期，宛如一日三餐那么正常，大人有大人的心事，少年有少年的情怀，两者难得同频共振。

斑茅也是牛的好朋友。农忙时，割回斑茅的嫩叶喂牛。几家农户共一头牛，排早班犁田耙田的，来不及放牛，喂牛，靠割回斑茅叶。

天蒙蒙亮，少年来到一丛斑茅前，翘起脚跟选割嫩茅叶，叶子上的露珠抖落在脸上，顺着脖子滚落到后脊，到最后，全身湿透了，走起路来，衣裤嘞里啪啦，夏日里，倒也凉爽。看着牛吃草嚼出泡沫，心头掠过一种满足。喜鹊好像挺知少年心，叽叽喳喳合着少年喜悦心情的节奏。同频共振般默契。

还好，少年对露水的记忆，并非不良"影像"，是被露珠滋润过的朝朝暮暮，关于时光的故事。

现时也有白露的影像。在城里，只要你有心，觅得露水的芳踪，还不会太难。

园林里的红花檵木，永远红着脸，也不知道它们怎么那么害羞。

花工修剪过檵木，三五夜长出嫩叶，它们的脸更红，家族的 DNA 就如此吧。

夏日天亮得早，不到五点半，太阳就送来了金色的礼物，树梢像筛子，金色乱箭般晃下来，齐齐落在檵木上。叶子上像析出了薄薄一层盐，老叶把盐多给了嫩叶，关爱幼童的美德不曾丢。手指摸一摸，凉凉的，滑滑的。紫红叶比绿色更具霜感，大自然其实很公平，是色彩迷惑了眼睛。正如浅色让女人的身材更出彩，讨得美人芳心归。

栀子的革质叶子上没有盐，是晶晶的珠子，像美人高挺的鼻梁微微沁出的汗珠子。美人的汗珠叫香汗，更有本事吸引金黄的阳光，栀子叶泛着油光，珠子就晶晶的了。

雀舌黄杨的枝条有些张牙舞爪，它们多少有国画线构图的味道。蜘蛛爱在这样的构图中表现，有线条美。线条，男生都爱挤的对象。

白露挂在蜘蛛网上，银丝立马变金丝，白金，24K，很足的分量，在晨风中都摇摇欲坠呢。小时候，用挂了白露的蜘蛛网缠在芦苇秆弯成的框子上，去捕蝉，黏性强，蝉挣扎着，脱不了身。少时懒得去管金呀银的，最钟情的是实用。开心，永远是他们的行为准则，至于"游岗野步"式的呵斥，像太阳丈高后的白露一样，消失得无影无踪。

这么有趣的白露，怎么就没有孩童来看，来用棍子"啪啪"敲打，继而水珠沾满头发、眉毛，湿透衣服呢？树上的蝉放肆地叫，似乎得意地说，来呀，来呀，有本事来捉我啊。左等右等，就是没有孩童现身。大人不在光天化日捉蝉，否则，是大人版的"游岗野步"了。

现时初中有篇课文，很有诗意——《养一畦露水》。哦，孩子们坐在教室朗诵呢——养一畦露水，在露水里养一个清凉的自己。生命短暂渺小，唯求澄澈晶莹，无尘无染。让美好持续，一如少年时。课文写得的确很美。

城里的孩子住的都是楼房，早读课也抓得紧，他们养露水在书中，虽有一小畦，却看不见，摸不着，不少人没法想象，露珠是白呢，还是黑，是大还是小。邻居少年问我，露珠跟雨珠差不多大吧？

我不知道如何回答。

伏天里来吃苦瓜

七月里的节气跟"热"勾勾搭搭，小暑、大暑，想起了都要冒汗了。

因为热，想到《诗经》里的"七月流火"。实则，此句表达的恰恰是天气转凉。让人望文生义的是这个"火"字，它其实是火星的意思，并非暑热。流火，是说大火星西行，意味着天气要转凉了。旧时用周历，周历的七月，也就是夏历的八月，等同于农历八月。八月，火星西行，渐渐远离我们，炙烤这个词也要挥手拜拜了。

可没这么简单。三伏天，从七月中旬开始，终于八月中旬，无论怎么算，八月都还处在伏天，是一年中最热的月份之一。

公案来了。2005 年 7 月 12 日，郁慕明到中国人民大学演讲，人大时任校长纪宝成在致欢迎词时说："七月流火，但充满热情的岂止是天气。"这句话成了一个事件，引发了对"七月流火"正确用法的广泛讨论。有人主张这是误用。

另一种观点则为，词义演变很正常，并不鲜见，例如，明日黄花，这正是词语的正常变迁。

在这一事件之后，官方媒体仍然时常使用"七月流火"来表示天气炎热，如，《京华时报》2006 年 7 月 18 日文《清凉圣境文殊界》有表述："哪怕外界七月流火，山里却依然是'山中无甲子，寒暑不知年'的清凉世界。"

扯这么多，无非是想说夏季时蔬苦瓜有市场。

夏季养生在于养心。过年写对联，厨房张贴"五味调和"横批，酸苦甘辛咸，正是要调和的五味。中医认为，五味之苦入心经。是说，夏季适当吃苦能够养心经，去心火。来溜一下——"吃苦"降"心火"以"养心"。

吃苦味，首选苦瓜。食疗，跟中医主张的"治未病"一脉相承。

苦瓜以味得名，苦字不好听，广东人唤做凉瓜，倒有一股清凉之意。苦瓜形状也不好看，如瘤状突起，有老人家称作癞瓜；瓜面的瘤也像皱纹，饱经风霜，应了它的名，苦啊。

清代王孟英的《随息居饮食谱》说："苦瓜清则苦寒；涤热，明目，清心。熟则色赤，味甘性平，养血滋肝，润脾补肾。"大意为，苦瓜尚青时，寒凉清热，明目清心。瓜熟色黄，苦味减，寒性降低，滋养作用显出。

我喜欢清炒苦瓜。切薄片，加几瓣蒜仁，苦瓜青青碧碧，蒜仁白得可人，还未动筷，就要钩出肚里的虫子了。

酿苦瓜，客家菜中的一道特色菜。馅，与酿豆腐、包饺子的馅是一样的，无非是韭菜加入五花肉，剁碎备用。苦瓜切成段，用汤匙柄挖空絮囊，备好的馅酿入。油煎香，苦瓜段入锅，两头煎黄，加入清水黄焖，若有高汤则最理想，十五分钟起锅。如果选用白苦瓜，焖熟的苦瓜段，有玉般的晶莹，油水泡还在毕毕剥剥，更钩出馋虫。

客家话说："吃得苦（音同福），经得苦（音为苦字的普通话音）。"说一个人没受到苦，会说："没过到伏。"吃苦和过伏，都如同炼狱。客家人教育小孩时，会诱导学吃苦瓜。人生之路，从吃苦开始。苦瓜赋予了特殊的意义。

三伏天暑热难熬，待在家里，做美食犒劳自己和家人，不妨来份酿苦瓜。有苦、有香、有鲜，回味一下，还有股甘味。苦和甘是孪生兄弟，苦去甘来，苦中带甘，说的就是这回事。

（写于 2015-7-10）